Wolfgang Schüler
Sherlock Holmes
und die letzte Fahrt der Lusitania

Vom Autor bisher bei KBV erschienen:

Sherlock Holmes in Leipzig
Sherlock Holmes in Berlin
Sherlock Holmes in Dresden
Sherlock Holmes und die Schwarze Hand

Wolfgang Schüler ist ein ausgewiesener Spezialist für historische Literatur. Er hat inzwischen mehr Sherlock-Holmes-Romane veröffentlicht als sein großer Lehrmeister Arthur Conan Doyle. Wolfgang Schüler verfasste außerdem die erste deutschsprachige Edgar-Wallace-Biografie und das Handbuch zur Kriminalliteratur *Im Banne des Grauens*. Er ist Mitglied in der *Deutschen Sherlock Holmes Gesellschaft* (DSHG), im *Syndikat*, der Autorengruppe deutschsprachiger Kriminalliteratur, sowie im Literaturverein *FürWort*. Zurzeit arbeitet Wolfgang Schüler gemeinsam mit der Sängerin Scarlett O. an einem musikalischen Theaterstück über Sherlock Holmes, das im Herbst 2015 Premiere haben soll.

Wolfgang Schüler

Sherlock Holmes und die letzte Fahrt der Lusitania

KBV

Originalausgabe

www.kbv-verlag.de
E-Mail: info@kbv-verlag.de
Telefon: 0 65 93 - 998 96-0
Fax: 0 65 93 - 998 96-20
Umschlaggestaltung: Ralf Kramp
Redaktion: Volker Maria Neumann, Köln
Druck: CPI books, Ebner & Spiegel GmbH, Ulm
Printed in Germany
ISBN 978-3-95441-225-9

Für Bert (1953 - Weihnachten 2014).
Ich wünschte, du hättest länger bei uns bleiben können.

Vorbemerkung des Autors: Dies ist ein Roman. Einige wenige Personen sind frei erfunden. Trotzdem hat sich das meiste tatsächlich so zugetragen, wie es beschrieben wird.

1. Kapitel

Prolog

»Am Mittag trafen wir einen großen Passagierdampfer der White-Star-Linie, ohne dass ein Torpedoschuss wegen des großen Abstands möglich gewesen wäre. Dicker Nebel hinderte das Arbeiten.«

Kapitänleutnant Walther Schwieger

SM U 20

Vor der Südküste Irlands, 07.05.1915

Die verbrauchte Luft war zum Schneiden dick. Es stank durchdringend nach Diesel-Treibstoff, verbranntem Öl, den Ausdünstungen ungewaschener Körper, schmutziger Leibwäsche, verdorbenen Lebensmitteln und menschlichen Exkrementen. Ein zufälliger Besucher wäre vor dieser extremen Mischung übler Gerüche sofort wieder geflüchtet. Doch es wurden keine Gäste erwartet. Es konnten auch keine kommen. Das namenlose Unterseeboot der III. Flottille der Kaiserlichen Deutschen Marine mit dem numerischen Erkennungszeichen *SM U 20* befand sich auf Feindfahrt weitab vom heimatlichen Hafen. Das Kürzel *SM U 20* bedeutete völlig unprätentiös: »Seiner Majestät U-Boot Nummer 20«.

In der Eisernen Zigarre waren 39 erschöpfte Männer auf engstem Raum eingepfercht. Nichts an ihrem Äußeren erinnerte mehr an die schmucken Burschen auf dem Erinnerungsfoto im Hafen. Ihre bleiche Haut war nun von einem schmierigen Schweißfilm überzogen. Die Augen lagen tief in den Höhlen. Die Farbe der verdreckten Uniformen ließ sich kaum noch erraten.

SM U 20 war am 30. April 2015 vom Marinestützpunkt in Emden an der Nordsee ausgelaufen. Der Befehl lautete, englische Truppentransporter an der Einfahrt von Liverpool abzufangen und so lange auszuhalten, wie es die Vorräte gestatteten. Vor der irischen Südküste hatte das U-Boot mehrfach Feindkontakt. Es versenkte am 05. Mai das Segelschiff *Earl of Lathom* und am 06. Mai nacheinander die beiden Frachter *SS Candidate* und *SS Centurion*.

Am 07. Mai 1915 war fast der gesamte Diesel-Treibstoff aufgebraucht. Auch die Munition ging zur Neige. Es befanden sich nur noch zwei Torpedos an Bord. Starker Nebel behinderte die Sicht. Deshalb beschloss der Kommandant, der 30-jährige Kapitänleutnant Walther Schwieger, die Heimreise anzutreten und nicht – wie es ursprünglich geplant gewesen war – weiter durch den St. Georges Tunnel in die Irische See vorzustoßen.

Mittags um 12.00 Uhr sichtete der Ausguck Friedrich Sellmer in der Ferne einen Kreuzer. Er erstattete sofort Meldung. Anhand von *Jane's Fighting Ships 1914*, eines mit Zeichnungen und Kurzangaben versehenen Erkennungsbuchs, konnte der Kommandant das feindliche Kriegsschiff identifizieren: Es handelte sich um die *HMS Juno*. Sie war 1895 vom Stapel gelaufen und auf den Namen der griechischen Göttin Juno getauft worden. Als geschützter Kreuzer verfügte die *HMS Juno* über zwölf leichte Einzelgeschütze sowie auf dem Vorder- und dem Achterdeck über je ein schweres Geschütz. Die Kessel- und Maschinenräume, das Deck und die Geschützstände waren gepanzert. Gegen einen solch übermächtigen Gegner hatte das U-Boot mit nur noch zwei Torpedos an Bord kaum eine Chance. Es ging auf eine Tauchtiefe von 40 Metern.

Der Lärm der Dieselmotoren ebbte ab. Kondenswasser tropfte. Dampfleitungen zischten, Nieten ächzten, Metallplatten vibrierten, Stahlteile knirschten. Dazu gesellte sich ein anderes, zunächst undefinierbares, dann immer lauter und bedrohlicher werdendes Geräusch. Das waren die

Schiffsschrauben des Kreuzers. Schließlich wurde der Krach ohrenbetäubend. Es klang so, als ob der stetige Wasserdruck kurz davor wäre, den eisernen Sarg wie eine leere Konservendose zu zerquetschen.

Nach der Torpedierung des Segelschiffs und der beiden Frachter hatte die britische Marine die weitere Route des deutschen U-Boots ziemlich genau bestimmen können. Der Kreuzer befand sich nun auf der Suche nach ihm. Aber er verfügte noch über kein aktives Sonar-System.[1] Er vermochte das *SM U 20* nicht zu hören, und der Ausguck im bleigrauen Wasser konnte es nicht sehen. Die *HMS Juno* überfuhr das Tauchboot, ohne den Feind zu bemerken. Den britischen Kiel und den deutschen Turm trennten nur wenige Meter. Das Rauschen oben an der Wasseroberfläche wurde leiser, bis es ganz verstummte.

SM U 20 stieg auf zwölf Meter. Das Periskop wurde ausgefahren. Von dem feindlichen Schiff war nichts mehr zu sehen. Das U-Boot trieb allein im Meer. Ein scharfer Beobachter hätte es nun von einem Ballon oder einem Flugzeug aus unter der Wasseroberfläche dahingleiten sehen können. Bis auf den fehlenden Flossenschlag ähnelte es einem riesigen Haifisch. Aber mit einer Länge von 64 Metern, sechs Metern Breite und einem Tiefgang von vier Metern war es weitaus größer, bedrohlicher und heimtückischer als jeder noch so gefährliche Raubfisch. Mittags um 13.45 Uhr tauchte das U-Boot wieder auf. Der Matrose Friedrich Sellmer öffnete die Luke und kletterte auf den Turm.

Um 14.20 Uhr bemerkte er ein merkwürdiges Blitzen am Horizont. Der Ausguck stellte sein Fernglas schärfer und entdeckte Schornsteine und Masten. Es schien sich um einen Konvoi zu handeln. Allmählich löste sich das Bild auf. Sichtbar wurde ein gewaltiger Dampfer mit vier Schornsteinen und einem schwarz gestrichenen Rumpf, der Kurs auf Queenstown nahm. In den fernen Bullaugen spiegelte sich die Sonne. Ein Blick in das britische Marine-Jahrbuch *The Naval Annual 1914*, das jedes deutsche U-Boot zum Zwecke der Identifizierung mit an Bord hatte, brachte Friedrich Sellmer die Gewissheit. Der Matrose verließ seinen Posten, verriegelte die Luke und erstattete dem Kommandanten Meldung.

SM U 20 ging erneut auf zwölf Meter Tauchtiefe. Nach einer knapp einstündigen Verfolgungsfahrt hatte das U-Boot um 15.10 Uhr eine günstige Schussposition erreicht. Kapitänleutnant Walther Schwieger erteilte den Feuerbefehl: »Bugtorpedo auf drei Meter Tiefgang einstellen, 700 Meter Entfernung, 90 Grad Schneidungswinkel.«

Doch der erste Offizier Karl Voegele, ein 29-jähriger, ehemaliger Elektriker aus Straßburg, weigerte sich, das Kommando an den Torpedoschützen weiterzugeben: »Das Schiff wurde vom Ausguck eindeutig identifiziert. Wir dürfen keinen Passagierdampfer mit Frauen und Kindern an Bord ohne Vorwarnung attackieren! Das verbieten uns die Ehre eines Seemannes seiner Kaiserlichen Majestät und die für uns gültige Prisenordnung[2]! Wir müssen die Zivilisten zuerst warnen, ihnen einen Schuss vor den Bug setzen und sie dann zur Kapitulation auffordern.«

Kapitänleutnant Schwieger schrie: »Ist Er wahnsinnig, Mann? Die feigen, britischen Hunde haben mit Sicherheit versteckte Bordgeschütze an Deck. Sobald sie unser ansichtig werden, schießen sie uns in Grund und Boden. Ich lasse Ihn vor ein Kriegsgericht stellen und füsilieren, wenn Er weiter den Befehl verweigert!«

In diesem Moment zog der 24-jährige Matrose Benjamin Ulbricht einen Revolver, zielte auf den Kommandanten und forderte mit heiserer Stimme: »Abdrehen, sofort abdrehen!«

Im nächsten Augenblick traf ein Montiereisen den Hinterkopf des Matrosen. Er brach ohnmächtig zusammen.

Walther Schwieger bückte sich, hob die Waffe auf und richtete sie auf seinen Ersten Offizier: »Er steht unter Arrest.« Dann erteilte er erneut den Feuerbefehl. Nun wagte es niemand mehr, sich zu widersetzen. Aller Aufruhr war dahin, die Rebellion im Keime erstickt. Oberleutnant Raimund Weisbach, der Zweite Offizier, gab die Order weiter an den Bordschützen. Der 23-jährige Matrose Mathias Braun biss sich wütend auf die Lippen, verriegelte aber trotzdem die hintere Verschlussklappe, öffnete die Außenluke und riss den Abzugshebel nach unten. Der Antriebsmotor des Torpedos zündete. Das tödliche Sprenggeschoss verließ seine stählerne Röhre, nahm stetig Fahrt auf und raste auf das 700 Meter entfernte Ziel zu. Eine Schaumbahn auf der Wasseroberfläche zeigte den Unheil bringenden Lauf an.

[1] Sonar-System: Der französische Physiker Paul Langevin entwickelte zwar bereits 1915 gemeinsam mit dem Elektrotechniker ein Sonar (Abk. von Sound Navigation and Ranging), welches U-Boote auf eine Entfernung von bis zu 1.500 Metern orten konnte, aber es gelangte erst nach dem Ende des 1. Weltkriegs zur Serienreife.

[2] Prisenordnung: Im Jahr 1909 wurde die internationale Londoner Seerechtsdeklaration zwar beschlossen, jedoch nicht ratifiziert. Sie erlangte deshalb nur den Status von Gewohnheitsrecht. Auf der Grundlage dieser Seerechtsdeklaration erließ das Deutsche Kaiserreich am 30.09.1909 eine Prisenordnung, die am 18.04.1915 nochmals geändert wurde. Danach durften zivile Schiffe ohne militärischen Begleitschutz erst dann versenkt werden, wenn zuvor die gesamte Mannschaft evakuiert worden war.

Pinewood Allee

Aus den Aufzeichnungen von Dr. Watson

Los Angeles (USA), April 1915

Als 1914 das große Sterben auf den Schlachtfeldern Europas begann, welches später als der Erste Weltkrieg in die Geschichtsbücher eingehen sollte, hätte ich mich am liebsten trotz meines hohen Alters sofort freiwillig zur Truppenfahne zurückgemeldet. Ich war sowohl ein glühender Patriot als auch ein erfahrener Soldat. Meine Feuertaufe hatte ich im Jahr 1880 als Militärarzt in Afghanistan erhalten. Eine Kriegsverletzung aus jener Zeit erinnerte mich seither schmerzhaft daran, wie mir damals in der Schlacht von Maiwand die Paschtunen-Kugeln beinah das Lebenslicht ausgeblasen hätten.

Bis zu meinem Ruhestand vor einigen Jahren war ich als ein in vielen Fachgebieten bewanderter Allgemeinmediziner tätig gewesen. In einem Feldlazarett hätte ich also sehr wohl noch gute Dienste als ein Knochenflicker leisten können.

Im Gegensatz zu mir hatte mein Freund Sherlock Holmes Zeit seines Lebens keinen Waffenrock getragen. Obzwar er nach Möglichkeit Schusswaffen mied, stand er mir fraglos in seiner Vaterlandsliebe in nichts nach. In unserem letzten gemeinsamen Abenteuer hatte er mit großer Entschlossenheit dafür gekämpft, den drohenden Untergang des Abendlandes zu verhindern.[1] Trotz gewisser Erfolge war er letzten Endes doch gescheitert. Die Schuld lag nicht bei ihm. Ein einzelnes Erdengeschöpf konnte beim besten Willen kaum mehr als ein winziges Sandkorn im Weltengetriebe sein. Es bedurfte schon eines viel größeren Hemmschuhs, um jene gigantische Kriegsmaschinerie aufzuhalten, die von einem unersättlichen Selbstvernichtungsverlangen der größten Nationen in Gang gesetzt worden war und der es nach reißenden Strömen von dampfendem Menschenblut dürstete.

Mycroft Holmes, der Bruder meines Freundes, ahnte wohl, was im Kopfe seines einzigen noch in Großbritannien lebenden Anverwandten vorgehen mochte. Mycroft befand sich aufgrund seiner hohen Dienststellung im britischen Außenministerium wieder einmal in die komfortable Lage versetzt, Vorsehung spielen zu können. Er nutzte die Gunst der Stunde, um uns beide, also Sherlock und mich, aus der Schusslinie zu nehmen, ohne uns zu düpieren. Doch wie das Dichterwort schon sagt: »Mit des Schicksals bunten Mächten ist kein ewiger Bund zu flechten.« Wir kamen sozusagen vom Regen in die Traufe. Doch ich will der Reihe nach berichten.

Der Erste Weltkrieg begann bekanntlich am 28. Juli 1914 mit einer Kriegserklärung Österreich-Ungarns an Serbien. Deutschland, das Osmanische Reich sowie Bulgarien schlossen sich Kaiser Franz Josef an. Sie kämpften gegen die Entente, die Serbien beisprang und zunächst aus Russland und Frankreich bestand. Großbritannien kam später hinzu. Nach und nach uferte der Weltenbrand immer weiter aus. Am Schluss beteiligten sich 40 Staaten an dem Krieg. Er fand zu Land, zu Wasser und teilweise sogar in der Luft statt. Das Deutsche Kaiserreich verfügte anfangs über eine starke Flottenpräsenz. Es griff unbarmherzig alle unter britischer Flagge segelnden Schiffe an und erklärte die Meere rund um die britischen Inseln zum Kriegsgebiet. Viele Wasserwege wurden deshalb gleichsam unpassierbar. Die meisten Übersee-Schifffahrtslinien mussten eingestellt werden. Das britische Empire antwortete mit einer Blockadepolitik. Die beiden taktischen Maßnahmen hatten große Auswirkungen auf die Versorgung, auf die Reisetätigkeit und selbstverständlich auch auf die Nachrichtenübermittlung. Hungersnöte brachen aus. In den Gazetten ersetzten nationale Propaganda und völlig frei erfundene Lügengeschichten jegliche objektive Berichterstattung. Was in den anderen Teilen der Erde geschah, interessierte keinen Menschen mehr. Nur so konnte es beispielsweise geschehen, dass im Jahr 1918 die sogenannte Spanische Grippe nahezu unbemerkt von der Weltöffentlichkeit ausbrechen konnte, sich zu einer Pandemie[2] auswuchs und bis zu 50 Millionen Menschenleben dahinraffte. Das waren dreimal mehr, als dem Ersten Weltkrieg insgesamt an Kombattanten und Zivilisten zum Opfer fielen.

Nirgendwo und nirgends wurde so viel gelogen wie in einem Krieg. Die Desinformation des Feindes war eine wichtige Waffe im Kampf, die militärische Aufklärung ihr Pendant. An dieser Stelle brachte uns Mycroft ins Spiel. Holmes und ich wurden vereidigt, erhielten die Ränge, die Ausweise und die Kompetenzen von Sondergesandten des Außenministeriums und begannen damit, in der Weltgeschichte umherzureisen. Unsere Aufgaben waren klar umrissen: Wir sollten streng vertrauliche Diplomatenpost von A nach B transportieren, dabei stets inkognito bleiben und immer die Augen offen halten. Manchmal wussten wir, was in den versiegelten Briefen stand, meistens jedoch nicht. Mein geruhsames, aber langweiliges Leben als Pensionär war gründlich dahin. Täglich aufs Neue erwarteten mich spannende Abenteuer an der Seite meines Freundes.

Unsere fünfte oder sechste Reise führte uns nach Übersee. Die USA zählten zu diesem Zeitpunkt noch zu den neutralen Ländern, auch wenn das Herz der Yankees in der Ambivalenz aus alter Verbundenheit und konservierten Hassgefühlen mehr auf unserer Seite schlug.

Wir waren am 15. März 1915 auf einer völlig gefahrlosen Route mit der *Ampiezza*, einem italienischen Postschiff, in New York angekommen.[3] Sir Courtenay Bennett, der britische Generalkonsul, empfing uns zum Five o'Clock Tea. Das Gespräch verlief völlig belanglos. Wie es in der Diplomatensprache so schön hieß, wurden in einer offenen und sachlichen Atmosphäre allgemein interessierende Fragen erörtert. Aber unser Gastgeber, ein hoch aufgeschossener Mittsechziger mit gepflegtem Spitzbart und noch vollem Haupthaar, deutete mit Mimik und Gestik an, dass er innerlich aufgewühlt sei. Möglicherweise besaß er Kenntnis von geheimen politischen Ränken, die er missbilligte und deren Folgen er fürchtete. Aber das war in diesen Tagen nichts Besonderes. Ständig wurden irgendwo auf der Welt geheime Abkommen geschlossen und ebenso schnell wieder gebrochen. Im Krieg wie in der Liebe war ja schließlich alles erlaubt.

Holmes, der in solchen Situationen kein Blatt vor den Mund zu nehmen pflegte, sprach unseren Gastgeber offen an: »Sir, gibt es etwas, das wir besser wissen sollten?«

Sir Courtenay Bennett schwieg länger, als es angemessen gewesen wäre. Dann meinte er beiläufig: »Die beiden schrecklichen Zwillinge bereiten mir Verdruss.«

Wir starrten ihn verdutzt an.

Der in Ehren ergraute Diplomat setzte fort: »Mit Ihnen hat das beileibe nicht das Geringste zu tun, meine Herren. Sie können also völlig unbesorgt sein. Wir sehen uns wieder hier in meinem Office, und zwar ganz genau bis zum Morgen

Ihrer Abreise. Dann werde ich Ihnen versiegelte Segeltuchtaschen mit Mitteilungen der Botschaft an das *Foreign Office* zu treuen Händen übergeben. Bis dahin passen Sie gut auf sich auf. Hüten Sie sich vor dem Alkohol und vor Gesprächen mit Fremden. In New York wimmelt es förmlich von feindlichen Spitzeln. Hauptmann Franz von Papen, der Militärattaché der Deutschen Botschaft, hat als Leiter der amerikanischen Sektion des deutschen Geheimdienstes ein dichtes Agentennetz geknüpft. Spionageabwehr und Gegenspionage sind unser tägliches Brot. Aber das wissen Sie genauso gut wie ich.«

Die seltsame Bemerkung über die schrecklichen Zwillinge war mir im Gedächtnis haften geblieben. Draußen auf der Straße sagte ich zu meinem Freund: »Der Konsul mag gut und gerne auf die siebzig zugehen. In einem solchen Alter können kleine Kinder tatsächlich eine große Last darstellen.«

Holmes erwiderte: »Du irrst dich, alter Knabe. Sir Courtenay Bennett ist seit Kurzem Witwer. Auf seinem Schreibtisch standen zwei fotografische Aufnahmen. Die eine zeigt seine Gattin, versehen mit einem Trauerflor. Sie wird etwa in seinem Alter gewesen sein. Da kann es in letzter Zeit keinen Nachwuchs mehr gegeben haben.«

»Dann meinte er eben seine Enkel.«

»Kindeskinder wären möglich, sind aber eher nicht gemeint. Auf dem zweiten Lichtbild ist nämlich ein Mann um die vierzig zu sehen. Er trägt eine Offiziersuniform der britischen Marine. Das wird wahrscheinlich der Sohn des Botschafters sein. Falls dieser Sir Bennett junior eigene Kinder haben sollte, werden sich diese vermutlich in einem Ort an Englands Küsten aufhalten.«

»Oder in einem Marinestützpunkt außerhalb der Insel«, gab ich zu bedenken.

»Auch dies ist möglich. Aber auf keinen Fall stecken sie in den Staaten. Die USA sind ein neutrales Land. Hier wimmelt es zwar von ausländischen Militärangehörigen, aber die wollen am liebsten inkognito bleiben. Sie tragen deshalb Zivil, tarnen sich mit einer Scheinidentität und haben keinesfalls ihre Familien dabei. Mit Enkeln in England kann Sir Courtenay Bennett folglich keine direkten Berührungspunkte haben. Das Verhältnis zu ihnen wäre also rein passiv. In diesem Fall hätte der Botschafter sagen müssen: ›Ich mache mir Sorgen um die schrecklichen Zwillinge‹. Aber stattdessen sprach er: ›Die beiden schrecklichen Zwillinge bereiten mir Verdruss‹. Das ist ganz eindeutig aktiv. Das grässliche Pärchen wirkt demzufolge unmittelbar auf Sir Bennett ein, und zwar hier und heute, entweder durch zielgerichtetes Tun oder durch wissentliches Unterlassen.«

Ich bereute bereits meine Äußerung und stöhnte, weil ich nicht aus jeder Mücke einen Elefanten machen wollte: »Dann handelt es sich eben um die Brut seiner Haushälterin, die gleichzeitig sein Bettschatz ist. Oder er hat drei Söhne. Einer bereitet ihm Freude, weil er bereits eine steile militärische Karriere absolvieren konnte. Die zwei übrigen sind Pazifisten oder Anarchisten und deshalb seine Sorgenkinder.«

»Beide Gedankenspiele sind vom Ergebnis her unwahrscheinlich. Ad eins befindet sich der Generalkonsul im Trauerjahr. Deshalb wird er sich kaum vor Wildfremden mit seinen Seitensprüngen brüsten. Ad zwei herrscht Krieg. Da gelten verstärkte Schutzvorschriften. Ein Diplomat mit illegitimen oder völlig aus der Art geschlagenen Abkömmlingen wäre zu leicht erpressbar, deshalb ein zu hohes Sicherheitsrisiko und längst nicht mehr im Amt. Sir Courtenay Bennett hat eine blütenweiße Weste. Das kannst du mir getrost glauben.«

»Aber was war es dann? Der Botschafter hat mir ein Quäntchen zu lange überlegt, ehe er deine Frage beantwortete.«

»Der gute Mann wollte sich ein reines Gewissen verschaffen, aber sich nicht zu weit aus dem Fenster lehnen. Folglich hat er uns ein Rätsel in der Sprache der Diplomaten aufgegeben. Wir sollen es lösen. Doch wo können wir ansetzen? Blicken wir zunächst in die Geschichte. Berühmte Zwillinge waren Jacob und Esau, die Söhne des biblischen Patriarchen Isaak. Dann gab es ferner Romulus und Remus, die von einer Wölfin großgezogen wurden und welche die Stadt Rom gegründet haben sollen. Und schließlich waren da noch Herakles und Iphikles. Bei ihnen lag die Besonderheit vor, dass sie eine gemeinsame Mutter hatten, nämlich Alkmene, aber von zwei Vätern gezeugt worden waren, die da Zeus und Amphitryon hießen.«

»So etwas gibt es tatsächlich, und nicht nur in der Mythologie«, steuerte ich eine Kleinigkeit aus meinem reichen Erfahrungsschatz bei. »Die doppelte Vaterschaft bei menschlichen Mehrlingsgeburten nennt sich *Superfecundatio*. Sie kommt allerdings nur höchst selten vor. Bei Hunden, den liebsten Freunden des Menschen, findet sich dieses Phänomen hingegen relativ häufig. Ihnen gebricht es nämlich an jeder Form von Anstand. Sie suhlen sich im Dreck und ...«

Holmes unterbrach mich mit einer Handbewegung und setzte seinen Gedankengang fort: »Wir sind mit dem italienischen Postdampfer *Ampiezza* angekommen. Die Erwähnung der Zwillinge Romulus und Remus könnte ein Hinweis sein, wenn wir mit demselben Schiff zurückfahren würden. Aber das tun wir nicht, wie der Botschafter sehr wohl weiß. Ich muss weiter nachdenken.«

Aber die mit Erlebnissen prall gefüllten nächsten Tage ließen Holmes keine Zeit dazu. Irgendwann verlor er das Interesse daran, dieses anscheinend unbedeutende Rätsel zu lösen. Das gesamte Leben steckte schließlich voller Mysterien. Brillen, Hüte und linke Socken verschwanden auf geheimnisvolle Weise, um entweder niemals oder an gänzlich unerwarteten Orten wieder aufzutauchen.

Die Rückfahrt sollte am 01. Mai 1915 mit der *Lusitania* stattfinden. Sie und ihr Schwesternschiff, die *Mauretania,* waren die beiden größten Passagierdampfer der Welt. Der offizielle Teil hatte sich mit dem Besuch in der britischen Botschaft fürs Erste erledigt. Unsere Einsatzbereitschaft war erst wieder gefragt, wenn die Diplomatenpost in Empfang genommen werden musste. Uns blieb also mehr als genug Zeit, Land und Leute kennenzulernen. Wenn nicht die Anspannung des Krieges auf unseren Schultern gelastet hätte, wäre unsere derzeitige Profession eine äußerst angenehme Art gewesen, den Lebensunterhalt zu verdienen. Allein drei Wochen verbrachten wir mit völligem Nichtstun in Los Angeles, Californien, beim Sohn meines Freundes.

William Adler-Norton, dessen reizende Gemahlin Charlotte und ihre dreijährige Tochter Irene, ein dreckverkrusteter Irrwisch mit blonden Locken, bewohnten ein aufwendig restauriertes Fachwerkhaus am Rande der Stadt in der Pinewood Allee.[4] Seit meinem letzten Besuch in »El Pueblo de Nuestra Señora la Reina de Los Angeles« (Stadt unserer Herrin, der Königin der Engel) im Jahr 1884 hatte sich die Hauptstadt von Südcalifornien stark verändert.[5] Die damals typischen Häuser aus luftgetrockneten Lehmziegeln waren in der Mehrzahl stattlichen Steinbauten gewichen und die weitläufigen Farmen parzelliert worden. Die Bevölkerung hatte sich mehr als versechsfacht und lag nun bei 320.000 Einwohnern. In der Mehrzahl besaßen sie mexikanische Wurzeln. Sehr viele Einwanderer waren aus China, Japan und osteuropäischen Ländern gekommen. Die Immigranten vermischten sich aber in der Regel nicht mit den anderen Volksgruppen, sondern lebten in streng voneinander getrennten Stadtvierteln.

Das Haus der Adler-Nortons war nicht leicht zu finden gewesen, denn es lag weit von dem lauten Getöse der Straßenbahnen und Automobile entfernt. Noch wurden die umliegenden Hügel von Rebengärten und Orangenhainen bedeckt, doch die City rückte von Jahr zu Jahr unaufhörlich näher heran. Die Vegetation war beinah tropisch zu nennen: Eukalypten, Pfefferbäume, Palmen, Norfolk-Island-Pinien, Steineichen, Gummi- und Granatbäume, Rosen, Geranien, Yucca, Agaven und Kalias wuchsen ringsum in Hülle und Fülle. In dem undurchdringlichen Dickicht schnatterte, krächzte und zwitscherte es unentwegt.

Der Teint von Charlotte Adler-Norton war noch immer zart wie ein rosiger Pfirsich. Ihre Zähne glichen nach wie vor reinweißem, feinstem Porzellan, ihr roter Mund leuchtete makellos, und ihre hellblauen Augen hatten nichts von ihrem Glanz verloren. Aber sie war seit unserer letzten Begegnung erfahrener und wesentlich reifer geworden. Sie hatte ihr mädchenhaftes Getue ebenso wie ihr altes Pseudonym »Lotte Land« abgelegt und unter ihrem neuen Künstlernamen »Alice Brady« eine Filmkarriere in Hollywood gestartet. Zurzeit legte sie eine Drehpause ein, weil sie hochschwanger war. Die Niederkunft wurde für jeden Tag erwartet. Eine Hebamme in der Nachbarschaft hielt sich bereit, und das Geburtszimmer war mit allem Nötigen ausgestattet worden.

William ging ganz in seiner Rolle als fürsorglicher Gastgeber auf. Er hatte sichtlich an Gewicht zugelegt, aber es schien sich um reine Muskelmasse zu handeln. Sein braun gebranntes Gesicht verriet, dass er sich häufig an der frischen Luft aufhielt. Aber das Alter begann auch bei ihm, seinen Tribut zu fordern, denn Williams Haarwuchs war bereits sichtlich spärlich geworden.

An den Morgen des 23. April 1915 kann ich mich noch sehr genau erinnern. Es war ein milder, klarer Tag. Es roch nach frischem Gras und nach Blüten. Wir saßen auf der überdachten Terrasse mit Blick in ein grünes Tal. Insekten summten, kleines Getier raschelte ringsum, und ein munteres Bächlein plätscherte ganz in der Nähe. Es herrschte eine friedliche, gelöste Stimmung, wie sie nur unter Menschen zu finden ist, die einander eng verbunden sind.

Der Tisch bog sich unter einheimischen Speisen. Da gab es dampfendes Maisbrot, gelbe, salzige Butter in großen Blöcken, eisgekühlte Krüge mit Ingwerbier, Berge von gegrillten Rippchen, bauchige Flaschen mit hellbraunem Ahornsirup, gesottene Flusskrebse, Fässchen mit Erdnussbutter, Stapel von Pfannkuchen und mehrere Lagen gerösteter Maiskolben. Dazu wurde kochendheißer, pechschwarzer Kaffee gereicht, der nach Cowboy-Art in einer Emaillekanne über dem offenen Feuer gebrüht worden war.

Draußen auf dem Sandweg quietschte ein Fahrrad. Das war der Zeitungsjunge. Eine druckfrische Ausgabe des *Los Angeles Standard* klatschte auf die Veranda. Charlotte erhob sich, um das Journal zu holen. Auf der Titelseite prangte eine riesige Anzeige. Sie trug in überdimensionalen Lettern die Überschrift *ACHTUNG!*

Unsere Gastgeberin las den Text laut vor, wobei in ihrer Stimme spürbares Entsetzen mitschwang: »*Reisende, die vorhaben, den Atlantik zu überqueren, werden daran erinnert, dass Deutschland und seine Alliierten sowie Großbritannien und seine Alliierten sich im Kriegszustand befinden; dass das Kriegsgebiet auch die Gewässer rings um die britischen Inseln umfasst; dass in Übereinstimmung mit der formellen Bekanntgabe der Kaiserlichen*

Deutschen Regierung alle Schiffe, die die Flagge Großbritanniens oder eines seiner Verbündeten führen, Gefahr laufen, in diesen Gewässern zerstört zu werden, und dass Reisende, die im Kriegsgebiet auf Schiffen aus Großbritannien oder seiner Verbündeten reisen, dies auf eigene Gefahr tun. Als Verfasser der Annonce wird genannt: *KAISERLICHE DEUTSCHE BOTSCHAFT; Washington D.C., 22. April 1915.*« Charlotte ließ das Blatt sinken. Sie war leichenblass geworden.

Plötzlich war es mit der friedlichen Atmosphäre vorbei. Kalter Nebel breitete sich im eben noch so friedlichen Tal aus. Vor meinem geistigen Auge sah ich ein Schlachtfeld irgendwo in Europa. Schrapnelle explodierten, zerfetzte Gliedmaßen flogen durch die Luft, Bajonette bohrten sich in ungeschützte Bäuche. In einem Stacheldrahtverhau hing ein sterbendes Pferd, schwarzer Schlamm überzog die tote Erde, von einem Wäldchen waren nur noch verkohlte Stümpfe übrig geblieben.

William packte Holmes und mich an den Schultern, schüttelte uns kräftig durch und riss mich auf diese Weise aus meiner Erstarrung: »Ihr dürft auf keinen Fall fahren. Ich verbiete es euch. Es ist viel zu gefährlich.«

Holmes erwiderte: »Keine Angst, mein Sohn. Unkraut vergeht nicht. Außerdem sind wir keine Privatreisenden, sondern haben einen amtlichen Auftrag zu erfüllen. Wenn wir hierbleiben, würde das als Fahnenflucht und Feigheit vor dem Feind ausgelegt werden. Wir könnten dann nie wieder nach Hause zurückkehren.«

»Das wäre kein großer Verlust«, meinte Charlotte mitfühlend und aufmunternd zugleich. »Europa und unsere alte Welt sind am Ende. Nach dem Krieg wird nichts mehr so sein, wie es vorher war. Bleibt also hier bei uns. Wir verfügen über genügend Platz. Und die warme Sonne Californiens ist ein wahres Elixier für müde, morsche Knochen.«

Ich versuchte, mir selbst Mut zu machen: »Die *Lusitania* bekommt einen Geleitzug aus Kreuzern, die jeden Angriff von feindlichen Schiffen mit überlegener Feuerkraft abwehren können.«

»Und was ist mit den Unterseebooten?«, fragte Charlotte.

»Ein einzelner Torpedotreffer wäre außerdem relativ ungefährlich«, ergänzte Holmes, »denn die *Lusitania* ist im Prinzip unsinkbar. Der gesamte Schiffsrumpf wurde in unzählige Quer- und Längsschotten untergliedert, die allesamt hermetisch abgeriegelt werden können. Selbst ein metergroßes Loch in der Bordwand würde deshalb lokal begrenzt bleiben und keinen beträchtlichen Schaden zur Folge haben.«

Etwas an dem Blick meines Freundes verriet mir, dass er seinen eigenen Worten keinen Glauben schenkte.

Auch William ging ihm nicht auf den Leim: »Die *Titanic* galt ebenfalls als unsinkbar. Vor knapp drei Jahren ist sie auf einen Eisberg gelaufen und mit Mann und Maus abgesoffen.«

»Wohl wahr, wohl wahr«, entgegnete Holmes. »Allerdings war der Eisberg mehrere 100.000 Tonnen schwer und hat auf der Steuerbordseite von der Vorpiek aus die Außenwand von sechs wasserdichten Schiffskammern aufgerissen. Durch diese gewaltigen Lecks strömte mit großem Druck Wasser ein und flutete in kürzester Zeit den gesamten Bereich. Damit war die *Titanic* verloren. Die Schiffsbauer haben aus diesem Unglück gelernt und den Rumpf wesentlich verstärkt. Ein einzelner Torpedotreffer könnte ein Loch in die Außenwand reißen und eine Kammer fluten. Mehr würde nicht passieren. Die *Lusitania* wäre zwar beschädigt, aber immer noch in bester Weise hochseetauglich.«

Charlotte nahm ihm kein einziges Wort davon ab. Sie meinte lakonisch: »Na wunderbar. Alles ist hundertprozentig sicher. Pech wäre es allerdings, wenn der Volltreffer zufällig die Kabine von zwei mir gut bekannten englischen Gentlemen erwischen und die beiden Herren in tausend Stücke zerreißen würde.«

Holmes lächelte melancholisch und gab zurück: »Das, meine Liebste, ist allerdings völlig ausgeschlossen. Dr. Watson und ich reisen standesgemäß in der Ersten Klasse. Und deren Kabinen befinden sich ausnahmslos auf dem Oberdeck, weit entfernt von der gefährdeten Wasserlinie.«

Nun mischte sich William ein: »Sei dem, wie es wolle. Ein vermeidbares Risiko bleibt. Weshalb nehmt ihr nicht den Weg, auf dem ihr gekommen seid? Der nächste italienische Postdampfer mit Kurs auf Europa legt am 03. Mai in New York ab.«

Holmes antwortete: »Seit dem Herbst 1914 ist die *Lusitania* das einzige große, britische Schiff, welches die Route über den Nordatlantik nimmt. Die voraussichtliche Reisedauer beträgt sieben Tage. Mit dem italienischen Postdampfer würden wir mehrere Wochen lang unterwegs sein. Außerdem durfte ich auch bisher in meinem Beruf als beratender Detektiv vor keiner Gefahr zurückschrecken. Auf mich ist im Laufe meines Lebens bestimmt genauso häufig geschossen worden wie auf meinen Freund Dr. Watson an vorderster Front im Afghanistan-Krieg. Außerdem habe ich einen tiefen Fall aus 110 Yards Höhe überlebt, als ich mit Professor Moriarty kämpfte und zusammen mit meinem Widersacher den Reichenbach-Wasserfall hinabstürzte.[6] Ich glaube nicht an himmlische Mächte. Aber wenn mich jetzt das Schicksal abberufen wollte, würde ich gehen, ohne zu zögern. Ich stehe jetzt in meinem 61. Lebensjahr und bin damit weitaus älter geworden als die meisten meiner ehemaligen Studienkameraden. Und du, mein Sohn, lebst als *Police Officer* beim *Los Angeles Police Department* auch nicht gerade ungefährlich.

Wie viele Polizisten sind im vergangenen Jahr im Dienst gestorben? Waren es weniger oder mehr als zehn?«

Danach wandten wir uns wieder anderen Themen zu, aber die fröhliche und gelöste Stimmung war dahin. Wir gingen bald schlafen.

Ich litt unter furchtbarem Albdrücken. Eines der vielen Traumgesichter ist mir ganz besonders tief im Gedächtnis haften geblieben: Ich saß in einem Schlauchboot und trieb mutterseelenallein mitten auf dem riesigen Ozean. Ich legte mich mächtig in die Riemen, um eine weit entfernt sichtbare Küstenlinie zu erreichen. Plötzlich hörte ich von weit weg eine Stimme nach Hilfe rufen. Ich schaute mich um, sah einen Menschen in den Wellen treiben und wendete das Boot. Eine Hand winkte mir zu. Als ich mich dem Schwimmer auf gut hundert Yards genähert hatte, erkannte ich voller Entsetzen, dass es sich um meine Eheliebste handelte. Sie stand kurz vor dem Ertrinken und hielt sich nur noch mit letzter Kraft an der Wasseroberfläche. Ich ruderte heftiger, als plötzlich wie aus dem Nichts ein bedrohlicher, schwarzer Schatten aus den Fluten auftauchte. Ein deutsches U-Boot! Ein Maxim-Maschinengewehr auf seinem Turm schwenkte herum und begann, sein todbringendes Blei in langen Salven in meine Richtung zu speien. Ich hielt furchtsam inne und ließ die Riemen ruhen. Doch die Entfernung war für die Kugeln zu groß. Die Geschosse regneten zwanzig, dreißig Yards von mir entfernt vom Himmel herab und versanken zischend in den Wellen. Unterdessen hatte sich die Zahl der Schwimmer wundersam vermehrt. Außer meinem Eheweib kämpften nun auch noch zwei weitere Gestalten gegen den Tod in einem nassen Grab. Obwohl ich ihnen nie persönlich begegnet war, erkannte ich sie auf den ersten Blick: Es waren die siamesischen Zwillinge Chang und Eng Bunker[7]. Doch was sollte ich tun? Sobald ich weiterruderte, würden die deutschen Kugeln unabwendbar mein fragiles Boot versenken. Hielt ich noch länger inne, kämen ganz unweigerlich meine Liebste und ihre beiden Schicksalsgenossen binnen kürzester Frist um Leben.

Ich erwachte schweißgebadet. Es dauerte einige Zeit, ehe ich die Wirklichkeit um mich wahrnehmen konnte. Ich lag in einem warmen, weichen Bett. Die Luft war mild. Durch das offene Fenster funkelten die Sterne. Es roch nach Orangen und Zitronen. Ich zündete eine Kerze an und trank einen Schluck Wasser. Die Zwillinge waren schon seit Jahrzehnten verschieden und längst von den Würmern zernagt worden. Meine Eheliebste wusste ich sicher in London und damit außer Gefahr. Was also sollte dieser seltsame Traum bedeuten?

Ich hatte mich aus wissenschaftlichem Interesse mit den Schriften von Sigmund Freud beschäftigt und wusste daher, dass Albträume positive Nachwehen haben. Sie dienen der Annäherung an gefährliche Momente. In den Traumgespinsten stürzen wir von hohen Bäumen, erwehren uns widerlicher Bestien, wollen wegrennen und rühren uns dennoch kaum von der Stelle. Aber wir kommen nie zu Schaden. In den Angstträumen durchleiden wir Entsetzen und Verzweiflung. Auf diese Weise lernen wir damit umzugehen. Im tatsächlichen Dasein würde uns dies kaum widerfahren. Falls aber doch – dann wären wir durch die Schreckensträume besser darauf vorbereitet.

Beim Frühstück überlegte ich, ob ich meine nächtlichen Phantastereien zum Besten geben sollte. Dann ließ ich es aber bleiben, um unsere Gastgeber nicht unnötig zu beunruhigen.

[1] Arthur Conan Doyle, *Der letzte Fall (His Last Bow)*
[2] Pandemie: eine kontinentübergreifende Verbreitung einer ansteckenden Krankheit, die im Gegensatz zu einer Epidemie nicht auf ein Land beschränkt bleibt
[3] italienisches Postschiff: Italien trat erst am 23. Mai 1915 mit einer Kriegserklärung an Österreich-Ungarn an der Seite der Entente in den Ersten Weltkrieg ein.
[4] Wolfgang Schüler, *Sherlock Holmes in Leipzig*
[5] Los Angeles wurde am 04.09.1781 von den Spaniern gegründet und fiel 1821 an Mexiko. Im Mexikanisch-Amerikanischen Krieg zwischen 1846 und 1848 besetzten US-Soldaten Kalifornien und gliederten es den USA an.
[6] Arthur Conan Doyle, *Sherlock Holmes' Untergang (The Final Problem)*
[7] Siamesische Zwillinge: Nach Chang und Eng Bunker (1811-1874) wurde die Fehlbildung benannt. Die beiden Brüder traten auf Rummelplätzen in der ganzen Welt auf und wurden damit wohlhabend. Sie heirateten 1843 die Schwestern Adelaide und Sarah Yates und hatten mit ihnen 18 gesunde Kinder. Chang und Eng Bunker führten getrennte Haushalte, in denen sie sich nach einem strengen Reglement abwechselnd aufzuhalten pflegten.

2. Kapitel

Tag eins

»Das Einzige, wovor ich Angst habe,
sind Schuldscheine.«

Charles Frohman, Theaterimpresario

Kapitän Turner

Aus den Aufzeichnungen von Dr. Watson

New York, 01.05.1915

Die gesamte Zeit seit unserer Abfahrt aus Los Angeles hatte ich mir weiterhin Sorgen darüber gemacht, ob wir die Warnung der Kaiserlichen Deutschen Botschaft nicht doch ernster nehmen sollten. Den fanatischen Pickelhauben war alles zuzutrauen, sogar ein Überfall auf einen zivilen Überseedampfer.

Als alter Militär hatte ich schon längst keine Angst mehr vor den Gefahren auf einem Schlachtfeld. Wenn der Feind kam und auf mich schoss, dann feuerte ich eben aus allen Rohren zurück und gab mir dabei die größte Mühe, besser zu treffen als er. Auf diese Weise war ich in Afghanistan – wenn auch arg lädiert – mit dem Leben davongekommen. Doch nun hatte die Bedrohung etwas Irreales an sich. Der heimtückische Angreifer würde sich unbemerkt unter Wasser anschleichen und dann seine tödlichen Schüsse auf unser Schiff abfeuern. Es gab nichts, aber auch reineweg gar nichts, was ich oder irgendeine andere Person an Bord dem hätte entgegensetzen können. Weder meine Cleverness noch mein Mannesmut waren gefragt. Meine Kampferfahrung würde diesmal ebenso nutzlos sein wie mein treuer Revolver, der mir schon in vielen gefährlichen Situationen das Leben gerettet hatte.

Ob Holmes gleichfalls das Herz in die Hose gerutscht war, konnte ich nicht sagen. Er weigerte sich seit Tagen konsequent, mit mir über das Allernotwendigste hinaus auch nur noch ein einziges weiteres Wort zu wechseln. Der Grund lag für mich auf der Hand: Mein Freund fürchtete sich vor der Schiffsreise, weil er an Bord tagelang zur absoluten Untätigkeit verdammt sein würde.

Wie richtig ich mit dieser Annahme lag, offenbarte er mir, als wir am 01. Mai morgens gegen acht Uhr mit einer Kraftdroschke im New Yorker Hafen anlangten.

Holmes seufzte: »Über die *Lusitania* wird berichtet, dass in der Ersten Klasse ausschließlich Millionäre reisen würden. Wir zwei alten Hagestolze werden also die ersten beiden Passagiere sein, auf die dieses Prädikat noch nicht einmal ansatzweise zutrifft. Das bedeutet in concreto, dass wir es eine Woche lang mit ungebildeten und vulgären neureichen Amerikanern, überkandidelten und selbstverliebten Künstlern sowie senilen und degenerierten, britischen Adligen zu tun haben werden. Der Umgang mit normalen Menschen wird uns kaum möglich sein, denn die Erste Klasse ist von den anderen beiden Klassen strikt getrennt, um den Pöbel im Zaume halten zu können.«

Ich erwiderte nichts, obwohl ich mir völlig sicher war, dass sich mein Freund ungeachtet aller Klassenschranken frei wie der Wind auf dem Schiff bewegen würde, und zwar mit oder ohne amtliche Erlaubnis.

Holmes setzte fort: »Wir sehen also düsteren Zeiten entgegen, alter Knabe. Doch damit nicht genug. Die bedrückende Aussicht auf eine höchst unwillkommene Begegnung mit einem deutschen U-Boot auf hoher See ist kaum dazu geeignet, dieses negative Bild in irgendeiner Weise zu verbessern.«

Ich stimmte ihm mit einem Kopfnicken zu. Gleich darauf änderte sich alles. Das war, als wir den Pier 54 erreichten und ich unser Schiff dort in seiner gesamten Pracht vor Anker liegen sah. In diesem Moment klappte mir der Unterkiefer herunter, und alle meine Ängste lösten sich in Luft auf.

Die *Lusitania* war der größte Überseedampfer, den ich je zu Gesicht bekommen hatte. New York mit seinen monströsen Wolkenkratzern im Hintergrund bildete die perfekte Kulisse für dieses erhabene Wunder der Technik. Die *Lusitania*, die einen Großteil des Hafenbeckens in Anspruch nahm, war ein gigantischer Koloss von den Ausmaßen einer mittelalterlichen Burg. Vier Reihen von unzähligen Bullaugen oberhalb der Wasserlinie erinnerten an Schießscharten, und die vier hoch aufragenden Schornsteine gemahnten an die dazugehörigen Zinnen. Der Schiffsrumpf und die Schlote waren schwarz gestrichen, nur die dreietagigen Decksaufbauten leuchteten in blendendem Weiß. Bunte Flaggen und allerlei Wimpel flatterten lustig im Wind.

In Anbetracht dieser gewaltigen Größe schien es mir völlig unmöglich zu sein, dass ein winziges deutsches Unterseeboot, welches von seinen Abmaßen dagegen wie ein Kinderspielzeug wirken musste, irgendeine ernsthafte Gefahr darstellen konnte. Ein zufälliger Glückstreffer mochte vielleicht die Außenhaut des Ozeanriesen leicht ankratzen, mehr aber kaum. Die *Titanic* hatte unsinkbar sein sollen, die *Lusitania* war es wohl tatsächlich. Meine letzten Zweifel schwanden, nachdem wir die Zollschranke passiert hatten und uns der Gangway für die Passagiere der Ersten Klasse näherten. Auf einem Podest stand ein Vertreter der *Cunard Line* und hielt eine improvisierte Pressekonferenz ab. Eine große Anzahl von Reportern und Fotografen umringte ihn.

Der Redner trug eine Melone, einen schwarzen Mantel mit Lammfellkragen und sprach mit klarer und deutlicher Stimme: »Meine Damen und Herren, gestatten Sie zunächst, dass ich mich Ihnen vorstelle. Mein Name lautet Alfred Booth, ich bin der Chairman der Reederei. Ich versichere Ihnen ganz ausdrücklich, dass es sich bei der bewussten Zeitungsanzeige um nichts weiter als um böswillige Feindpropaganda handelt. Zum einen wäre ein Angriff der Deutschen auf einen Hochseedampfer ein eklatanter Verstoß gegen das international gültige Prisenrecht. Fremde Mächte dürften das Schiff bestenfalls stoppen, durchsuchen und nur dann, wenn sie auf Militärfracht stoßen würden, beschlagnahmen. Die *Lusitania* ist aber weder ein Seelenverkäufer noch hat sie Waffen oder gar Truppen an Bord. Zum anderen ist die *Lusitania* das schnellste Schiff der Welt. Die Maximalgeschwindigkeit beträgt 28 Knoten. Ein deutsches U-Boot auf Tauchfahrt schafft gerade mal zehn Knoten. Außerdem ist sein Radius eng begrenzt. Das Einsatzgebiet unserer Gegner bleibt daher auf die Gewässer um Großbritannien herum beschränkt. Das bedeutet, dass überhaupt nur in den letzten Stunden der Reise die Möglichkeit für einen Feindkontakt besteht. Und dieser minimalen Gefahr wird dadurch begegnet, dass die *Lusitania* auf jenen entscheidenden Seemeilen vor der Ankunft im Hafen ein Schutzgeleit von einem britischen Flottenkreuzer erhält und sich damit in absoluter Sicherheit befindet.«

Ein Journalist meldete sich: »Joseph Kenworthy, *New York Times*. Sir, inwiefern kann ein Kreuzer ein U-Boot, welches sich unbemerkt angeschlichen hat, daran hindern, einen Torpedo abzufeuern?«

»Das kann er definitiv nicht. Doch der Überlebenswille der Deutschen vereitelt a priori einen solchen heimtückischen Angriffsakt. Ein Flottenkreuzer ist nämlich mit mehreren Geschützen vom Kaliber 4,7 Inch bewaffnet und darüber hinaus sehr schnell und äußerst wendig. Der bis dahin unsichtbare Feind hat nach dem ersten Schuss seine Tarnung verloren. Nach einem Torpedoabgang bleibt nämlich die Blasenlinie der Schussbahn noch für mehrere Minuten gut sichtbar an der Wasseroberfläche zurück. Diese Spur weist wie ein Kainsmal auf den Verursacher hin. Das Kriegsschiff kann das Tauchboot also sofort orten und je nach Entfernung entscheiden, ob es gerammt oder mit einer Breitseite aus allen Rohren zerstört werden soll. Der Kreuzer selber mit seiner extrastarken Panzerung hat von einem U-Boot kaum etwas zu befürchten.«

Ein anderer Reporter rief dazwischen: »Was aber unternimmt der Kreuzer, wenn das U-Boot inzwischen auf den Meeresgrund abgetaucht ist? Schwimmt er dann hinterher?«

»Nein, das tut er nicht. Deutsche U-Boote besitzen eine maximale Tauchtiefe von 50 Yards. Um diese zu erreichen, benötigen sie 90 Sekunden. Sobald sich der Kreuzer über dem U-Boot befindet, wirft er eine mit einem Tiefenmesser versehene Wasserbombe ab. Dann heißt es ›Gute Nacht, Marie‹ für die Hunnen.[1] Meine Damen und Herren von der Presse, ich versichere Ihnen, nur ein Selbstmörder mit der Sehnsucht nach einem baldigen nassen Grab käme auf die Idee, es mit einem britischen Flottenkreuzer aufzunehmen.«

Diese stichhaltigen Argumente überzeugten mich. Völlig ohne Risiko war sowieso nichts. Es gab Leute, die fielen im Schlaf aus dem Bett und brachen sich dabei die Rippen. Das ganze Leben war vom Anfang bis zum Ende lebensgefährlich. Außer Ahashver[2], dem ewig Wandernden, war es bislang noch keiner einzigen Menschenseele gelungen, auf Dauer davonzukommen.

Ich hätte dem Vertreter der *Cunard Line* gerne noch weiter zugehört, doch zwei Gentlemen in blauen Marinejacken ohne

Rangabzeichen traten auf uns zu und stellten sich als Peter Smith und Billy Williams, Polizeioffiziere der *Lusitania,* vor: »Der Kapitän bittet Sie zu sich auf die Brücke. Um das Gepäck wird sich der Steward kümmern. Wir geleiten Sie später zu Ihrer Suite.«

»Ich denke, auf einem Schiff heißen die Unterkünfte Kajüten?«, wandte ich ein, während wir die steile Gangway nach oben stiegen.

»Sehr wohl, Sir, aber nur bis zur Zweiten Klasse. In der Ersten Klasse bevorzugen wir den Begriff Suite, weil die Quartiere dort in der Regel über ein oder zwei Schlafzimmer, ein Wohnzimmer sowie ein Badezimmer mit fließendem warmen und kalten Wasser verfügen.«

»Aha, soweit die Regel. Und was wäre dann die Ausnahme?«

Billy Williams lächelte. »Das sind die königlichen Suiten, die Personen von allerhöchstem Stand vorbehalten bleiben. Sie hingegen, mit Verlaub gesagt, können sich glücklich schätzen, in der Ersten Klasse reisen zu dürfen. Auf den zusätzlichen Komfort eines Salons und eines Empfangszimmer werden Sie wohl oder übel verzichten müssen.«

Holmes reagierte mit zunehmendem Alter immer ungehaltener auf jede Form einer Herabwürdigung, so auch in diesem Fall. Er zog verärgert die linke Braue in die Höhe und entgegnete mit einer samtweichen, falschen Freundlichkeit, die bei mir sämtliche Alarmglocken schrillen ließ: »Mein lieber Officer Williams, Sie sind zu gütig. Wir wollen deshalb Gleiches mit Gleichem vergelten. Falls also Ihr gestriger nächtlicher Besuch in jenem bewussten Etablissement mit der roten Laterne am Fenster in den nächsten zwei, drei Tagen unangenehme Folgen in Form von brennendem Ausfluss haben sollte, zögern sie nicht, sich meinem Freund Dr. Watson anzuvertrauen. Er ist Arzt und kann Ihnen Linderung, wenn nicht gar

Heilung verschaffen. Er ist ein wahrer Meister im Einspritzen von Silbersalzen in die *Urethra masculina*[3].«

Der Schiffspolizist lief puterrot an nach diesem sinnbildlichen Schlag in die Magengrube, entgegnete aber wohlweislich nichts.

Sobald wir das Deck erreicht hatten, wurden die Treppen flacher und bequemer. Die halbrunde Brücke lag vorschiffs und ging über die gesamte Breite der *Lusitania.* Die riesigen Fenster waren schräg eingepasst worden und ermöglichten einen perfekten Rundumblick bis zum Horizont. Links und rechts vom Ruder waren Dutzende technische Apparaturen und nautische Gerätschaften angebracht worden, deren Zweck ich beim besten Willen nicht zu erraten vermochte. Es gab auch einige Hocker und Stühle, die fest mit den Planken verbunden waren. Bis auf eine gerahmte Skizze eines Segelschiffs und einen kleinen Kasten, in dem mehrere Orden blinkten, zeigte sich der Raum völlig schmucklos. Auf breiten Fensterbänken lagen Seekarten, nautische Instrumente und allerlei Papiere.

Da die *Lusitania* noch bis auf Weiteres fest vertäut im Hafen lag, war die Brücke leer bis auf den Kapitän. Bei ihm handelte es sich um einen mittelgroßen, drahtig wirkenden Mann. Er war etwa in meinem Alter. Sein bartloses, nahezu quadratisches Gesicht zeugte von großer Willensstärke. Die Ärmel seiner zweireihig geknöpften, blauen Jacke, die außer einem Abzeichen der *Cunard Line* am rechten Revers keinen weiteren Schmuck aufwies, waren jeweils mit vier nebeneinanderliegenden, goldenen Streifen verziert. Ähnliche Litzen, nur etwas schmaler, fanden sich auf dem Lackschild seiner Kapitänsmütze wieder. Unter der Joppe trug er ein weißes Hemd mit Selbstbinder. Außerdem hatte er weiße Stoffhandschuhe und schwere Schnürstiefel an.

Der Kapitän legte einen Brief beiseite, in dem er soeben noch gelesen hatte, und salutierte. Die beiden Schiffspolizisten grüßten zurück und marschierten zum Ausgang. Der Kapitän schwieg zunächst eisern. Er bot uns weder einen Sitzplatz noch etwas zu Trinken an.

Erst nachdem die Tür hinter seinen Leuten ins Schloss gefallen war, kam er schnörkellos zur Sache: »Ich bin William Thomas Turner und führe dieses stolze Schiff hier. Wer von Ihnen ist Sherlock Holmes? Aha. Dann müssen Sie Dr. Watson sein. Ich bin über alles im Bilde. Das Außenministerium hat mich über Ihre Mission informiert. Hier an Bord wollen wir jedoch besser Stillschwiegen über Ihren Auftrag bewahren. Es wimmelt bei uns nur so von ausländischen Spionen, und zwar nicht nur unter den Passagieren, sondern auch unter der Mannschaft. Aber in Kriegszeiten ist schließlich nichts anderes zu erwarten.« Der Kapitän legte eine Kunstpause ein und starrte uns mit durchdringenden Blicken an, so als ob wir Matrosen bei der Musterung wären. »Mir wurde überdies offenbart, dass Sie von Ihren wahren Professionen her ein ehemals berühmter Detektiv und dessen Adlatus sein sollen. Bleiben Sie bitte bei dieser Geschichte, denn dies ist die beste Tarnung. Dann können Sie nach Herzenslust Seemannsgarn spinnen, indem Sie über Ihre längst vergessenen Abenteuer schwadronieren und die Leute damit bei Laune halten. Erfundene Detektivgeschichten sollen derzeit groß in Mode sein, habe ich mir berichten lassen.« Der Kapitän stapfte eine Weile still vor uns auf und ab, dann setzte er fort: »Außerdem habe ich eine vertrauliche Information der New Yorker Polizei erhalten. Die Mitteilung besagt, dass sich ein international gesuchter Einbrecher und Juwelendieb an Bord befinden soll. Er heißt David Haldane. Vielleicht haben Sie schon von ihm gehört. Der berüchtigte Einbruch im vorigen

Monat im New Yorker Asyl für Trunkenbolde und Blödsinnige am Hudson River soll auf sein Konto gehen.«

»Sir, diese Information kann kaum stimmen«, wandte ich lächelnd ein. »Aus einer Irrenanstalt wird gemeinhin aus- und nicht eingebrochen.«

»Unterbrechen Sie mich gefälligst nicht!«, ranzte mich der Kapitän an. »Haldane ist in das Büro des Direktors der Anstalt eingedrungen, hat dessen Geldschrank geknackt und Dutzende von Reisepässen, Passkarten, Grenzkarten, Wandergewerbsscheinen, Aufenthaltsgenehmigungen, Legitimationskarten und sogar Marinepässen der Insassen in seinen Besitz gebracht. Diese Dokumente ermöglichen es ihm, unter jedem Namen aufzutreten, der ihm beliebt. Allerdings war das Police Department trotz meiner ausdrücklichen Bitte nicht in der Lage dazu, mir das Signalement des Verbrechers zu übermitteln. Ich weiß daher weder, wie alt dieser Bursche ist, noch welche Hautfarbe er hat, geschweige denn, wie er aussieht. Jeder an Bord könnte es sein. Trauen Sie deshalb keinem und niemandem. Mich und meine Männer von der Schiffsleitung natürlich ausgenommen.« William Turner räusperte sich und nahm wieder eine militärische Haltung an. »Mein Auftrag an Sie besteht also kurz gefasst darin, diesen Kerl auf frischer Tat zu ertappen, damit ich ihn anschließend kalfatern und kielholen lassen kann. Versuchen Sie also, in Ihre alte Form zu finden und den Rost abzuschütteln. Die Passagiere befinden sich wegen der U-Boot-Gerüchte ohnehin schon in heller Aufregung. Ein aufgebrochener Safe bei Mister Vanderbilt würde nur noch mehr Öl ins Feuer gießen. Aber bevor wir *in medias res*[4] gehen, lassen Sie mich noch eines hinzufügen: Mit Mister Smith und mit Mister Williams habe ich bereits zwei minderbegabte Polizisten an Bord. Für zwei weitere Versager hätte ich absolut keine Verwendung. Deshalb berichten Sie mir bitte, hochverehrter Mister Holmes, wie Sie im Ergebnis dieser kurzen Unterhaltung vorzugehen gedenken.«

Das war natürlich völliger Blödsinn, denn es hatte – bis auf meinen kurzen Einwurf – überhaupt kein Gespräch mit Rede- und Gegenrede stattgefunden. Außerdem hasste es mein Freund, sich auf diese Weise vorführen zu lassen. Prompt schoss wieder seine linke Augenbraue in die Höhe, und beide Nasenflügel bebten. Holmes sagte jedoch nichts. Er verließ uns wortlos, ging zu dem Bilderrahmen an der Wand, holte seine Lupe hervor und betrachtete zunächst eingehend die Zeichnung sowie die Ehrenzeichen, anschließend stöberte er in den Papieren.

Der Kapitän rief: »He, Mann, Finger weg, das sind geheime nautische Dokumente. Haben Sie mir außerdem nicht zugehört? Sie sollen mir etwas sagen und keine Pantomime aufführen. Aus kinomatografischen Aufnahmen weiß ich sehr wohl, dass Detektive mit Vergrößerungsgläsern herumzufuchteln pflegen. Dazu bedarf es keiner weiteren Demonstration.«

Holmes ließ sich nicht aus der Ruhe bringen. Nachdem er seine Untersuchung abgeschlossen hatte, steckte er die Lupe weg, kniff sich mit zwei Fingern in die Nasenwurzel und setzte einen entrückten Gesichtsausdruck auf. Das war reine Show und nichts weiter.

»Schluss damit und raus mit der Sprache. Ich habe nicht den ganzen Tag lang Zeit.«

Holmes lächelte süffisant und entgegnete: »Mit Ihren Wünschen sollten Sie vorsichtiger umgehen, Sir. Manche könnten in Erfüllung gehen. Aber Sie haben es so gewollt. Nicht alles, was ich Ihnen jetzt sagen werde, wird Ihnen gefallen.«

»Reden Sie nicht um den heißen Brei herum, Mann! Ich bin bei stärkstem Seegang vor Kap Horn hinauf in die Takelage geklettert und habe mit klammen Fingern die Segel gesetzt. Das Geschwätz einer Landratte kann mich da wohl kaum noch schrecken.«

Mein Freund lächelte kaum merklich. Nun hatte er den Kapitän da, wo er ihn haben wollte. »Beginnen wir mit dem Ausgangspunkt. Sie tragen die vier Streifen eines Commanders und sind damit der dienstälteste Kapitän der *Cunard Line*. Trotzdem haben Sie erst vor Kurzem das Kommando über dieses Schiff zurückbekommen. Sie hatten es verloren und wurden strafversetzt, weil es zu viele Beschwerden von Passagieren aus der Ersten Klasse über Ihr rüpelhaftes Verhalten gab. Es ermangelt Ihnen an den einfachsten Umgangsformen. Sie sind autoritär und in hohem Maße ichbezogen. Aus diesem Grund hat Sie Ihre Ehefrau verlassen. Auch mit Ihrem Vater gab es ständig Streit. Darum sind Sie als Jugendlicher von zu Hause fortgelaufen und zur See gegangen. Das hat Sie geprägt. Sie besitzen großen Mut und machen keine Kompromisse. Deshalb tragen Sie keinen Seemannsbart, wie man ihn von einem Kapitän eines solchen Schiffes erwarten könnte, trinken – wenn überhaupt – nur gelegentlich ein Gläschen Rum und rauchen entgegen der Seemannsart auch keine Pfeife. Ach so, noch etwas. Ihre Haushälterin und derzeitige Bettgenossin hört auf den hübschen Namen Margot.«

William Turner war leichenblass geworden. Er stampfte mit dem rechten Fuß auf und krächzte mit erstickender Stimme wie der Kobold im Märchen: »Das hat Ihnen der Teufel verraten.« Allerdings vermied er es tunlichst, sich Rumpelstilzchen gleich in zwei Hälften zu zerreißen.

»Ich hatte Sie gewarnt, aber Sie wollten nicht auf mich hören«, meinte Holmes frohgemut. »Zur Feier des Tages dürfen Sie uns nun jedem ein Glas von Ihrem guten Portwein kredenzen und einen Ihrer Zigarillos anbieten. Dr. Watson und ich sind nämlich beide leidenschaftliche Raucher, und die von Ihnen bevorzugten *Entreactos* gehören mit zu unseren Lieblingsmarken. Sobald der Nasenwärmer brennt, erläutere ich, wie ich den Schurken zu fassen gedenke.«

Mit diesen Worten hatte er den Kapitän endgültig geschafft. Willam Turner ließ sich schwer atmend auf einen Stuhl fallen und wischte sich mit einem Taschentuch den Schweiß von der Stirn. »Bitte bedienen Sie sich. Sie wissen sicherlich, wo Sie alles finden werden.«

»Aber selbstverständlich«, meinte Holmes, ging zu einem Schränkchen mit der Aufschrift *High Voltage – Lebensgefahr*, öffnete es, nahm eine bauchige Flasche nebst drei geschliffenen Gläsern heraus und goss uns ein. Schweigend prosteten wir einander zu.

* * *

Als wir später in unserer Suite eintrafen, war das Gepäck bereits herbeigeschafft worden. Da es zwei gleich große Schlafzimmer gab, musste keiner von uns auf dem Sofa nächtigen. Nicht, dass dies ein Problem gewesen wäre, denn die Räumlichkeiten hätten jedem First-Class-Hotel alle Ehre gemacht. Die Wände waren kirschbaumfarben getäfelt, die bequemen Sessel und Sofas hatten grüne Lederpolster, und die Messingbeschläge an den Möbeln im maritimen Stil waren blank geputzt. Das Badezimmer mussten wir uns teilen. Dort gab es zwei Porzellan-Waschbecken, ein Wasserclosett, ein Bidet und sogar eine Kupferbadewanne.

Die Mahlzeiten wurden im Speisesaal eingenommen. Selbstverständlich besaß jede Klasse ihre eigene Messe. Geheimnisträger, Eigenbrötler und frisch Verliebte konnten sich die Gerichte auch auf die Zimmer bringen lassen. Ich hätte Letzteres vorgezogen (und Holmes wahrscheinlich auch). Es gibt schließlich nichts Besseres als ein gutes Frühstück im Bett. Da wir jedoch nun einen Auftrag zu erfüllen hatten, mussten wir uns wohl oder übel in das gesellschaftliche Leben stürzen.

»Der Kapitän hat gesagt, der Schurke würde *David Haldane* heißen. Ist dir dieser Namen schon einmal irgendwo untergekommen?«, wollte ich von meinem Freund wissen.

»Schon möglich. Wenn ich hier Zugriff auf meine Verbrecherkartei hätte, würde ich es recht bald wissen. So aber müssen wir uns in Geduld üben. Allerdings verrät uns der Name auch so schon einiges.«

»Inwiefern?«

»Wir können davon ausgehen, dass auch David Haldane kein Klarname ist«, meinte Holmes. »Mit größter Wahrscheinlichkeit handelt es sich um ein Pseudonym. Unser Freund wird es nicht zufällig gewählt haben. *Nomen est omen*[5] – jedenfalls sofern sich jemand seinen Namen selbst aussuchen kann. ›Haldane‹ lässt sich mit ›der Helle Däne‹ übersetzen. Das ist eine Tautologie, denn Dänen sind im Allgemeinen blond und hellhäutig. Als Nachfahren der Wikinger liegt ihre Körpergröße in der Regel über dem Durchschnitt. Demzufolge wird der Meisterdieb wohl eher kleinwüchsig, schwarzhaarig und dunkelhäutig sein. Darauf deutet auch der Vorname hin. ›David‹ kommt aus dem Hebräischen und bedeutet ›der Liebling Gottes‹.«

»Also so oder so.«

»Ganz genau, du sagst es. Der Dieb hat entweder blonde oder schwarze Haare, aber kaum rote, braune oder graue.«

»Was ist mit einer Glatze?«

»Eine Glatze wäre auch denkbar. Aber diese Vorauswahl schränkt den infrage kommenden Personenkreis natürlich erheblich ein. Er wird sich weiter reduzieren, wenn wir die Passagierliste überprüfen und alle Personen aussortieren, deren Identität zweifelsfrei feststeht. Am Ende bleibt kaum mehr als eine Handvoll an Verdächtigen übrig. Genaue Beobachtungen werden uns schnell ans Ziel führen. Ein guter Schauspieler erkennt den anderen an der Nasenspitze.«

»Aber was ist, wenn der Dieb nicht Erster Klasse, sondern Zweiter oder Dritter Klasse reist und über Nachschlüssel verfügt? Oder falls er zur Mannschaft gehört? Oder aber wenn es seine neue Identität erforderte, die Haare zu färben?«

»Auch diese Möglichkeiten dürfen wir nicht außer Acht lassen. Wir müssen auf alles achten, was ungewöhnlich erscheint. Als Erstes lassen wir uns von den Schiffspolizisten eine komplette Passagier- und Mannschaftsliste geben.«

Die Liste

Aus den Aufzeichnungen von Dr. Watson

New York, 01.05.1915

Ein Steward wies uns den Weg zum Büro von Peter Smith und Billy Williams. Es lag zwei Stockwerke unter uns am Ende eines langen Gangs.

Auf halber Strecke fragte ich meinen Freund: »Sherlock, was ist das vorhin bei unserer Ankunft im Hafen für ein Wortgeplänkel mit Mr Williams gewesen? Ich habe nur Bahnhof verstanden.«

»Es tut mir leid. Ich habe überreagiert. Das liegt an meiner derzeit schlechten nervlichen Verfassung. Ich werde mich gleich bei dem Mann entschuldigen. Ich wollte ihm nur etwas bessere Manieren beibringen und bin dabei wohl etwas über das Ziel hinausgeschossen.«

»Das sehe ich ebenso. Aber wo hast du diese Geschichte her, mit der du diesen armen Teufel so in Verlegenheit bringen konntest?«

»Nun, ist dir an ihm nichts aufgefallen?«

»Nichts Besonderes. Seine Uniformjacke trug kein Rangabzeichen.«

»Ich meinte etwas anderes. Der brave Mr Williams hat heute früh keinen Barbier aufgesucht, wie es sich für einen ordentlichen Schiffspolizisten geziemt, sondern sich selbst rasiert. Doch das Rasiermesser war stumpf. Die Haut hat sich gerötet, und mehrere kleine Stoppelflächen sind stehen geblieben. Außerdem war unser Mann zittrig. Die Folge davon sind zwei gut sichtbare Schnitte unter dem linken Ohr.«

»Das deutet darauf hin, dass der Officer am Abend vor dem Auslaufen nach guter alter Seemannsart ein Glas über den Durst getrunken hat und heute früh das Glasen[6] überhörte.«

»Ganz genau so ist gewesen. Aber unser guter Mann wachte nicht in seinem eigenen Bett auf, sondern in einem Freudenhaus. Dort musste er sich mit einem stumpfen Rasiermesser behelfen.«

»Das kann auch in einem Hotel gewesen sein.«

»Nein, das kann es nicht. Unser Freund gehört zu den unteren Rängen der Schiffsleitung und verfügt daher über eine auskömmliche Heuer. Deshalb muss er nicht in billigen Absteigen wie die unteren Ränge der Mannschaft übernachten, sondern kann sich bessere Quartiere leisten. Dort gehört ein hauseigener Barbiersalon mit zum Service oder der Portier kann wenigstens sofort ein scharfes Rasiermesser herbeischaffen. Doch in einem Bordell, wo in der Regel nach Stunden bezahlt wird, zählt Rasierzeug nicht mit zur Grundausstattung. In diesem Fall war das Messer alt und wurde wahrscheinlich zum Auftrennen von Rocksäumen benutzt. Es gab auch weder einen Wetzstein noch einen Lederriemen zum Schärfen.«

»Herrgott noch mal, dann hat er vielleicht bei seiner Schwester oder seiner alten Mutter übernachtet.«

Holmes lächelte. »Sicherlich, das wäre eine Möglichkeit. Sofern die Damen französisches Parfüm der Marke *Peau d' Espagne* benutzen und dazu passend Champagner trinken.

Wobei ich mich bei dem edlen Getränk leider nicht auf die genaue Sorte festlegen kann. Ich schwanke zwischen *Veuve Clicquot* und *Boizel Chanoine*. Die olfaktorischen Anhaftungen am Polizistenrock sind nicht mehr intensiv genug gewesen. Hingegen ließ sich der Rest von Lippenstift unterhalb des rechten Ohrläppchens noch sehr gut erkennen. Königin Elisabeth I. benutzte seinerzeit im 16. Jahrhundert eine Mixtur aus Gips, Alabaster und Farbpulver. Heutzutage finden bei der Herstellung von Lippenstiften vor allem Kermesschildläuse Verwendung. Die possierlichen Tierchen werden in Wasser unter dem Zusatz von Schwefelsäure gekocht, und am Ende bleibt das rote Karmesin übrig. Wenn du willst, kann ich dir später einmal das passende Experiment zeigen. Es erfordert nur wenig Aufwand.«

»Und woher willst du wissen, dass sich der Officer mit Gonorrhö angesteckt hat? Konntest du das etwa auch an seinem Odeur feststellen?«

»In der Tat, alter Knabe, lässt sich Tripper am Geruch erkennen, wie du sehr wohl weißt. Allerdings erst nach dem Ausbruch der Krankheit, also frühestens nach zwei oder drei Tagen. Bei meiner spitzen Bemerkung hat es sich also um einen reinen Schuss ins Blaue gehandelt. Aber er wurde nicht vergeblich abgefeuert. Er hat voll und ganz gesessen, wie du leicht bemerken konntest. Unser Freund kämpft offenbar mit einigen Erinnerungslücken, was die Ereignisse der letzten Nacht anbelangt. Deshalb hat es ihm auch sofort den Spargel verhagelt, um es einmal vulgär auszudrücken.«

»Ein Grund mehr für ein Wort der Entschuldigung«, meinte ich. »In der heutigen wirren Zeit sollten wir bei der Auswahl unserer Feinde äußerst wählerisch sein.«

Das Polizeibüro war sehr geräumig und äußerst geschmackvoll eingerichtet. Es glich ganz und gar nicht den trüben Amtsstuben bei Scotland Yard, mit denen sich Inspektor Lestrade und seine Kollegen begnügen mussten. Der Grund dafür lag auf der Hand: Die Bordpolizei war vor allem für die Belange der Reichen zuständig. Außer den beiden uns bereits bekannten Offizieren gehörten noch zwei handfeste Constables zur Equipe.

Peter Smith und Billy Williams schienen nicht sehr erfreut darüber zu sein, uns schon so bald wieder zu begegnen. Doch nachdem sich Holmes in aller Form entschuldigt hatte, meinte Officer Williams versöhnlich: »Es lag ein Missverständnis vor, Sir. Die *Lusitania* wird zwar als Passagierdampfer eingesetzt, aber in Kriegszeiten unterliegt sie der Befehlsgewalt der Marine, die einen Teil der Ladung bestimmt. Die Royal Navy ließ auch umfangreiche Umbauten vornehmen und besitzt überdies die ausschließliche Verfügungsmacht über ein gutes Dutzend Kajüten. In der Vergangenheit gab es bereits mehrere unangenehme Zwischenfälle, bei denen wir mit Regierungsbeamten aneinandergerieten. Irrtümlich glaubte ich, Sie beide wären vom gleichen Schrot und Korn wie die anderen aufgeblasenen Wichtigtuer. Das tut mir leid.«

»Entschuldigung angenommen«, erwiderte Holmes. »Aber nun wollen wir zu unserem Anliegen kommen. Mit wie viel Passagieren wird bei dieser Überfahrt gerechnet?«

Peter Smith antwortete: »Mit 290 in der Ersten Klasse, 599 in der Zweiten Klasse und 367 in der Dritten Klasse, also mit 1.256 insgesamt.«

»Ist das Schiff damit voll ausgelastet?«

»Nein, bei Weitem nicht. Die Kapazitätsgrenze liegt bei 2.165 Passagieren. Aber in diesen unsicheren Zeiten ist das Interesse des Publikums an einer Seereise spürbar zurückgegangen.«

»Und wie hoch ist die Mannschaftsstärke?«

»Soll 802, Ist 701, vom letzten Hilfsheizer bis hoch zum Kapitän.«

»Das leuchtet ein«, sagte ich. »Wenn weniger Gäste an Bord sind, werden auch nicht so viele Leute gebraucht.« Alle drei schauten mich an, als ob ich soeben eine riesengroße Eselei von mir gegeben hätte. Ein peinliches Schweigen entstand.

Holmes unterbrach es, indem er sagte: »Ich hätte gerne eine komplette Liste von allen Passagieren und sämtlichen Besatzungsmitgliedern sowie Blaupausen der Decks und der Laderäume.«

Officer Smith erwiderte: »Damit können wir leider nicht dienen, Sir, und zwar aus mehreren Gründen. Zum einen ist die Passagierliste weder für die Öffentlichkeit bestimmt noch ist sie komplett. Wir müssen nämlich 70 Passagiere der *Queen Margaret* aufnehmen. Diese Personen sind zwar bereits von ihrer Anzahl her gemeldet, aber bisher nicht namentlich bekannt. Zum anderen ist die Mannschaftsliste streng geheim, weil in ihr auch Mitglieder der Royal Navy aufgeführt sind. Über die Blaupausen verfügt nur der Kapitän. Sprechen Sie also bitte mit ihm. Vielleicht kann er Ihnen weiterhelfen. Falls Sie sonst noch etwas brauchen sollten ... Auf jeden Fall war es uns eine Ehre, Sir. Ich habe es nämlich noch nie erlebt, dass sich ein Regierungsbeamter für etwas entschuldigt.«

»Die Ehre ist ganz unsererseits, ganz unsererseits«, erwiderte Holmes. »Auf Ihren Rat hin besuchen wir jetzt noch einmal den Kapitän. Er verspürt bestimmt bereits wieder Sehnsucht nach uns. Bitte behalten Sie Platz und bemühen Sie sich nicht. Wir kennen inzwischen den Weg.«

Unterwegs fragte ich meinen Freund: »Was war vorhin so falsch an meiner Bemerkung über die Mannschaftsstärke?«

»Nun, bei einer geschrumpften Zahl an Passagieren werden in der Tat weniger Köche, Abwäscher und Stewards benötigt. Aber dieser Minderbedarf betrifft nur einen Bruchteil der fehlenden 100 Leute. Ergo mangelt es an geschultem seemännischen Personal, denn die Zahl der für einen ordnungsgemäßen Ablauf an Bord benötigten Matrosen und Heizer bleibt konstant, ganz egal, ob das Schiff voll besetzt oder halb leer fährt. Wir müssen also mit Problemen während der Überfahrt rechnen. Überforderung führt auf direktem Wege zu menschlichem Versagen. Und wenn etwas schiefgehen kann, dann geht es auch schief. Der Marmeladentoast fällt immer mit der bestrichenen Seite auf den Teppich. Auch aus diesem Grund sollten wir stets die Augen und Ohren offen halten.«

Ich war mir nicht sicher, ob sich Kapitän Turner tatsächlich freute, uns so bald wiederzusehen. Wenn ja, dann konnte er das geschickt verbergen. Inzwischen hatte ein Teil der Crew die Brücke in Beschlag genommen. Die Luft schwirrte vor mir unverständlichen Begriffen und Kommandos. Da in dieser Umgebung kein vernünftiges Gespräch möglich war, zogen wir uns in einen Konferenzraum zurück. Ein Steward versorgte uns mit Kaffee, Brötchen und Zigarren.

»So, mein Freund«, brabbelte der Kapitän. »Was ist Ihre Masche? Lassen Sie die Katze aus dem Sack. Auf welche Weise haben Sie von meiner Liaison mit der Haushälterin Wind bekommen?«

Holmes entgegnete: »Es gibt keinen Trick und keinen doppelten Boden. Die Wahrheit würde Sie nur enttäuschen. Deshalb will ich Ihnen nicht verraten, wie ich hinter Ihre Geheimnisse gekommen bin. Weil es so simpel ist. Jeder könnte es, wenn er nur wollte.«

»Quatsch mit Soße. Und nun raus mit der Sprache, sonst bin ich die längste Zeit Ihr Freund gewesen.«

Holmes seufzte. »Von mir aus. Das Grundprinzip ist ganz einfach: Sehen heißt beobachten, und beobachten heißt analysieren. Die meisten Menschen laufen schier blindlings durchs Leben. Sie sehen etwas, aber sie verarbeiten es nicht. Sie können nicht eins und eins zusammenzählen.«

Der Kapitän schlug mit der Faust auf den Tisch und brüllte: »Würden Sie die Freundlichkeit besitzen, hochverehrter Meisterdetektiv, nun endlich etwas konkreter zu werden?«

»Wie Sie wünschen. Unsere Begegnung fand oben auf der Brücke statt. Sie ist völlig schmucklos, bis auf die Zeichnung und den Kasten mit den Orden. Beginnen wir mit der Skizze. Sie zeigt die *Grasmere*, ein Segelschiff, welches – wenn ich mich nicht irre – im Jahr 1869 vor der nordirischen Küste mit Mann und Maus unterging. Die Sache ging damals ganz groß durch die Presse, weil der Schiffsjunge dem Ersten Maat das Leben gerettet hat. Ich denke, dieser Schiffsjunge waren Sie. Weshalb sonst hätte diese Zeichnung eine solch große Bedeutung für Sie haben sollen, dass Sie sie überall mit hinnehmen?«

»Das stimmt, in der Tat. Aber wie haben Sie erraten, dass ich einen Streit mit meinem Vater hatte und ausgerissen bin?«

»Ich rate nie. Ich analysiere Fakten und ziehe meine Schlussfolgerungen daraus. Ad eins: Sie stammen aus gutem Hause, sonst hätten Sie es nie im Leben bis zum Commander gebracht. Ad zwei: Ich weiß nicht, wie alt Sie genau sind, doch beim Untergang der *Grasmere* können Sie kaum mehr als 13 oder 14 Jahre gezählt haben.«

»Es waren ganz genau 13 Lenze.«

»Na, sehen Sie. Kein Familienoberhaupt aus besserem Stande würde seinen Sohn freiwillig einem abgewrackten Schoner anvertrauen, der dann folgerichtig bei der nächstbesten Gelegenheit unterzugehen beliebt. Kommen wir zum nächsten Punkt. Trotzdem gleich das erste Abenteuer ein Reinfall war, sind Sie bei der Stange geblieben. Sie haben nicht klein beigegeben. Auch der Kasten mit den Medaillen spricht eine deutliche Sprache. Ich konnte die *Humane Society`s Medal* für Tapferkeit, die südafrikanische *Transport Medal*, die *Medal of the Shipwreck and Humane Society* und den *Order of the British Empire* identifizieren. Einerseits beweisen diese Auszeichnungen Ihren erheblichen Mut und Ihre großen seemännischen Fertigkeiten. Andererseits sind sie ein Hinweis auf Ihre starke Ichbezogenheit, weil Sie Ihre Trophäen öffentlich präsentieren und nicht zu Hause im Geldschrank aufbewahren.«

Der Kapitän nickte mürrisch.

»Weiter im Text. Über Ihre Abscheu vor Konventionen muss ich mich nicht weiter auslassen. Der Beginn unserer Unterhaltung vorhin mag als Beweis genügen. Doch der Kapitän eines noblen Passagierdampfers muss zwei Aufgaben erfüllen: Zum einen hat er ein guter Schiffsführer zu sein, und zum anderen soll er als brillanter Gastgeber die Reisenden unterhalten. Der Kapitänsempfang ist für die Passagiere der Ersten Klasse ein wichtiges Ritual. Von Mann und Maus wird ganz genau registriert, wer wann am Kapitänstisch Platz nehmen darf. Aber in dieser Rolle haben Sie völlig versagt, weil Ihnen jegliche Empathie abgeht.«

Aus Holmes' eigenem Munde war das starker Tobak, denn er selber scherte sich einen Teufel darum, was andere Leute über ihn dachten oder von ihm als Detektiv erwarteten. Ich kann mich an mehrere Beispiele erinnern, wo er Mandanten aus einer Laune heraus arg brüskierte. Manche waren sogar in Tränen ausgebrochen. Doch weil der Kapitän mit keiner Silbe widersprach, musste mein Freund mit seiner Einschätzung wohl richtig liegen.

»Aufgrund der Anwürfe wurde Ihnen die Befehlsgewalt über die *Lusitania* entzogen. Erst vor Kurzem haben Sie sie zurückerhalten. Die Beweise sind eindeutig. Vor einigen Jahren hat die Kommandobrücke einen neuen, weißen Innenanstrich erhalten. Die Maler arbeiteten schludrig. Einige Spritzer gelangten auf den Rahmen des Medaillenkastens. Als Sie abmustern mussten, nahmen Sie selbstverständlich Ihre Kleinode mit. Ihr Nachfolger hängte andere Bilder auf. Sie waren größer, wie sich an den ausgeblichenen Schattenrissen leicht erkennen lässt. Und nun, wo Ihre Erinnerungsstücke endlich wieder an den angestammten Platz zurückkehren konnten, sind sie von bizarren Mustern umgeben.«

William Turner kniff die Lippen zusammen und runzelte die Stirn, aber äußerte sich nicht.

»Als wir heute früh zu Ihnen auf die Brücke kamen, lasen Sie in einem Brief und legten ihn achtlos zu den Schiffspapieren. Sie hätten ihn besser verwahren sollen. So konnte ich ihn nämlich überfliegen. Er stammte von einer gewissen Margot, war mit *Mein ferner Geliebter* überschrieben und handelte von einem Hausgärtchen, welches diese Margot Ihren Wünschen entsprechend nun endlich hinter dem Cottage anlegen will.«

»Unsinn«, blaffte der Kapitän. »Das Schreiben kann auch genauso gut von meiner treusorgenden Ehefrau stammen.«

»Ich bin leider kein großer Experte in Fragen der holden Weiblichkeit«, entgegnete Holmes. »Aber eines weiß ich mit Bestimmtheit zu sagen: Auf der großen weiten Welt wird sich keine einzige Gattin finden lassen, die nach einer 30- bis 40-jährigen Ehe eine Nachricht an ihren Angetrauten in der Fremde mit den Worten ›Mein ferner Geliebter‹ beginnen mag. Vielleicht findet sich nach drei, vier Dezennien immer noch etwas Glut in der Asche, welche die morschen Knochen zu wärmen vermag. Doch das lodernde und verzehrende

Feuer der Verliebtheit ist hingegen längst erloschen. Ungeachtet dessen gibt es einen weiteren Beweis, und das sind Ihre weißen Handschuhe. Sie sollen verbergen, dass Sie keinen Ehering tragen. Vermögende Menschen, und speziell neureiche Amerikaner, neigen zu Bigotterie. Sie haben zwar keine Skrupel, aus Gründen des Profits einen kompletten Indianerstamm auszurotten. Aber sie würden es aus dem tiefsten Inneren ihres Herzens ablehnen, mit einem Schiff in See stechen zu müssen, dessen Kapitän in einem moralisch verwerflichen und gegen die Gesetze Gottes verstoßenden Konkubinat lebt.«

Kapitän Turner seufzte: »Sie haben vollkommen recht. Diese mit Glücksgütern gesegneten Schurken sehen sofort den Splitter im Auge des anderen, aber nie den Balken vor dem eigenen Kopf. Eine Zeit lang habe ich meinen Ehering noch getragen, um meine Ruhe zu haben und keine Erklärungen abgeben zu müssen. Aber dann fand ich es unfair Margot gegenüber und kam auf die Variante mit den weißen Handschuhen. Diese Scharade hat den Vorteil, dass sie überdies elegant wirkt, ohne protzig zu sein.«

»Über den fehlenden Seemannsbart gibt es nichts weiter zu sagen. Sie sind kein harter Rumtrinker wie die meisten Seeleute, weil Sie anderenfalls in Ihrem Alter unter einer geröteten Knollennase und an den Wangen aufgeplatzten Äderchen zu leiden hätten. Hingegen nippen Sie gelegentlich an einem guten Glas Portwein. Auf einer Seekarte war ein roter Rand zurückgeblieben, der darauf hindeutete.«

»Auch das stimmt. Bleiben noch die Zigarillos übrig.«

»Vor vielen Jahren schon habe ich eine Monografie über die unterschiedlichen Formen von Tabakasche verfasst. Deshalb ist es mir nicht schwergefallen, die Stummel in jenem ausrangierten Kompassgehäuse, welches Ihnen auf der Brücke als

Aschenbecher dient, als die Reste von Zigarillos der Marke *Entreactos* zu identifizieren.«

»Aber vielleicht rauche ich nur vor dem Auslaufen Zigarillos und auf hoher See dann wieder Pfeife?«

»Nein, das tun Sie nicht. Anderenfalls hätten sich Ihre Schneidezähne und Ihre Oberlippe auf charakteristische Weise verfärbt.«

»Weshalb rauchen denn Seemänner typischerweise Pfeife?«, wollte ich wissen.

Jetzt antwortete der Kapitän: »Weil an Deck meistens ein rauer Wind weht. Ein Pfeifendeckel schützt die Tabaksglut davor, davongeweht zu werden. Aber um das zu fragen, sind Sie ganz bestimmt nicht gekommen.«

»Nein, wir möchten Sie um die Passagier- und Mannschaftsliste sowie eine Blaupause vom gesamten Schiff bitten.«

»Sie müssen sich mit einer Liste der Passagiere der Ersten Klasse begnügen. Das muss vorerst ausreichen. Es liegen wichtige Gründe vor, Ihnen die anderen Dokumente zu verweigern.«

»Weshalb diese Geheimniskrämerei? Wir stehen doch auf der gleichen Seite.«

»Vielleicht sind meine Lippen unter anderem deshalb versiegelt, weil ich weiß, dass ein Kontingent von Freiwilligen der *6th Winnipeg Rifles* mit an Bord gegangen ist?«

»Wird damit nicht internationales Recht verletzt?«, fragte Holmes verdutzt. Die *Lusitania* ist doch kein Truppentransporter.«

»Auf diesem Schiff verstoßen so einige Sonderheiten gegen die üblichen Gepflogenheiten. Aber vorerst brauchen Sie nicht mehr zu erfahren. Wer zu viel weiß, lebt gefährlich. Gentlemen, Sie dürfen sich entfernen.«

[1] Hunnen: Schimpfwort im englischen Sprachraum für die Deutschen
[2] Ahashver: Nach der biblischen Legende soll Ahashver Jesus auf dem Weg zur Kreuzigung verspottet haben und wurde deshalb zum ewigen Leben verdammt.
[3] *Urethra masculina*: Harnröhre
[4] *in medias res*: lat. Mitten hinein in die Dinge; Ausspruch von Horaz
[5] *nomen est omen*: lat. Der Name hat Bedeutung.
[6] Glasen: Früher wurden auf Schiffen gläserne Sanduhren zur Zeitbestimmung benutzt. Das Anschlagen der Schiffsglocke zeigte akustisch das Umdrehen der Sanduhr an. Es wurde Glasen genannt.

3. Kapitel

Tag zwei

»Es gibt zwei adäquate Arten zu sterben:
Entweder im hohen Alter oder durch einen Unfall.
Krankheit oder Selbstmord sind inakzeptabel.«

Elbert Green Hubbard

Schlechte Nachrichten

Aus den Aufzeichnungen von Dr. Watson

Auf hoher See, 02.05.1915

Die *Lusitania* war am 01. Mai mittags um 12.20 Uhr in New York ausgelaufen. Schiffspolizist Peter Smith hatte mit der Zahl der Passagiere in der Ersten Klasse recht behalten, wie er uns kurz nach dem Ablegen mitteilen konnte: Sie betrug tatsächlich ganz exakt 290 Personen. Es gab aber trotzdem eine Änderung. Die zusätzlichen Fahrgäste stammten nun von der *Cameronia,* einem Dampfer der *Anchor*-Linie, und nicht (wie ursprünglich angekündigt) von der *Queen Margaret.* Das war einerseits völlig bedeutungslos, andererseits aber ... Ich hatte nämlich zu diesem Zeitpunkt bereits keinen Zweifel mehr daran, dass irgendein skrupelloser Spieler die Karten mischte und auf diese Weise gehörigen Einfluss auf unser aller Schicksal nahm. Und damit meinte ich nicht etwa den Herrgott oder ein anderes höheres Wesen, sondern einen Menschen aus Fleisch und Blut.

Doch das Alter macht nicht nur weise, sondern auch duldsam. Es hatte mich gelehrt, mich mit dem abzufinden, was ich sowieso nicht ändern konnte. Den übrigen Reisegästen ging es offensichtlich ähnlich. Viele hatten anfangs – wie ich von einem redseligen Steward hörte – ihre Koffer nicht auspacken lassen. Doch die anfängliche Nervosität war rasch verflogen. Mit dem Bordalltag auf hoher See zog die Normalität ein. Dafür sorgten die frische Brise, die uns um die Nasen wehte, und die zahlreichen Annehmlichkeiten auf dem Luxusliner, speziell jene in der Ersten Klasse.

Allein der Prunk des Speisesaals war schier unbeschreiblich. Mir stockte förmlich der Atem, als ich ihn zum ersten Mal betrat. Er war weiß-golden im Louis-Seize-Stil gehalten und reichte über drei Etagen bis zum oberen Bootsdeck hinauf. Die Wände wurden von fein geschliffenen Spiegeln und kostbaren Vorhängen geschmückt. Von der mit Festons, Mäanderornamenten und Abbildungen von Blumenkörben, Musikinstrumenten und Früchten reich verzierten Decke mit ihrem kunstvoll und zylindrisch gewölbten Oberlicht aus Bleiglas hingen vielarmige Kronleuchter herab. Den spiegelblanken Parkettfußboden aus seltenen Tropenhölzern bedeckten edle Teppiche. Es gab Einer-, Zweier-, Vierer- und Sechsertische, an denen rote Polstersessel zum bequemen Dinieren einluden.

Die Mitte des Raums wurde von einer säulenumstandenen Empore gekrönt, zu der das gewöhnliche Publikum allerdings keinen Zugang hatte. Dort oben hatten vier Herren im gesetzten Alter mit verschiedenen Streichinstrumenten Platz genommen und erfreuten das Publikum mit Variationen von leichten Operettenmelodien. Die vier alten Knaben mit ihren Fiedeln hielten bis zum Dessert durch. Dann wurden sie von einem befrackten, äußerst agilen Klavierspieler abgelöst. Er klappte schwungvoll den Deckel von einem Konzertpianino auf, verzichtete auf die Notenblätter und erfreute uns mit einem bunten Strauß bekannter Ragtime-Melodien, was die ohnehin schon gute Laune des Publikums noch weiter erhöhte.

Jeder Gast hatte für die gesamte Dauer der Reise einen festen Platz im Speisesaal zugewiesen bekommen. Holmes und ich waren vom Chefsteward in Empfang genommen und an einen Sechsertisch platziert worden. Er war aufwendig mit Tischdecken und -läufern, diversen Gläsern, Blütenarrangements, Blumensträußchen, Tischkarten, gefalteten, steifen Leinenservietten, silbernen Serviettenringen, Zahnstocherhaltern, Salz- und Gewürzstreuern, Mostrichbehältern, Tiegeln mit Ketchup und Worcestershiresauce, Messerbänkchen, Brotkörben sowie Schüsselchen mit zart duftendem Zitronenwasser zur Reinigung der Fingerspitzen dekoriert worden. Ich benötigte mindestens fünf Minuten, um mir einen groben Überblick zu verschaffen und erraten zu können, welche Gerätschaft wohl welchem Zwecke dienen mochte.

Zu unserer Tafelrunde gehörten zwei amerikanische Ehepaare: Mabel Reeve und Frederick A. Porter aus Little Rock in Arkansas sowie Alice Moore und Elbert Green Hubbard aus East Aurora, einer Kleinstadt im Erie County, südöstlich von Buffalo im Bundesstaat New York gelegen.

Als ich beim ersten Mal die aufwendig gestaltete Karte las, konnte ich mit einigen Gerichten nicht das Geringste anfangen, obwohl ich schon des Öfteren in hochherrschaftlichen Häusern verkehrt hatte. Beispielsweise gehörten meine Gattin und ich vor dem Krieg zu jenem erlauchten Kreis, der sich regelmäßig einmal im Monat zu einer Abendgesellschaft beim Earl of Lippincout zusammenfand. Außer viel zu salzigen Käsecrackern waren mir allerdings keine Grüße aus der Küche in Erinnerung geblieben. Doch ich will nicht abschweifen. An jenem bewussten 02. Mai umfasste das Mittagsmenü jedenfalls zehn Gänge:

1. Tortue Verte & Crème Chatrillon
2. Suprême de Sol - Palace
3. Mousse de Jambon - Alexandra

4. Lendenstücke & Rinderrippchen an grünen Erbsen, Blumenkohl à la Crème, Reis, gekochte Kartoffeln, Kartoffelpüree und Schlosskartoffeln
5. Chapon-Chipolata und Salat der Saison
6. Pouding Saxonne
7. Gâteau Mexicaine
8. Petit Fours
9. Bavarois au Chocolat
10. verschiedene Eissorten

Holmes, der nicht nur sprachkundig war, sondern auch ab und an mit seinem Bruder in dem für seine extravagante Küche berühmten Diogenes Club zu speisen pflegte, vermochte mir in einigen Fällen auf die Sprünge zu helfen: Tortue Verte war keine ausgefeilte Foltermethode der Inquisition (wie ich fast vermutet hätte), sondern eine grüne Schildkrötensuppe. Bei Mousse de Jambon handelte es sich nicht etwa um eine Süßspeise in der Richtung von Mousse au Chocolat, sondern damit wurde fein geschabter Schinkenschaum bezeichnet, der durch Aufschlagen und Kühlen eine zartschmelzende Konsistenz erhalten hatte. Und hinter dem Ausdruck Chapon-Chipolata verbargen sich weder Kartoffelchips noch ordinäre Käsecracker, sondern äußerst leckere Cocktailwürstchen, für die ein Kapaun[1] sein junges Leben hatte lassen müssen.

Doch bei einigen anderen Gängen wussten weder mein Freund noch die übrigen Teilnehmer unserer Tischgesellschaft einen Rat. Die Suprême de Sol - Palace beispielsweise hatte mit dem Sonnendeck eines schwimmenden Palastes nicht das Geringste zu tun, sondern entpuppte sich als eine Art gefüllte Pastete; der sächsische Pudding erinnerte nicht im Entferntesten an einen anständigen Yorkshire-Pudding[2], sondern war eine Süßspeise, die anstatt mit Messer und

Gabel mit einem Löffel gegessen werden musste; den Gâteau Mexicaine würde ich als einen trockenen Rosinenkuchen bezeichnen, und die Bavarois au Chocolat waren nicht etwa dunkelhäutige Bayern, sondern zartbittere Schokoladenkreationen in hauchdünnen Täfelchen.

Glücklicherweise fielen die Portionen sehr bescheiden aus. Anderenfalls wäre mir spätestens nach dem fünften oder sechsten Gang der Magen geplatzt. Zu jeder Speise wurde ein anderer Wein serviert. Aber die Gläser fielen kleiner aus als normale Weinkelche, und sie mussten auch nicht ausgetrunken werden. Ein kurzes Nippen genügte, und schon wurden sie ganz diskret vor der nächsten Menüfolge wieder abgetragen. Dieser löbliche Umstand wiederum ersparte mir eine mittelschwere Alkoholvergiftung. Wahlweise gab es außerdem Bier und Mineralwasser in geeisten Glaskrügen. Ein kurzes Handzeichen genügte, und schon schenkte der servile Getränkekellner wieder nach. Für jeden Tisch standen außerdem ein Steward für die Speisen, der in unserem Fall eher einem englischen Butler als einem Ober glich, sowie ein wieselflinker Abräumer bereit.

Die vielen unterschiedlich großen Messer, Gabeln und Löffel rings um den Unterteller von meinem Gedeck bereiteten mir einen kurzen Moment lang Sorgen. Dann erinnerte ich mich jedoch an die goldene Regel, dass die Bestecke je nach Menüfolge von außen nach innen benutzt werden mussten.

Als zum Schluss endlich heißer, süßer Mokka in winzigen Tassen, ordentlich gefüllte Cognacschwenker und gute Zigarren gereicht wurden, hatte ich ein tiefes Gefühl der Erleichterung, gleichwohl sich in meinem Fall die Völlerei trotz aller Vielfalt immer noch in überschaubaren Grenzen gehalten hatte. Mehrere Herren ringsum, die weniger Vernunft und Zurückhaltung hatten walten lassen, atmeten schwer und öffneten die Knöpfe an ihren Hemdbrüsten. In diesem Moment wurde mir klar, dass es ein schwerer Fehler gewesen wäre, nicht mit der *Lusitania* zurückzureisen. Zwischen dem Komfort auf dem Luxusliner und dem beschaulichen Bordleben auf einem italienischen Postdampfer lagen Welten.

Auch mit unseren Tischgenossen hatten wir einen Glücksgriff gelandet, denn alle vier erwiesen sich als gebildete und elegante Plauderer, die über sehr viel Humor und einen großen Wissensschatz verfügten. Speziell die Eheleute Hubbard sind mir in sehr guter Erinnerung geblieben: Alice Moore Hubbard, eine sehr männlich wirkende Endfünfzigerin mit tiefer, rauer Stimme, war eine Frauenrechtsaktivistin, die kein Blatt vor den Mund zu nehmen pflegte. Während der gesamten Reise trug sie ausschließlich schwarze Kleider aus glänzender Seide mit gerafften Ärmeln und Stehkragen. Von ihrer Größe, der Gestalt und dem Gesichtsschnitt her ähnelte sie auf solch verblüffende Weise ihrem Gatten, dass die beiden fast als Zwillinge hätten durchgehen können.

Elbert Green Hubbard war ein äußerst erfolgreicher Schriftsteller und Verleger. Sein bekanntestes Werk hieß *Eine Nachricht an Garcia* und war über vier Millionen Mal auf der ganzen Welt verkauft worden. Das schmale Bändchen hatte es selbst bis in mein Londoner Bücherregal geschafft. Aus diesem Grund war es für mich eine ganz besondere Freude, mit diesem allbekannten Autoren einmal persönlich sprechen zu dürfen.

Mr Hubbard pflegte trotz seiner Berühmtheit ein angenehmes Understatement. Er versuchte also weder, ständig das Gespräch an sich zu reißen und es mit Bonmots zu würzen, noch trat er als Besserwisser auf, wie ich es schon häufig bei minderbegabten Schreiberlingen erlebt hatte. Elbert Green Hubbards einzige offensichtliche Marotte bestand darin, dass er an Deck stets einen breitkrempigen Cattleman-Stetson trug, der aus feinstem Biberfell gefertigt war. Passend dazu hielt er seinen weiten, weich fallenden Hemdkragen mit einem mehrfach geflochtenen Lederband zusammen. Diese typisch amerikanische Schnürsenkel-Krawatte mit ihren silbernen Spitzen wurde Bolotie genannt. In ihrer Mitte prangte bei unserem Literaten eine fein ziselierte und mit überkreuzten Bärenzähnen verzierte Silberbrosche, die ein Vermögen gekostet haben musste. Das gesamte Ensemble verlieh dem Autoren den Hauch eines echten Westernhelden. Auf verblüffende Weise glich er dem Film-Cowboy »Broncho Billy«, der von dem bekannten Schauspieler Gilbert M. Anderson in einer Reihe von reißerischen Abenteuerstreifen als erfolgreicher Rächer der Enterbten verkörpert worden war. Ich hätte meinen Hut darauf verwetten mögen, dass Mister Hubbard passend zu seinem martialischen Outfit eine doppelläufige Derringer-Taschenpistole bei sich trug.

Die Porters hingegen waren aus einem ganz anderen Holze geschnitzt. Sie schienen beide Mitte bis Ende dreißig zu sein und trugen ländlich-elegante Kleidung. Sie waren nach ihren eigenen Worten bekennende Baptisten und hatten ein Vermögen mit dem Anbau von Sojabohnen sowie dem Züchten von »American Cream Draft Horses« gemacht, einer Kaltblüterrasse mit einem charakteristischen, cremefarbenen Fell. Trotzdem rochen die Eheleute aus dem Pulaski County weder nach Pferdemist noch waren sie Rassisten noch versuchten sie, uns zum wahren Glauben zu bekehren. Stattdessen verfügten sie über eine Weltoffenheit, wie ich sie bei Amerikanern kaum vermutet hätte. Aber so ist das nun mal mit den Vorurteilen: Sie treffen häufig zu – aber längst nicht immer.

Holmes lief gleich bei dem ersten Tischgespräch zur Höchstform auf. Als geübter Schauspieler hatte er sich in einen ehemaligen Upperclass-Amerikaner verwandelt, der den härtesten Chicagoer Slang sprach und der als neureicher Börsenspekulant oder Viehbaron durchgehen konnte. Doch unsere Tischgenossen ließen sich keinen Moment lang täuschen.

Mabel Reeve Porter meinte nämlich irgendwann ganz beiläufig: »Mr Holmes, der Kapitän hat völlig recht gehabt, als er meinte, als begnadeter Detektiv wären Sie in der Lage dazu, in jede beliebige Rolle schlüpfen zu können. Den Redneck[3] von den Chicagoer Schlachthöfen haben Sie jedenfalls wunderbar imitiert. Aber wenn ich nun eine Bitte äußern dürfte: Würden Sie für uns jetzt einmal zur Abwechslung einen englischen Lord geben?«

Mein Freund tat ihr den Gefallen. Ich erkannte sofort, wen er da – leicht tatterig und mit zitternder Greisenstimme – imitierte: Es handelte sich um Admiral John Arbuthnot Fisher, Baron of Kilverstone, Chef des Admiralstabs, der 1910 mit 69 Jahren in den Ruhestand getreten und mit Kriegsausbruch 1914 vom Marineminister Winston Churchill zurückberufen worden war.

»So, genug der Bühnenkunst«, beendete mein Freund seine unterhaltsame Darbietung.

Unsere Tischgenossen spendeten herzlichen Beifall.

Kurz darauf erhob sich Mrs Porter. Ein leichter Schweißfilm stand auf ihrer Stirn, und eine unnatürliche Blässe bedeckte ihre Wangen. Die Lady bat um Absence, weil sie momentan ein leichtes Unwohlsein plagte, was wohl auf die zu reichlich genossene Nahrung zurückzuführen sein mochte. »Ein wenig Glaubersalz wird mir rasche Erleichterung verschaffen.«

Ihr Gatte wollte gleichfalls aufbrechen und seine Ehehälfte in die Suite begleiten, doch sie lehnte dankend ab. Er küsste ihr galant die Wange und meinte dann zu uns entschuldigend: »Das opulente Mahl war äußerst deliziös. Doch obwohl meine teure Gemahlin und ich keinesfalls an irdischen Gütern darben müssen, ziehen wir zu Hause einfache Gerichte wie gebackene Bohnen und Eggs Benedict[4] zum Frühstück vor.«

Nachdem Mrs Porter entschwunden war, setzte Mister Porter fort: »Mittags gibt es bei uns regelmäßig Virginia Ham[5] und Kartoffelbrei, zum Kaffee Zimt-Rosinen-Bagel und Pumpkin-Pie[6]. Beim Abendbrot begnügen wir uns häufig mit Weißkrautsalat, frittierten Maisbällchen und Putenbrust. Aber so ist das Leben auf dem Lande eben. Einfach, aber gehaltvoll.«

Obwohl ich mir gerade erst den Bauch weit über jedes vernünftige Maß hinaus vollgeschlagen hatte und die Leiden der armen Mrs Porter eigentlich abschreckend genug wirken sollten, lief mir bereits wieder das Wasser im Mund zusammen. Ich hatte schon viel Schlimmes von Schiffsreisen auf Luxuslinern gehört. Eine güldene Regel lautete beispielsweise, dass ein Tag auf hoher See am Ende der Fahrt zwei Pfund Übergewicht bedeutete.

Um also so schnell wie möglich von diesem brisanten Thema abzulenken, fragte ich: »Sie erwähnten vorhin, Sie würden aus Little Rock im Pulaski County stammen. Woher kommt dieser seltsame Name? Oder gibt es auch einen Big Rock?«

»In der Tat, den gibt es«, antwortete Frederick A. Porter. »Quer durch den Bundesstaat Arkansas ziehen sich die Ouachita Mountains. Ein Ausläufer dieser Gebirgskette reicht bis an das Südufer des Arkansas River heran. Dort, mitten im Gebiet der Quapaw-Indianer, die zum Stamm der Sioux gehörten, hatte im Jahr 1722 ein französischer Abenteurer und Hausierer eine Handelsstation errichtet und sie angesichts der hohen Berge ringsum ›La Petite Roche‹, also ›der kleine Stein‹ genannt. Bis zum Jahr 1803 war das gesamte Gebiet, das die Indianer in ihrer Sprache als das ›Land der flussabwärts lebenden Menschen‹ bezeichneten, französische Region. 1836, nach einigem Kuddelmuddel, wurde Arkansas der 25. Bundesstaat der USA.«

»Sind noch einige der Quapaw-Indianer in Little Rock übriggeblieben?«, wollte ich neugierig wissen. Ich persönlich war nämlich noch nie in meinem Leben einem echten amerikanischen Ureinwohner begegnet.

»Nein, die Quapaw wurden bereits 1834 in das große Indianerterritorium in Oklahoma umgesiedelt. Aber die Erinnerung an die Rothäute bleibt trotzdem lebendig. Das haben wir dem leider längst verstorbenen Gouverneur William Read Miller zu verdanken. Er setzte im Jahr 1881 einen Beschluss durch, der bis zum heutigen Tag gilt. Danach darf der Name *Arkansas* nicht englisch oder gar französisch ausgesprochen werden, sondern muss auf die alte indianische Weise artikuliert werden. Die korrekte Betonung klingt deshalb recht ungewöhnlich. Sie lautet ›Ar-Ken-Sor‹.«

»Das finde ich sehr interessant. Nur wer die Geschichte kennt, kann die Gegenwart verstehen. Sie erwähnten vorhin außerdem ein polnisch klingendes Wort, das mir allerdings inzwischen entfallen ist. Was hat es damit auf sich?«

Frederick A. Porter lächelte verschmitzt und zwirbelte die Enden seines bleistiftdünnen Schnurrbartes. »Sie meinen sicherlich das Pulaski County. So heißt die regionale Verwaltungseinheit, zu der Little Rock gehört. Das County leitet seinen Namen von dem polnischen Soldaten Kazimierz Pulaski ab. Dieser tapfere Mann hat seinem Truppenkommandeur George Washington, der später zum ersten amerikanischen Präsidenten gewählt wurde, während einer Schlacht im Unabhängigkeitskrieg gegen die Briten das Leben gerettet.

Aber sicherlich wollen Sie über dieses für Sie schmachvolle Kapitel keine weiteren Einzelheiten von mir hören. Wenn nämlich Kazimierz Pulaski nicht gewesen wäre, würden die USA möglicherweise immer noch zum britischen Empire gehören.«

Ich wollte gerade erwidern, dass England noch genügend Kolonien in der großen weiten Welt besaß und deshalb auf die unkultivierten USA gerne verzichten konnte, als ein Steward an unseren Tisch trat und Holmes und mir eine Nachricht auf einem Silbertablett überreichte.

Holmes riss das Schreiben auf, überflog es und reichte es mir wortlos. Dort stand: *Kommen Sie bitte sofort zu mir. Der Safe von Mister Edmond Wolcott aus Virginia wurde während des Diners ausgeraubt. K.W.T.T.* Das Kürzel bedeutete zweifellos Kapitän William Thomas Turner.

Ich blickte hoch. Jetzt erst fiel mir auf, dass wir uns verplaudert hatten. Der Speisesaal war fast völlig leer. Der Ragtime-Musiker hatte längst den Deckel des Pianino zugeklappt. Einige wenige Gäste waren noch mit den Resten ihrer Zigarren beschäftigt und dämmerten im Halbschlaf vor sich hin.

Der geknackte Safe

Aus den Aufzeichnungen von Dr. Watson

Auf hoher See, 02.05.1915

Edmond Wolcott war ein verfetteter Endfünfziger mit grauem Backenbart und einem lückenhaften Gebiss, was auf einen überhöhten Zuckerkonsum hindeutete. Er trug einen braunen Galarock mit großen, aufgesetzten Taschen und Schuhe mit doppelten Sohlen, die seine Kleinwüchsigkeit kaschieren sollten. Als wir den amerikanischen Geschäftsmann in seiner Suite antrafen, stand er kurz vor einem Herzinfarkt. Der gute Mann war Waffenhändler von Beruf. Er lieferte Gewehrpatronen, Schrapnellgranaten und andere hübsche Dinge dieser Art an die britische Armee. Derzeit bestand ein solch großer Bedarf, dass die nordamerikanischen Munitionsfabriken kaum noch mit der Produktion nachkamen. Es war wie Weihnachten – und Edmond Wolcott fühlte sich wie Santa Claus. Der einzige Unterschied zum richtigen Weihnachtsmann bestand darin, dass der Waffenhändler nicht in strahlende Kinderäuglein schaute, wenn er seinen großen Sack auspackte, sondern in die trüben Glotzaugen der alten Männer im Kriegsministerium.

Die Reisetätigkeit von Edmond Wolcott brachte es mit sich, dass er stets größere Mengen an Banknoten und Wertpapieren mit sich führen musste. Er hatte deshalb eine Suite mit einem stabilen Safe gebucht. Dort verwahrte er seine Barschaft. Als er vom Mittagessen zurückgekommen war, hatte die Tür vom Panzerschrank sperrangelweit aufgestanden.

Holmes nahm seine Lupe hervor und untersuchte alles gründlich. »Wie viele Schlüssel gibt es?«, fragte er.

»Zwei. Einen trage ich Tag und Nacht an einem Band um meinen Hals. Der Reserveschlüssel wird vom Kapitän direkt verwahrt.«

»Haben Sie schon eine Inventur gemacht?«, fragte Holmes weiter und deutete auf einen Stapel von Aktien, Obligationen, Schuldverschreibungen und Orderpapieren, die einen großen Teil des Safes ausfüllten.

»Der Dieb war äußerst wählerisch. Er hat nur die Banknoten und die Goldmünzen mitgenommen. Es handelt sich um amerikanische Dollar, englische Pfundnoten und um einen stabilen Beutel aus Elchleder, der voller helvetischer Golddublonen steckte. Den Gesamtverlust schätze ich auf 5.000 Dollar. Die Wertpapiere sind, so wie es scheint, komplett zurückgeblieben. Dem Schränker war wohl das Risiko zu groß. Außerdem hat er einen Zettel dagelassen.« Mister Wolcott reichte uns das Beweisstück.

Holmes zog eine Pinzette hervor und nahm das Blatt Papier vorsichtig an einer Ecke entgegen. »Hm, hm«, murmelte er und hielt den Zettel gegen das Licht. »Ein Briefbogen mit dem Wasserzeichen vom Schiff, wie er wohl in jeder Kabine bereitliegt, zumindest in der Ersten Klasse. Damit hätten wir den möglichen Täterkreis auf 290 Verdächtige eingegrenzt, uns drei ausgenommen, plus jenen Teil der Mannschaft, der auf diesem Deck hier Zutritt hat. Der Text wurde in Druckschrift mit einem Grafitstift geschrieben. Das ist gut. Wenn wir jenes weitere Blatt Papier finden, welches beim Abfassen der Nachricht als Unterlage diente, haben wir vermutlich auch bald den Täter entdeckt.« Mein Freund wendete das Blatt nochmals nach links und nach rechts. Dann las er laut vor: »HOCHWOHLLÖBLICHE HERREN HOLMES UND DR. WATSON. ES WAR MIR EIN GROSSES VERGNÜGEN, IHNEN AN DECK DER *LUSITANIA* BEGEGNEN ZU DÜRFEN. DOCH NUN, NACH GETANER ~~ARPEIT~~ ARBEIT, IST MEINES VERWEILENS NICHT LÄNGER. WENN SIE DIESE ZEIHLEN LESEN, HABE ICH MICH BEREITS WIEDER VON BORDT ENTFERNT. SO ES DIE GÖTTLICHE VORSEHUNG WILL, TREFFEN WIR UNS DEMNÄCHST IN LONDON WIEDER.

IHR STETS ERGEBENER DAVID HALDANE«

Holmes blickte zu mir: »Mein lieber Watson, was meinst du dazu?«

Ich warf einen kurzen, aber intensiven Blick auf die Schrift und konzentrierte mich auf das Wesentliche. »Der Täter war in Eile. Manche Buchstaben sind kaum lesbar. Einmal hat er sich verschrieben und statt ›Arbeit‹ zuerst ›Arpeit‹ notiert, dann das Wort komplett durchgestrichen und es erneut zu Papier gebracht. Außerdem finden sich zwei Rechtschreibfehler. ›Zeilen‹ wird ohne den Buchstaben h in der Mitte und ›Bord‹ ohne ein t am Ende geschrieben.«

»Was schlussfolgerst du daraus?«

»Das ist nicht schwer. Der Täter stand unter großem Druck. Er konnte nicht wissen, wann Mister Wolcott in seine Kabine zurückkehren würde. Außerdem gehört er den niederen Bildungsschichten an. Sein derzeitiges Wissen wird er sich als Selfmademan angeeignet haben.«

»Bravo, bravo, mein lieber Freund«, rief Holmes voller Enthusiasmus aus und klatschte begeistert in die Hände. »Ganz genau in diesem Licht will der Täter erscheinen. Was schlägst du vor, was wir nun tun sollten?«

»Nun, wir nehmen die Passagierliste zur Hand und gehen von Kabine zu Kabine. Diejenige Person, die unerkannt verschwunden ist, muss der Täter sein. Allerdings weiß ich beim besten Willen nicht, wann und wo wir ihn getroffen haben sollten. Wir hatten auf diesem Schiff bislang nur zu sehr wenigen Menschen Kontakt.«

Holmes seufzte. »Möglicherweise werden wir bei einem Kontrollgang tatsächlich auf eine leere Kajüte treffen. Gott bewahre uns davor. Denn sie hat keinesfalls dem Einbrecher gehört, sondern höchstens einem bedauernswerten Opfer von ihm. Der Verbrecher zündet lauter Nebelkerzen an, um uns in die Irre zu führen.«

»Wie meinst du das?«

»Nun, die Druckschrift sieht auf den ersten Blick aus wie eilig hingeschmiert, in der Tat. Doch beim genaueren Betrachten wirst du erkennen, dass sich alle diese verhuschten Buchstaben wie ein Ei dem anderen gleichen. Sieh hier, beispielsweise das E. Es hat einen runden Rücken und einen kürzeren Mittelstrich als üblich. Der Täter muss in der Vergangenheit lange und intensiv geübt haben, um sein Schriftbild so gehetzt erscheinen zu lassen. Doch er befand sich keinesfalls in Eile. Die Wortwahl ist wohlüberlegt, und die Fehler wurden genauestens platziert. Er will uns glauben machen, er verfüge lediglich über einen niederen Bildungshorizont. Das genaue Gegenteil ist der Fall. Eine Lüge reiht sich an die andere. Deshalb verwette ich meine beste Meerschaumpfeife darauf, dass sich dieser Bursche immer noch an Bord befindet, uns ständig beobachtet und sich insgeheim ins Fäustchen lacht. Er hält sich für viel schlauer und gerissener, als wir es sind. Diese Überheblichkeit wird ihn letzten Endes zu Fall bringen, glaube mir.«

Holmes wandte sich wieder dem Waffenhändler zu: »Mister Wolcott, wer kann gewusst haben, dass Sie solch große Mengen Bargeld bei sich führten?«

Der dicke Mann zuckte mit den Achseln. »Alle Menschen, die sich in dieser Branche auskennen. In den meisten Geschäftszweigen zählt vor allem der gute Ruf. Nicht so in meinem Metier. Es gibt gewisse Grauzonen. Vorschriften ändern sich. Das Verlustrisiko ist zu groß. Die Ware wird nur gegen Cash geliefert. Wie Sie wissen, besteht zurzeit ein strenges Waffenembargo. Die USA sind ein neutrales Land. Aus den Staaten dürfen deshalb keine kriegswichtigen Güter nach Großbritannien geliefert werden. Meine Kisten hier an Bord mussten ebendaher als Jagdmunition, Butterkartons und Eierkisten deklariert werden. Das sind kleine Scherze für Eingeweihte. In den Butterkartons stecken nämlich Dynamitstangen und in den Eierkisten Handgranaten.«

Holmes erbleichte. »Mister Wolcott, wollen Sie damit etwa sagen, dass mit der *Lusitania* auch hochexplosive Sprengstoffe transportiert werden?«

Der Endfünfziger lachte: »Aber ja, sogar tonnenweise. Aber keine Angst. Weder das Dynamit noch die Munition und schon gar nicht die Handgranaten können sich selbst entzünden. Es herrscht eine hohe Sicherheitsstufe. Die Admiralität hat das Schiff komplett umbauen lassen. Einer der großen, ehemaligen Kohlebunker dient nur noch dazu, kriegswichtige Güter zu verladen.«

»Aber das muss doch den Zollinspektoren im Hafen auffallen?«

»Die New Yorker Beamten kontrollieren die Ladepapiere und zählen die Kisten. Es würde ihnen nicht im Traum einfallen, einen Butterkarton öffnen zu wollen, wenn er einen blauen Stempelaufdruck vom *State Department* trägt.«

»Und worin besteht dann das Risiko?«

»Mister Holmes, bitte tun Sie doch nicht so naiv«, brabbelte der Waffenhändler. »Wenn die *Lusitania* von einem deutschen Kriegsschiff aufgebracht und durchsucht wird, dann sieht es finster für uns aus. Die Hunnen lassen sich nämlich nicht von einem US-amerikanischen Siegel auf Butterkartons abschrecken. Laut internationalem Seerecht dürfen zivile Passagierdampfer weder Waffen noch Munition transportieren. In einem solchen Fall würden wir auf der Stelle in die Luft gesprengt werden und mit Mann und Maus untergehen.«

Meine Hochstimmung, die ich zuvor im Speisesaal verspürt hatte, war inzwischen gründlich verflogen. Der britische Generalkonsul hatte uns bei unserer Ankunft in den Staaten nicht ohne Grund davor gewarnt, dass New York vor deutschen Spionen nur so wimmeln würde. Wenn also schon ein dahergelaufener Geldschrankknacker ohne Weiteres herausfinden konnte, dass sich ein reicher Waffenhändler an Bord der *Lusitania* befand, dann vermochte dies ein hochkarätiger Agent schon lange. Jeder New Yorker Zollbeamte hatte Familie und würde zu Hause über seine Arbeit berichten. Für einen professionellen Nachrichtenmann war es ein Kinderspiel, eine solche Quelle anzuzapfen.

Mir wurde angst und bange. Ziellos wanderte ich in der Suite von Mister Wolcott hin und her und blieb schließlich vor einem kleinen Schreibtisch stehen. Auf einer Unterlage lag ebensolches Briefpapier, wie es der Einbrecher für seine Botschaft an uns verwendet hatte. Ich hob es auf und betrachtete es. Im Gegenlicht konnte ich Abdrücke erkennen, die dem bewussten Text ähnelten. »Holmes«, rief ich aufgeregt. »Ich habe etwas gefunden.«

Holmes nahm mir den Zettel aus der Hand. »Das war ganz ausgezeichnet, alter Knabe.« Er legte das Papier auf den

Tisch und schraffierte es ganz leicht mit einem Bleistift. Die durchgedrückte Nachricht des Verbrechers wurde sichtbar. Außerdem erschienen ein Wort sowie mehrere Zahlen, die auf dem Originalblatt fehlten: *Paper Moon 56 85 I 12.*

Mein Freund fragte den Waffenhändler: »Sagt Ihnen der Begriff *Paper Moon 56 85 I 12* etwas? Haben Sie diese Zeichen und Ziffern notiert?«

»Nein, das stammt nicht von mir. Das muss der Täter geschrieben haben. Es könnte eine Telefonnummer oder die Bezeichnung von einem Bankschließfach sein. Aber ohne nähere Angaben lässt sich damit wohl nicht viel anfangen.«

Holmes lächelte optimistisch. »Bislang habe ich noch jedes Rätsel gelöst. Das ist schließlich mein Beruf. Auch wenn es sich in diesem Fall wohl eher um ein Drei-Pfeifen-Problem handeln dürfte.«

»Es freut mich, dass Sie so zuversichtlich sind. Können Sie mir da auch mein Geld zurückbringen?«

»Das vermag ich leider nicht zu versprechen. Aber den Täter werden wir stellen. Das ist so sicher wie das Amen in der Kirche.«

Auf dem Rückweg zu unserer Suite sagte ich zu meinem Freund: »Ich mache mir große Sorgen. Die entsetzlichen Zwillinge scheinen nichts Gutes im Schilde zu führen.«

Holmes seufzte. »Damit magst du wohl recht haben. So wie es aussieht, legen sie es regelrecht darauf an, dass die *Lusitania* versenkt wird.«

»Aber wieso denn man bloß?«

»Der Krieg verläuft nicht so, wie es die Strategen im Generalstab anfangs gedacht und geplant hatten. Unsere hohen Militärs sind davon ausgegangen, dass die Kämpfe spätestens Weihnachten 1914 beendet sein würden. Und nun hat sich der Krieg auf den Schlachtfeldern Europas festgefressen.

Es ist eine Pattsituation entstanden. Die Deutschen sind außerstande, weiter vorzurücken, und die Entente kann sie nicht zurückschlagen. Unsere Truppen waren schlecht ausgerüstet. Wie ich hörte, hatten sie noch nicht einmal Wintermäntel in ausreichender Menge. Und unsere Kriegsmarine ist eine Katastrophe. Die Deutschen mit ihren U-Booten haben uns in die Enge getrieben. Deshalb braucht Großbritannien dringend einen starken Verbündeten. Das sollen die USA sein. Wenn sie in den Krieg eintreten, kann das Kaiserreich einpacken. Aber die Staaten zögern noch. Deshalb braucht es ein starkes Signal. Der Untergang der *Lusitania* mit vielen Hundert toten Amerikanern wäre ein solches Fanal. Deshalb wurden noch die Passagiere von der *Cameronia* aufgenommen, eben darum steckt der Schiffsrumpf voller Sprengstoff.«

»Aber was sollen wir tun? Wir können doch nicht die Hände in den Schoß legen und demütig auf unser Ende warten. Der Tod durch Ertrinken soll keine interessante Erfahrung darstellen, habe ich mir sagen lassen.«

Holmes blieb stehen und umarmte mich: »Alter Knabe, wir werden auf keinen Fall hier auf diesem Schiff sterben. Der Sensenmann wird uns zu einem wesentlich späteren Zeitpunkt holen, wenn wir friedlich zu Hause im Bett liegen, das verspreche ich dir. Admiral Fisher und Marineminister Churchill mögen uns für Wasserratten in einem schwimmenden Käfig halten, die keinen Einfluss auf ihr Geschick nehmen können. Das mag im Moment sogar stimmen. Wir können weder das Schiff verlassen noch seinen Kurs ändern. Ich will gerne mit dem Kapitän sprechen, aber er wird wohl kaum auf uns hören. Trotzdem sind wir nicht völlig hilflos. Als Erstes müssen wir uns einen wasserdichten Notfallplan zurechtlegen. Dazu gehört, dass wir uns die Fluchtwege einprägen, Schwimmwesten bereitliegen haben und wissen, wo sich das am nächsten gelegene Rettungsboot befindet. Wir brauchen Signalraketen, Leuchtpistolen und Trillerpfeifen. Das hat Priorität. Erst danach kommt die Suche nach dem Geldschrankknacker.«

[1] Kapaun: kastriertes Masthähnchen

[2] Yorkshire-Pudding: Teig-Beilage zu Fleischgerichten, wird aus Mehl, Eiern, Milch, Salz, Pfeffer, Rindernierenfett, Muskatnuss und Petersilie zubereitet.

[3] Redneck: abfällige Bezeichnung für ein Mitglied der weißen Unterschicht

[4] Eggs Benedict: pochierte Eier auf halbierten Muffins mit Frühstücksspeck und Sauce Hollandaise

[5] Virginia Ham: Schinken mit Honigkruste

[6] Pumpkin-Pie: Kürbiskuchen

4. Kapitel

Tag drei

»Wären wir am Leben geblieben, ich hätte eine Geschichte erzählen müssen von Kühnheit, Ausdauer und vom Mut meiner Gefährten, die das Herz jedes Briten gerührt hätte.«

Robert Falcon Scott

Der Polarforscher

Aus den Aufzeichnungen von Dr. Watson

Auf hoher See, 03.05.1915

Insgeheim hatte ich gehofft, Kapitän Turner würde uns beruhigen können, doch das vertrauliche Gespräch mit ihm verlief noch weitaus deprimierender als ursprünglich von mir befürchtet. Die alte Lebensweisheit »Hoffe auf das Beste und rechne mit dem Schlimmsten» hatte sich wieder einmal bewahrheitet.

Kapitän Turner nahm uns gegenüber kein Blatt vor den Mund. Er wusste nur Hiobsbotschaften zu verkünden: Im Maschinenraum war die Besatzung offiziell um 83 Mann reduziert worden. Weitere vier Heizer hatten in New York unerlaubt abgemustert. In Ermangelung des dafür notwendigen Personals konnten nur noch drei von den vier Kesselräumen betrieben und statt 25 nur noch 20 Kessel beheizt werden. Der deshalb permanent fehlende Turbinendruck reduzierte die Reisegeschwindigkeit von 24 auf 18 Knoten. Die deutschen U-Boote erzielten inzwischen 14 Knoten Höchstgeschwindigkeit. An eine Verfolgungsfahrt war damit für die Kaiserliche Marine natürlich immer noch nicht zu denken, doch bei einem Aufeinandertreffen in einem stumpfen Winkel würde das Tempo für einen sicheren Treffer völlig ausreichen. Alfred Booth, der Chairman der Reederei, hatte bei seiner Ansprache im Hafen also ganz dreist gelogen, als er von einer Maximalgeschwindigkeit der *Lusitania* von 28 Knoten faselte. Bislang hatte das stolze Schiff nur einmal dieses Tempo vorlegen können, und das war für kaum mehr als eine Stunde während der Jungfernfahrt gewesen.

Bei früheren Reisen hatte es bereits mehrfach beinah Feindkontakt gegeben. Drei Handelsschiffe waren quasi in Sichtweite der *Lusitania* von U-Booten angegriffen und versenkt worden. Daraufhin hatte der langjährige Kapitän David Dow seinen Abschied eingereicht, weil er das Risiko für die Passagiere und die Mannschaft nicht länger tragen wollte.

Die Butterkartons und die Eierkisten von Mister Wolcott stellten nur die Spitze des Eisbergs dar. Insgesamt befanden sich weitere 4,2 Millionen Schuss Remington Gewehrmunition, 18 Kisten mit Aufschlagzündern und 5.000 Artilleriegranaten mit einem Gesamtgewicht von 50 Tonnen an Bord. Darüber hinaus waren 100.000 Gallonen Dieselöl »zur Stabilisierung der Trimmtanks« in den unteren doppelten Schiffsboden gepumpt worden. Wir saßen sozusagen auf einem schwimmenden Munitionsdepot. Ein winziger Funke am falschen Ort zur verkehrten Zeit genügte, und alles würde in die Luft und damit uns um die Ohren fliegen. Dieses Wissen stand im krassen Gegensatz zu der scheinbaren Solidität und Sicherheit, welche die *Lusitania* ausstrahlte und die sie unangreifbar zu machen schien.

Für die 1.256 Passagiere und die 701 Mitglieder der Mannschaft standen 48 Rettungsboote zur Verfügung. Jedes Boot fasste 50 bis 70 Personen. Das Minimum betrug damit 48 x 50 = 2.400 Köpfe. Bei nur 1.957 Menschen an Bord klang dieses Verhältnis im ersten Moment gar nicht so schlecht, denn damit war im Ernstfall jeder Person ein Platz sicher.

Doch dann folgte von Kapitän Turner ein großes Aber: Von den 48 Rettungsbooten waren nur 22 komplett aus Holz gefertigt worden. Sie hingen an sogenannten Davits[1] – elf auf der Backbordseite und elf auf der Steuerbordseite. Die restlichen 26 waren für den äußersten Notfall gedachte Klappboote mit hölzernem Kiel und Seitenwänden aus Segeltuch. Sie lagen zusammengefaltet an Deck unterhalb der herkömmlichen Rettungsboote. Von ihrer Konstruktion her sollten sich die Klappboote automatisch auseinanderfalten, sobald sie zu Wasser gelassen wurden.

Zu Hause in London besaß ich einen Patent-Klappbecher für die Jackentasche. Er bestand aus ineinandersteckenden Silberringen, die auseinandergezogen werden mussten und sich auf diese Weise in einen sehr hübsch anzusehenden Trinkbecher verwandelten. Es gab leider einen gravierenden Nachteil: Sobald eine Flüssigkeit in den Becher gegossen wurde, klappte er automatisch zusammen und der Inhalt floss über die Hose. So ähnlich stellte ich mir die Funktionsweise der Klappboote vor, nur dass ich in diesem Fall der Inhalt war, der automatisch ins Meer purzeln würde.

Mitten in diesen Überlegungen traf mich schon das nächste große Aber: Um ein Rettungsboot ordnungsgemäß fieren zu können, wurden jeweils zwei gut ausgebildete Matrosen benötigt. 48 x 2 = 96. Der stark geschrumpften Mannschaft gehörten jedoch nur noch 41 Vollmatrosen an. Das war weniger als die Hälfte der notwendigen Bedienung an den Rettungsbooten. Und während der Fahrt konnten auch keine Übungen veranstaltet werden.

Nachdem wir wieder in unserer Suite angekommen waren, lief Holmes wie ein wütender Bär auf und ab. »Das gefällt mir ganz und gar nicht«, stieß er ärgerlich hervor. »Ich will nicht zum Spielball der Elemente werden.«

»Aber was können wir tun?«, warf ich ein. »So gut wie nichts.«

»Eben. So gut wie nichts ist immerhin mehr als gar nichts. Unsere Kabine liegt zwei Decks unterhalb der aufgehängten Rettungsboote. Zuerst müssen wir uns den direkten Weg so genau einprägen, dass wir ihn auch mit verbundenen Augen finden, wenn die allergrößte Panik herrscht. Ebenso dringlich ist es, den für unser Rettungsboot zuständigen Vollmatrosen ausfindig zu machen. Von ihm müssen wir uns in alle Details einweisen lassen, damit wir auch ohne fremde Hilfe in der Lage sind, ein Rettungsboot zu Wasser zu lassen. Was macht die Ausrüstung? Ist sie komplett?«

Das konnte ich im Großen und Ganzen bestätigen. »Ich habe mir vorhin vom Steward das nötige Equipment aushändigen lassen. Da wären zunächst zwei Schwimmwesten aus Segeltuch, auf die schmale Korkstreifen aufgenäht wurden. Dazu gibt es passende, mit Rentierhaaren gefüllte Rettungsgürtel. Außerdem habe ich zwei Trillerpfeifen bekommen. Die Leuchtpistolen wollte der Steward zuerst nicht herausrücken. Er tat es dann aber doch, nachdem ich ihm meinen Dienstausweis vom Außenministerium unter die Nase gehalten und mit schwerwiegenden Konsequenzen gedroht hatte. Die Leuchtpistolen sind in Wirklichkeit einschüssige Klapprevolver. Sie werden mit Randfeuerpatronen aus gewachster Pappe geladen, die gegen Feuchtigkeit geschützt sind und auch noch bei starken Regengüssen funktionieren sollen.«

»Was ist mit den Leuchtraketen?«

»Die habe ich nicht genommen. Sie müssen mit einer offenen Flamme gezündet werden und sind äußerst anfällig gegen Nässe.«

Mitten in diesem Gespräch pochte es an der Kabinentür. Der Steward reichte mir eine neue Botschaft vom Kapitän. Ich öffnete den Umschlag. Auf dem Zettel stand: *Es gab einen weiteren Einbruch. Diesmal hat es den bekannten britischen Polarforscher und Entdeckungsreisenden Josph Foster Stackhouse in der Suite B 14 getroffen. Hören Sie also endlich auf damit, sich unnötige Gedanken um die eigenen Befindlichkeiten zu machen, und kümmern Sie sich endlich um die Sicherheit der Passagiere. K.W.T.T.*

Die Suite des Wissenschaftlers glich im Großen und Ganzen der des Waffenhändlers, unterschied sich aber in einem wichtigen Detail: Der Safe war viel kleiner. Auch in diesem Fall stand die Tür sperrangelweit auf, und sie wies ebenfalls nicht den geringsten Kratzer auf.

Joseph Foster Stackhouse war um die fünfzig Jahre alt, sehr schlank und so gut wie kahlköpfig. Ein schütterer, weißer Haarkranz stand im krassen Gegensatz zu einem buschigen, graumelierten Backenbart. Der Forscher hatte die gesunde Gesichtsfarbe eines Menschen, der sich häufig an der frischen Luft weitab vom Londoner Smog aufhält, aber die blau geäderte Nase zeugte von einer Vorliebe für geistige Getränke.

Holmes ging diesmal gleich zum Schreibtisch und inspizierte das dort bereitliegende Briefpapier, ehe er zur Lupe griff und den kleinen Geldschrank untersuchte.

Joseph Foster Stackhouse versuchte es mit einem Scherz: »Mein verehrter Mister Holmes. Sie werden nichts finden. Der Einbrecher hat sämtliches Diebesgut mitgenommen und nichts aussortiert.«

»Was fehlt denn genau?«

»Nichts von Bedeutung.«

»Wie soll ich das verstehen? Weshalb verwahren Sie wertlose Dinge in einem Safe?«

»Sie haben mich falsch verstanden. Ich habe nicht ›wertlos‹, sondern ›bedeutungslos‹ gemeint. Zwischen diesen beiden Begriffen besteht ein gravierender Unterschied.«

Holmes richtete sich auf. »Das müssen Sie mir bitte genauer erklären.«

»Sehr gerne. Allerdings muss ich etwas weiter ausholen. Falls ich Sie aber damit langweilen sollte, unterbrechen Sie mich bitte. Also, das ist folgendermaßen. Auf dem 6. Internationalen Geografischen Kongress, der 1895 in London stattfand, wurde beschlossen, die Antarktis zu erforschen. Im August 1901 brach mein Kollege Robert Falcon Scott mit dem Schiff *Discovery* zum Südpol auf. Am 03. Januar 1902 überquerte die Expedition den Südpolarkreis. Der größte Teil der Mannschaft blieb im Basislager zurück. Lediglich eine dreiköpfige Gruppe, die aus Scott und seinen beiden Begleitern Ernest Shakleton und Edward Wilson bestand, machte sich mit Hundeschlitten auf den weiteren Weg. Am 31. Dezember 1902 erreichten sie den südlichsten Punkt ihrer Reise, der aber noch 480 Meilen weit vom Pol entfernt lag. Alle drei waren am Ende ihrer Kräfte angelangt und litten unter Skorbut und Schneeblindheit. Deshalb mussten sie umkehren, ohne das Ziel erreicht zu haben.«

»Aha«, bemerkte ich.

»Aber Robert Falcon Scott ließ sich nicht entmutigen. Am 01. Juni 1910 startete er mit der *Terra Nova* zu seiner zweiten Antarktis-Expedition. Aber mein Kollege sollte nicht der einzige Polarforscher sein, der sich zu dieser Zeit auf den Weg machte. Von Norwegen aus war sein Kollege Roald Amundsen mit der *Fram* aufgebrochen. Zwischen den beiden kam es zu einem Wettlauf, der von dem Norweger gewonnen wurde. Er erreichte den Südpol am 14. Dezember 1911. Robert Falcon Scott folgte mit einem fünfköpfigen Team 35 Tage später. Der Rückweg bei eisigen Temperaturen wurde zu einem verzweifelten Kampf ums Überleben. Robert Falcon Scott und seine Männer haben ihn am Ende verloren. Alle fünf Forscher starben an Unterernährung, Erschöpfung und Unterkühlung. Acht Monate später, am 12.11.1912, wurde das Camp mit den Toten gefunden. Ich habe diesem Suchtrupp angehört.«

»Das ist in der Tat eine äußerst spannende Geschichte«, warf Holmes ein. »Aber was wollen Sie mir damit sagen?«

»Scott hatte bis kurz vor seinem Tod Tagebuch geführt. Deshalb können wir den Verlauf seiner strapaziösen Wanderung bis ins Detail nachvollziehen. Doch Robert Falcon Scott wollte nicht nur der erste Mensch am Südpol sein. Gleichzeitig war er ein Forscher, wie ich einer bin. Und er hat etwas gefunden.«

»Was war das?«, fragte ich neugierig dazwischen.

»In der Eiswüste der Antarktis ist er auf einen Meteoriten gestoßen. Von ihm wurde bereits in den Legenden der Inuit berichtet. Er hat die Größe eines Kinderkopfes und besitzt mehrere verblüffende Eigenschaften wie zum Beispiel einen starken Magnetismus und eine gewisse Leuchtkraft im Dunkeln. Dieser Meteorit soll angeblich vom Mars stammen. Er ist ungeheuer wertvoll und befindet sich in meinem Besitz.«

»Aber jetzt wurde er Ihnen gestohlen?«

»Nein, natürlich nicht.« Joseph Foster Stackhouse lächelte verschmitzt. »Er liegt sicher und wohlverwahrt in meinem Büro im British Museum. Für meine Vortragsreise durch die USA habe ich mir ein Duplikat anfertigen lassen. Es war teuer genug in der Herstellung, besitzt aber keinerlei wissenschaftlichen Wert.«

»Aha, ich verstehe«, meinte Holmes. »Bei Ihren Referaten haben Sie die Zuhörer durch eine geschickte Wortwahl glauben lassen, Sie würden ihnen das Original präsentieren.«

»Ganz genauso war es. Der Unterschied lässt sich nicht durch den bloßen Augenschein, sondern nur mithilfe einer genauen wissenschaftlichen Untersuchung feststellen. Für die Leute ist es außerdem völlig unwichtig, was sie tatsächlich sehen, solange sie nur fest daran glauben.«

»Und Sie meinen nun, dass Ihnen einer Ihrer Zuhörer derartig auf den Leim gegangen ist, dass er Sie beraubt hat?«

»Nicht unbedingt. Über meine Vortragsreise wurde in allen großen Journalen an der Ostküste berichtet. Es kursierten die abenteuerlichsten Gerüchte über den Wert des Meteoriten. Die Amerikaner sind bekanntlich dem Geld sehr zugetan. Es gibt mehrere Fotografien von mir, auf denen neben mir ein Pinkerton-Mann abgebildet ist, der mich zu meinem Schutz begleitete. Der Täter wird also eher ein aufmerksamer Zeitungsleser als ein wissenschaftlich interessierter Bürger sein. Vermute ich jedenfalls.«

»Sonst fehlt nichts?«

»Nein, mein Geld verstecke ich auf altmodische Weise unter dem Kopfkissen. Das ist mit Abstand das sicherste Versteck, sofern sich ein Geldschrank im Raum befindet.«

»Wohl wahr, wohl wahr«, pflichtete ihm Holmes bei. »Den Schlüssel trugen Sie an einem Band um den Hals?«

»Ganz genau.«

»Entschuldigen Sie bitte, wenn ich nochmals nachfrage: Hat der Einbrecher möglicherweise eine Nachricht hinterlassen?«

»Sie meinen ein Entschuldigungsschreiben? Nein, nichts dergleichen. Obwohl es sich tatsächlich um einen Gentleman handeln muss. Er hat weder meine Schränke durchwühlt noch mir ein weiches, warmes Andenken auf dem Kopfkissen hinterlassen.«

[1] Davit: Kran an der Bordwand großer Schiffe, mit dem Boote ausgesetzt werden können.

Die Festnahme

Aus den Aufzeichnungen von Dr. Watson

Auf hoher See, 03.05.1915

Nun hilft leider alles nichts«, meinte Holmes betrübt. Allerdings rieb er sich dabei die Hände, so wie er es in vergangenen Zeiten gern getan hatte, wenn er von einem neuen verzwickten Fall aus seiner Lethargie gerissen worden war. »Wir müssen uns, so schwer es auch angesichts der aktuellen Bedrohung fallen mag, um diese eher belanglose Aufgabe kümmern. Das kann so kompliziert nicht sein. Außerdem: Der kurzfristige Aufschub schadet rein gar nichts. Uns bleibt später immer noch genügend Zeit, die wenigen offen gebliebenen Sicherheitsfragen zu lösen. Schließlich liegt die englische Küste viele Meilen weit entfernt, und unser stolzes Schiff durchpflügt momentan die Wellen gänzlich außerhalb der Reichweite deutscher U-Boote.«

»Wie wollen wir vorgehen?«, fragte ich voller Interesse, denn auch bei mir erwachte allmählich das Jagdfieber.

»Der Täter will uns an der Nase herumführen. Es geht ihm nicht um den schnöden Mammon allein. Nein, für ihn ist es außerdem ein Spiel. Er will uns beweisen, dass er jederzeit viel cleverer sein kann, als wir es jemals waren. Deshalb hat er uns herausgefordert. Aber um dieses Spiel gewinnen zu können, ist er stets auf die aktuellsten Informationen angewiesen. Da gibt es nur zwei Möglichkeiten: Entweder verfügt er über einen geheimen Zuträger oder er muss sich ab und an in der Öffentlichkeit zeigen und kann sich nicht wie Graf Dracula die längste Zeit des Tages in einer hölzernen Kiste verstecken. Das ist unsere Chance. Der brave Mister Haldane kann so durchtrieben sein, wie er will. Er mag in der aberwitzigsten Verkleidung auftreten – es wird ihm nichts nützen. Irgendein winziges Detail, das für profane Augen völlig nebensächlich sein kann, sollte ihn uns verraten. Kurzum, wie lautet unser Motto, alter Knabe?«

»Sehen heißt beobachten, beobachten heißt analysieren«, antwortete ich wie aus der Pistole geschossen. Das brachte mir als Anerkennung einen heftigen Schlag auf die Schulter ein, der meine morschen Knochen verdächtig knacken ließ. »Vielleicht hat sich David Haldane Verstärkung geholt«, mutmaßte ich. »Seine Schwester, seine Geliebte, jemanden, auf den er sich verlassen kann. Mit einer Frau an seiner Seite würde er viel weniger auffallen. Diese Partnerschaft würde auch das rätselhafte Phänomen erklären: Er hinterlässt kryptische Botschaften, sie jedoch nicht.«

»Gut kombiniert, Sportsfreund. Teamarbeit zahlt sich immer aus. Die meisten Taschendiebe arbeiten so. Der erste lenkt ab, der zweite greift zu, und der dritte lässt die Beute verschwinden. Doch genug gefachsimpelt, die Zeit der Entscheidung ist herangerückt. Wir wollen den Speisesaal aufsuchen. Dort wird heute, so hoffe ich, unsere große Bühne sein. Es ist nämlich fest damit zu rechnen, dass der Hauptdarsteller beim wichtigsten Ereignis des Tages präsent sein wird. Unsere einzige Schwierigkeit besteht darin, hinter seine Maske zu schauen, um sie ihm vom Gesicht reißen zu können. Deshalb solltest du lieber deinen Revolver einstecken.«

Wir warteten am Empfang, bis uns ein Steward zum Tisch geleitete. Die Eheleute Hubbard und Porter hatten bereits Platz genommen. Das Gespräch drehte sich um den Unterschied zwischen einem *American Bashkir Curly Horse*[1] und einem *American Quarter Horse*[2]. Ich hörte nur mit halbem Ohr zu und warf zunächst einen Blick auf die Speisekarte. Erneut waren mir die meisten Gerichte völlig unbekannt. Aber es hatte schon ein gewisser Gewöhnungseffekt eingesetzt: Ich fühlte mich bereits viel weniger überfordert als noch am Vortag, und der Luxus blendete mich kaum noch. Deshalb harrte ich völlig gelassen der Dinge, die da kommen würden. Es war wie in alten Zeiten. Die Jagd hatte begonnen, und wir lagen auf der Lauer. Holmes schaute sich diskret im Saal um. Ich tat es ihm gleich. Allerdings besaß mein Freund das Geschick, sich nebenher auch noch an der Konversation zu beteiligen. Zwar war ich mit einer Frau verheiratet, die gleichzeitig stricken, Grammofonplatten abspielen, aus dem Fenster schauen und sich mit mir gebildet unterhalten konnte, aber ich vermochte dies Kunststück noch nicht einmal ansatzweise. Sobald ich versuchte, zwei Dinge gleichzeitig zu tun, gingen beide gründlich schief.

Unser Tisch stand strategisch günstig am Rand des Speisesaales, sodass wir den gesamten Raum im Blick hatten. Allerdings versperrten mir einige Palmen in hölzernen Kübeln sowie mehrere Säulen mit breiten Pilastern die Sicht. Erschwerend kam hinzu, dass die Hälfte der Gäste mit dem Rücken zu uns saß, und mit meinem Augenlicht war es sowieso nicht mehr zum Besten bestellt. Mir war völlig klar, dass meine Beobachtungsergebnisse demzufolge äußerst mager ausfallen würden.

Um Holmes meine Bedenken mitzuteilen, flüsterte ich ihm ins Ohr: »Wir sollten uns mit einem Sehrohr bewaffnen und uns hinauf auf die Galerie schleichen. Von dort aus haben wir einen viel besseren Überblick.«

»Mein lieber Doktor«, antwortete er so laut, dass alle am Tisch es hören konnten. »Stellen Sie doch bitte Ihr Licht nicht unter den Scheffel. Selbstverständlich sind Sie ein ganz ausgezeichneter Reiter, auch wenn Sie noch niemals auf einem wilden Mustang gesessen haben. Von der hohen Warte eines Pferderückens aus entgehen einem viele Details, die einem am Boden förmlich ins Auge springen.«

Ich hatte verstanden und nickte. Einem Leuchtturm gleich ließ ich meine Blicke schweifen – von links nach rechts und wieder zurück. Die meisten Kostgänger waren ältere dicke Menschen beiderlei Geschlechts, die stabile Krückstöcke mit Gummizwingen bei sich führten. Kinder gab es keine. Die Nachkommenschaft musste auf Anordnung der Reederei separat speisen, um die Ruhe der honorigen Gäste nicht zu stören. Ich hielt das für einen fabelhaften Einfall. Er kam gleich nach dem Schweigegebot im Diogenes Club in London, in dem Holmes' Bruder Mycroft verkehrte. In Restaurants verhielten sich Kinder nämlich häufig wie die Kinder. Sie tobten über Tische und Bänke, krochen kreischend zwischen den Stuhlbeinen herum, verhedderten sich im Tafeltuch, ließen nebenher Porzellanteller sowie Kristallgläser am Boden zerschellen und zwickten mit Vorliebe wehrlosen, älteren Herren in die Waden. Ihre der Fürsorge anbefohlenen Mütter pflegten sich in solchen Momenten gerne taub und blind zu stellen oder sie begannen voller Verständnis zu säuseln: »Ach, diese putzigen Rangen. Sie wollen immer nur spielen.« Mein Elternpaar war da aus einem ganz anderen Holz geschnitzt gewesen. Jeder subversive Moment der Nachkommenschaft wurde im Keime erstickt. »Leichte Schläge auf den Hinterkopf erhöhen das Denkvermögen«, so lautete der Lieblingsspruch meines Vaters. Im Grund meines Wesens bezweifelte ich ernsthaft, jemals ein Kind gewesen zu sein.

Ein halbes Dutzend Tischgäste in meinem näheren Umfeld wirkte auf den ersten Blick so kauzig, dass jeder von ihnen David Haldane hätte sein können. Einige hatten schlecht sitzende Perücken übergestülpt, die ein minderbegabter Figaro aus Flachs, Werg und ungekämmter Baumwolle zusammengestückelt haben mochte; andere steckten in ausgebeulten Hosen, von denen es das Stück für fünf Pence beim Altwarenhändler gab; und wieder andere trugen nach Mottenkugeln riechende Kleider, die zu Zeiten meiner Urgroßmutter modern gewesen waren. Aber das ist eben ein charakteristisches Merkmal der Superreichen: Etliche von ihnen sind so geizig, dass sie noch nicht einmal sich selbst etwas gönnen.

Ich hatte gerade einen verhutzelten Greis als unseren Mann ausgemacht, der mit offensichtlich falschem, schiefem Buckel und augenscheinlich angeklebter, knorriger Nase als ein miserables Duplum des kleinen Muck[3] auftrat, als es in der Nähe der Treppe zur Empore Bewegung gab. Mit leichter Verspätung erschienen dort – wir waren bereits mit dem ersten Gang, einer stark gewürzten Mulligatawny-Suppe[4], fertig geworden – drei äußerst elegant gekleidete Gentlemen. Sie taten sehr wichtig, warfen ihre Frackschöße über die Stühle und setzten sich schwungvoll. Von Ferne kam der zuständige Tischkellner herbeigeeilt. Wegen der allgemeinen Geräuschkulisse im Saal konnte ich kein einziges Wort verstehen, aber ein mehrfaches Katzbuckeln des servilen Obers deutete darauf hin, dass er sich wortreich für die Unannehmlichkeit entschuldigte, dass der erste Gang bereits durch war. Er konnte nicht mehr nachgeordert werden. Wegen der hohen Zahl der Tischgäste durfte es immer nur ein Vorwärts geben, und niemals ein Zurück. Auch diese strenge Regel der Reederei gefiel mir ausnehmend gut.

Holmes sprang plötzlich wortlos auf und eilte hinaus. Nach wenigen Minuten kehrte er in der Begleitung des Chefstewards zurück und meinte zu unseren Tischgenossen: »Die werten Herrschaften werden verzeihen, aber soeben sind völlig unerwartet drei alte Freunde von uns eingetroffen, die mein getreuer Dr. Watson und ich nur zu gerne begrüßen möchten. Morgen, das verspreche ich Ihnen, werden wir wieder Ihre allzeit beflügelnde Gesellschaft genießen und Ihnen unsere ungeteilte Aufmerksamkeit zuwenden.«

Ich war völlig verdattert, hielt jedoch meine Zunge im Zaum und folgte meinem Kameraden direkt bis zu dem Tisch, an dem soeben die drei uns fremden Kavaliere Platz genommen hatten.

Der Chefsteward stellte uns vor: »Gentlemen, entschuldigen Sie bitte vielmals die Störung. Diese beiden Weltmänner hier an meiner Seite sind Mister Holmes und Doktor Watson aus London, ihres Zeichens Kuponschneider und Pensionäre. Ein verklemmtes und deshalb zugiges Bullauge, welches schleunigst repariert werden muss, hat sie leider von ihren angestammten Plätzen vertrieben. Die Schiffsleitung spricht deshalb ihr tiefstes Bedauern aus. Hier an Ihrer Tafel sind jedoch noch einige freie Sessel zu finden. Ich hoffe, Gentlemen, Sie haben gegen etwas nette Gesellschaft nichts einzuwenden.«

»Ganz im Gegenteil«, meinte der eine Mann und erhob sich. »Und die Treue, sie ist doch kein leerer Wahn, so nehmt auch mich zum Genossen an«[5], rezitierte er ein mir unbekanntes Gedicht, knallte die Hacken zusammen und stellte sich vor: »Robert Gatin, meines Zeichens Viehbaron aus Milwaukee. Und dies sind meine Geschäftspartner Mister Jeremiah O'Driscoll und Mister John Carter Greenwood, gleichfalls aus dem herrlichen Bundesstaat Wisconsin. Bitte höflichst darum, Platz nehmen zu wollen.«

»Sehr aufmerksam. Sie sind zu gütig. Wir werden Ihnen auch nicht zur Last fallen«, log Holmes, dass sich die Balken bogen.

Mir schwante nämlich nichts Gutes.

Die Herren ähnelten einander auf verblüffende Weise. Alle drei waren schwarzhaarig, hatten blaue Augen und Hakennasen. Jeremiah O'Driscoll zeichnete sich außerdem dadurch aus, dass er mitten auf der rechten Wange ein großes, fleischfarbenes Pflaster trug. Die Gentlemen sprachen ein amerikanisches Englisch mit einem harten Akzent. Da ich noch nie in meinem Leben in Milwaukee gewesen war, konnte ich nicht beurteilen, ob dies der für die Stadt am Lake Michigan typische Slang war.

Nachdem die übrigen Vorspeisen an uns vorbeigerauscht und die allgemeinen Gesprächsthemen über das permanent schlechte Wetter, die verworrene politische Lage und die akute U-Boot-Gefahr aufgebraucht waren, wurden der dampfende Braten und mehrere Schüsseln mit appetitlichen Beilagen aufgetragen. Obwohl ich eigentlich schon satt war, überfiel mich eine Heißhungerattacke, als mir der köstliche Duft in die Nase stieg. Allerdings hatte ich nicht die geringste Ahnung, welches arme Tier für unser leibliches Wohl sein Leben hatte lassen müssen. Mit dem französischen Kauderwelsch auf der Speisekarte konnte ich jedenfalls nicht das Geringste anfangen.

Robert Gatin klärte mich auf, währenddessen er seinen Teller randvoll mit relativ kleinen, leicht marmorierten Steaks, jungen Erbsen, Karotten, Spargel und Kartoffelbrei belud: »Es handelt sich um das Fleisch vom Hirschkalb. An sich wäre es unbezahlbar, aber neuerdings werden die Tiere auf großen Farmen in Minnesota gezüchtet. Gentlemen, langen Sie zu. Ich wünschen allen einen guten Appetit!«

Wie im Chor schallte es zurück: »Gesegnete Mahlzeit.«

Robert Gatin säbelte sich ein ordentliches Stück Steak ab, schob es sich mit der Gabel in den Mund und stöhnte genussvoll.

Ich war skeptisch und probierte mit äußerster Vorsicht. Möglicherweise sollte mir eine tranig schmeckende Bisamratte untergejubelt werden. Den Amerikanern war schließlich alles zuzutrauen. Die schlangen sogar magere Hühnerflügel von zäher Konsistenz in sich hinein, die bei uns unweigerlich in der Abfalltonne landen würden.

Doch in diesem Fall war es völlig anders. Meine Geschmacksknospen öffneten sich. Ich vermochte förmlich den Knall zu spüren. Mir lief ein wohliger Schauer den Rücken hinunter. Der Viehbaron hatte nicht übertrieben. Solche leckeren Steaks hatte ich noch nie zuvor in meinem Leben verputzen dürfen. Aber schließlich musste Mister Gatin durch seinen Beruf schon von Hause aus ein Fachmann auf diesem Gebiet sein. Ich vergaß die Welt um mich herum und schwelgte in meinem opulenten Mahl. Zwanzig Minuten später lehnte ich mich schwitzend zurück und musste den obersten Knopf an meiner Hose öffnen. Glücklicherweise trug ich anders als die drei Gentlemen aus Milwaukee keinen Frack, sonst wäre mir unweigerlich die Frackbinde geplatzt.

Bis auf Holmes, der kaum einen Bissen angerührt hatte, ging es den übrigen Tischgenossen ähnlich wie mir. Alle drei hatten erhitzte, glänzende Gesichter bekommen.

John Carter Greenwood erhob sich stöhnend und sagte: »Wenn mich die Gentlemen bitte entschuldigen wollen. Aber ich muss dringend die Waschräume aufsuchen.«

Jeremiah O'Driscoll winkte nach dem Tischkellner und ließ eine Karaffe Cognac kommen. Das Getränk brannte heiß in meiner Kehle, räumte aber sofort den Magen auf.

Inzwischen war Greenwood an den Tisch zurückgekehrt. Holmes erwähnte beiläufig, dass er schon einige Male in Milwaukee gewesen sei. Das war eine faustdicke Lüge. Doch die nächste folgte auf dem Fuße. Mein Freund behauptete keck und ohne rot zu werden, dass er es immer ganz besonders genossen habe, die dortige *Layton Art Gallery* zu besuchen. Speziell in diesem Jahr sei ihm die wunderbare Ausstellung der aztekischen Goldschätze in guter Erinnerung geblieben.

Doch Robert Gatin ging ihm nicht auf den Leim. »Für solchen Firlefanz habe ich keine Zeit. Von Galerien verstehe ich ebenso viel wie von Nadelarbeit. Außerdem sind Goldschätze für mich nur von Interesse, sofern sie sich in meinen eigenen Satteltaschen befinden.« Mit diesen Worten klopfte er sich auf beide Hüften. Seine beiden Kameraden feixten, als ob er gerade einen famosen Herrenwitz gemacht hätte.

Auch Holmes' nächster Schuss ging daneben. Mein Freund wollte nämlich wissen: »Sie haben alle drei einen ziemlich starken Akzent. Stammen Ihre Vorfahren womöglich aus dem Deutschen Kaiserreich?«

John Carter Greenwood antwortete: »Um Gottes willen, nein. Mit den mörderischen Hunnen haben wir glücklicherweise nicht das Geringste zu tun. Wir sind allesamt Einwanderer der dritten Generation. Die Wiege unserer Ahnen stand in Irland. Daher rührt unsere ausgeprägte Vorliebe für Guinness[6] und Single Malt.[7] Deshalb hegen wir eine tiefe Abneigung gegen Moonshine Whiskey[8] und Bud[9]. Aber in Milwaukee gibt es in der Tat eine starke deutsche Gemeinde. Es erscheinen mehrere deutschsprachige Zeitungen, und die Aussprache dieser Tausenden Europäer von Rhein und Ruhr hat den örtlichen Akzent geprägt. Momentan machen sich diese Burschen allerdings einen kräftigen Pups ins Hemd. Sie befürchten nämlich nicht ganz zu Unrecht, sie könnten wie die Buren im Zweiten Südafrikanischen Krieg 1899 bis 1902 als potenzielle Kollaborateure in einem Konzentrationslager enden, sobald die Vereinigten Staaten den jetzigen Weltenbrand zu löschen versuchen.«

Die vormals gute Stimmung begann sich sichtlich zu trüben. Die drei Gentlemen spürten instinktiv, dass etwas im Argen lag, obwohl noch kein einziges böses Wort gesprochen worden war. Aber es gab kein Entrinnen für sie. Das Diner war noch nicht zu Ende.

Holmes fuhr fort, auf den Busch zu klopfen. An Jeremiah O'Driscoll gewandt fragte er: »Woher stammt die Verletzung in Ihrem Gesicht? Hat Sie ein wilder Stier angegriffen, als Sie eine Herde nach El Paso trieben?«

Der Viehbaron fasste unbewusst mit der linken Hand nach dem Pflaster und meinte verlegen: »Nein, ich war nur unaufmerksam und habe mich beim Rasieren geschnitten.«

Völlig unvermutet sprang Holmes auf und murmelte beiläufig: »Wenn mich die Herren bitte für einen Moment entschuldigen wollen. Aber keine Bange. Ich bin gleich zurück. Außerdem wird Ihnen der gute Dr. Watson so lange Gesellschaft leisten. Laufen Sie also bitte nicht weg.«

Ich wusste, was das bedeutete, zog heimlich den Revolver hervor, hielt ihn im Schoß versteckt und bedeckte ihn mit der Serviette.

Nach einer Weile kehrte Holmes in Begleitung des Chefstewards zurück. Dieser sprach mit sonorer Stimme: »Gentlemen, folgen Sie mir bitte freundlicherweise ins Vestibül. Ein geplatztes Wasserrohr hat eine leichte Überschwemmung auf dem Zwischendeck verursacht. Wir wollen lediglich überprüfen, ob möglicherweise Ihre Salons betroffen sind.«

Robert Gatin erhob sich zögernd. Er schaute sich um. Wie aus dem Nichts waren plötzlich die beiden Bordpolizisten aufgetaucht und standen links und rechts in den Gängen. Zwei bullige Stewards kamen die Treppe zur Empore hinunter.

[1] *American Bashkir Curly Horse*: Pferderasse mit gelocktem Deck- und Langhaar, Ursprung Nevada

[2] *American Quarter Horse*: Pferderasse, die im 18. Jahrhundert in den USA gezüchtet wurde und sich seitdem über die gesamte Welt verbreitet hat

[3] *duplum*: (lat.) Duplikat, *Der kleine Muck*: Märchenfigur von Wilhelm Hauff (1802-1827)

[4] Mulligatawny-Suppe: indische Hühner-Tomaten-Suppe

[5] »Und die Treue, sie ist doch kein leerer Wahn, so nehmt auch mich zum Genossen an.« Aus: *Die Bürgschaft*, Ballade von Friedrich Schiller (1759-1805)

[6] Guinness: dunkles Bier aus Irland

[7] Single Malt: aus Malz gebrannter, unverschnittener Whisky

[8] Moonshine Whiskey: schwarz gebrannter amerikanischer Whisky

[9] Bud: Kurzform für das amerikanische Budweiser, ein Bier nach Pilsener Brauart, das ab 1870 in St. Louis von den böhmischen Immigranten Eberhard Anheuser und Adolphus Busch gebraut wurde

5. Kapitel

Tag vier

»Das Wesentliche kommt meist auf leisen Sohlen.«

Eduard Mörike

Das Verhör

Aus den Aufzeichnungen von Dr. Watson

Auf hoher See, 04.05.1915

Die Gefangenen ließen wir einen Tag lang in einer winzigen Arrestzelle schmoren. Das geschah tatsächlich im wahrsten Sinne des Wortes. Das enge Kabuff lag nämlich direkt neben dem vordersten Maschinenraum. In selbigen standen sechs Dampfkessel mit je acht Feuerluken. In der Zelle mit gerade genug Platz für drei Kojen und einen Abort herrschten daher nahezu tropische Temperaturen. Die eisernen Wände vibrierten ohne Pause im Takt der vier Parsons-Turbinen. Der Boden aus geriffeltem Stahlblech schien den unentwegten Lärm der metallenen Kohlenrutschen, das ständige Auf- und Zuschlagen der Feuerluken, das fauchende Gebrüll der Flammen und das wütende Zischen des Dampfes, der mit kaum gebändigter Kraft aus den Überdruckventilen entwich, noch zu verstärken. Eine normale Unterhaltung war völlig ausgeschlossen. Jeder Dialog musste sich notgedrungen auf ein lautes Schreien beschränken. Die Männer blieben ungefesselt, aber ihnen waren die Hosenträger, die Frackbinden, die Schleifenbänder und die Schnürsenkel abgenommen worden.

In einem der kleineren Konferenzräume auf dem Zwischendeck hatten wir ein provisorisches Verhörzimmer einrichten lassen. Alles überflüssige Mobiliar war entfernt worden. Vor den Bullaugen hingen schwarze Vorhänge. Mehrere Quecksilberdampflampen tauchten das Zimmer in ein unnatürlich weißes und grelles Licht.

Die drei angeblichen Viehbarone aus Milwaukee sahen ziemlich mitgenommen aus, als sie am frühen Nachmittag des 04. Mai vorgeführt wurden. Auf ihren Gesichtern hatte der Schweiß der vergangenen 24 Stunden dunkle Spuren hinterlassen. Doch die angetrockneten, bräunlichen Rinnsale stammten nicht vom Kohlendreck. Sie waren der sichtbar gewordene Beweis dafür, dass sich die Männer ihre Haare gefärbt hatten. An den Wurzeln schimmerte es bereits hell durch.

»Gentlemen, mir ist völlig klar, dass Sie eine äußerst unruhige Nacht verbracht haben. Ihr neues Schlafquartier unterscheidet sich leider fundamental von jener Suite, welche Sie ursprünglich gebucht hatten. Ich hoffe aber, dass Sie anständig behandelt und ausreichend beköstigt wurden. Alles Übrige wird sich finden. Und bitte unternehmen Sie bis dahin keinen Fluchtversuch. Zum einen wäre das auf einem Schiff wie diesem ein völlig sinnloses Unterfangen, und zum anderen möchte ich Ihnen nur ungern Handschellen anlegen lassen.«

Holmes verschwieg dabei allerdings, dass er nicht allein auf die Überzeugungskraft seiner Worte und den gesunden Menschenverstand unserer Delinquenten baute. Er hatte deshalb außer den drei Verhörstühlen auch die Beine des breiten und schweren Tisches aus dunklem Tropenholz, welcher uns von den Gefangenen trennte, fest mit den Schiffsplanken verschrauben lassen. Das stabile Möbel konnte daher weder als Rammbock missbraucht noch umgestoßen werden. Der Tisch besaß nunmehr zwei wichtige Funktionen: In seiner ursprünglichen Eigenschaft diente er nach wie vor als Ablagefläche. Darüber hinaus aber war er zu einer schwer zu überwindenden Barriere geworden, die wegen ihrer Breite einen Überraschungsangriff der Häftlinge unmöglich machte. Selbst einem guten Turner würde es kaum gelingen, von seinem Stuhl aufzuspringen und aus einer fließenden Bewegung heraus über den Tisch hinweg auf unsere Seite zu hechten. Außerdem war ich auf einen solchen spontanen Versuch vorbereitet. In meiner rechten Hand hielt ich den Revolver schussbereit unter der Tischplatte verborgen.

»Sir, ich protestierte energisch gegen diese entwürdigende Behandlung, zu der Sie kein Recht haben«, intervenierte Robert Gatin mit scharfen Worten. »Ich verlange, dass wir sofort freigelassen werden, und erwarte eine Entschuldigung. Seien Sie gewiss, dass ich gleich nach unserer Ankunft in London das amerikanische Konsulat aufsuchen und Beschwerde einlegen werde. Die möglichen Folgen davon haben Sie sich selbst zuzuschreiben. Dieser widerrechtliche Akt könnte beispielsweise gravierende Auswirkungen auf die ohnehin schon angespannten transatlantischen Beziehungen haben.«

Die Tirade war nicht nur albern, sondern auch noch reichlich unüberlegt. Es hatte schließlich überhaupt keinen Sinn, einerseits die sofortige Freilassung zu fordern und andererseits schwerwiegende Konsequenzen anzudrohen.

Holmes rieb sich nachdenklich mit seinen langen, dünnen Fingern an der Nasenwurzel und entgegnete dann bedächtig: »Gentlemen, dieses Verhör wird ganz anders ablaufen, als Sie es vielleicht erwartet haben. Gestatten Sie bitte, dass ich Ihnen zunächst erkläre, mit wem Sie es zu tun haben. Der Chefsteward hat Ihnen gestern die Wahrheit gesagt, als er uns beide als Mister Holmes und Doktor Watson aus London vorstellte. In der Tat sind wir Pensionäre, oder besser gesagt: Wir waren es. In diesen schweren Zeiten wurden wir nämlich von der britischen Regierung repatriiert. Dr. Watson und ich sind demzufolge vom Außenministerium dazu ermächtigt und autorisiert worden, diese Untersuchung hier zu führen. Uns obliegt vorerst die alleinige Entscheidungsgewalt.«

Robert Gatin grinste überheblich: »Sir, würden Sie bitte die große Freundlichkeit besitzen, mir den Unterschied zwischen ›ermächtigt‹ und ›autorisiert‹ zu erklären?«

Mein Freund ließ sich nicht aus der Ruhe bringen, sondern antwortete kalt: »Nach der geltenden britischen Rechtsanschauung ist der Staat als Träger und Beschirmer des öffentlichen Wohlergehens gehalten, bei Rechtsverletzungen von Amts wegen gegen die Verbrecher einzuschreiten, weil sich jede Straftat grundsätzlich mittelbar oder unmittelbar gegen die Rechtsordnung richtet. Das wird ›Ermächtigung‹ genannt. ›Autorisation‹ hingegen bedeutet, dass Dr. Watson und ich die Befugnis dazu erteilt bekommen haben, in eben diesem Interesse des Staates zu handeln. Genügt das als Erklärung?«

Ich hatte keine Ahnung, ob sich Holmes diesen Sermon soeben ausgedacht hatte oder ob unser ursprünglicher Auftrag tatsächlich diese Befugnis umfasste. Aber im Moment war das völlig egal. Wir hielten das Heft fest in der Hand. Wir besaßen die notwendige Autorität. Daran bestand kein Zweifel. Weit und breit gab es keine Menschenseele, die den Gefangenen aus der Patsche helfen konnte.

Nach einer kurzen Kunstpause trommelte mein Freund mit seinen Fingern auf der Tischplatte. Damit wollte er wohl signalisieren, dass seine Geduld nun erschöpft war. Alle Augen starrten gebannt auf ihn. »Jetzt haben Sie erfahren, mit wem Sie es zu tun haben. Umgekehrt ist es leider anders. Bislang haben wir keine positiven Erkenntnisse über Sie gewinnen können. Wir wissen demzufolge nicht, wer Sie sind, sondern lediglich, was Sie nicht sind: nämlich harmlose Millionäre aus Milwaukee, die mit Vieh handeln. Auch Ihre Namen sind allesamt falsch. Lediglich die Initialen werden wohl stimmen, weil sich auf diese Weise die Alias leichter merken lassen. Außerdem gibt es auf diese Weise keine Probleme bei der Kennzeichnung der Leibwäsche.«

»Da wird doch der Hund in der Pfanne verrückt! Sie wollen uns mit Ihren billigen Taschenspielertricks aufs Glatteis führen. Aber das wird Ihnen kaum gelingen!«, schrie Robert Gatin wütend und sprang auf.

Holmes schnitt ihm mit einer Handbewegung das Wort ab. »Hinsetzen! Lassen Sie gefälligst dieses Theater! Es wirkt völlig überzogen und passt nicht zu Ihnen!« Mit sanfterer Stimme fuhr er fort: »Dazu, was ich weiß und woher ich es weiß, kommen wir noch. Zuallererst einmal machen wir jedoch einen kleinen Test.« Er drückte auf eine runde Messingklingel von jener Art, wie sie sich häufig an Hotelrezeptionen findet. Ein silberheller Glockenton erklang.

Gleich darauf öffnete sich die Tür. Die draußen postierten Schiffspolizisten ließen einen Steward eintreten. Es war einer der beiden bulligen Männer, die am Vortag den Treppenaufgang zur Empore versperrt hatten. Er trug ein glänzendes Metalltablett in den Händen und stellte wortlos vor jedem Gefangenen drei Wassergläser ab. Sie waren jeweils zu einem Drittel mit bernsteinfarbenen Flüssigkeiten in unterschiedlichen Schattierungen gefüllt, die einen ganz leichten, kaum spürbaren Hauch verströmten, der entfernt an den Geruch von Sherry oder Portwein erinnerte. Dazu reichte der Steward geflochtene Körbchen, welche frisch geschnittene Weißbrotscheiben enthielten. Anschließend verbeugte er sich und entfernte sich ebenso schweigend, wie er gekommen war.

»Gestern haben Sie uns erzählt, dass Sie aufgrund Ihrer Herkunft am liebsten irischen Whisky trinken und den amerikanischen Fusel verabscheuen. Nun machen wir die Probe aufs Exempel. Bitte nehmen Sie aus jedem der drei Gläser vor Ihnen einen kleinen Zug und sagen uns dann, bei welchem Schnaps es sich um vorzüglichen irischen Whisky, nicht ganz so guten Scotch und eher minderwertigen Bourbon handelt. Für trinkgewohnte Kenner der Materie dürfte dieser simple Test kein Problem darstellen. Das Brot dient übrigens nicht als Sättigungsbeilage oder als zweites Frühstück, sondern lediglich zum Neutralisieren Ihrer Schmeckwerkzeuge.«

Jeremiah O'Driscoll machte den Anfang und gab sich große Mühe, den Fachmann zu mimen, wobei er sein gesamtes schauspielerisches Talent entfaltete. Er spitzte die Lippen, schlürfte aus jedem Glas ein Schlückchen, ließ es auf der Zunge rollen und schmatzte dabei – einmal genießerisch, zweimal angewidert.

John Carter Greenwood tat es ihm gleich, lediglich Robert Gatin weigerte sich: »Ich werde auf keinen Fall bei diesem unwürdigen Mummenschanz mitmachen.«

»Ganz wie Sie meinen«, erwiderte Holmes lächelnd und setzte dann fort: »Ihr Urteil, meine Herren, wie lautet Ihr Urteil?«

»In dem Glas ganz links vor mir befindet sich edler Single Malt«, begann Jeremiah O'Driscoll. »Das mittlere enthält Bourbon und das rechte Scotch.«

»Bei mir ist es ähnlich«, setzte John Carter Greenwood fort, »lediglich die Reihenfolge war umgekehrt.«

»Sind Sie sicher?«

»Völlig!«

»Nun, es mag Sie vielleicht überraschen, aber sämtliche Gläser enthalten ausschließlich gut abgelagerten irischen Whisky, und zwar von den drei besten und teuersten Marken, die es gibt. Die Reihenfolge der Proben ist bei allen gleich.«

Ich setzte hinzu: »Aber das vermochten Sie kaum herauszufinden, weil Sie in Ihrem Leben bislang nur selten die Gelegenheit dazu hatten, sich irischen Whisky oder amerikanischen Whiskey hinter die Binde zu kippen. Was bevorzugt man bei Ihnen in Deutschland? Ordinären Kornbrand? Oder lieber einen eisgekühlten Aquavit mit leichter Kümmelnote?«

»Was für ein Unfug! Wie kommen Sie darauf, dass wir aus Deutschland stammen?«, schnaubte Jeremiah O'Driscoll.

»Immer der Reihe nach«, erwiderte Holmes. »Das werden wir Ihnen gleich erklären. Zunächst will ich Ihnen aber erläutern, weshalb wir überhaupt auf Sie aufmerksam geworden sind. Beginnen wir mit einer Scherzfrage: Wo fällt ein schwarzes Schaf am wenigsten auf? Ganz klar, inmitten in einer Herde von anderen schwarzen Schafen. Damit will ich Sie keinesfalls beleidigen, denn dieses Gleichnis ist lediglich sinnbildlich gemeint – und keinesfalls politisch oder gar persönlich. Ihre Legende mit Milwaukee klingt nämlich ziemlich überzeugend. Wahrscheinlich sprechen die Menschen dort tatsächlich so ähnlich wie Sie, nämlich mit einem starken deutschen Akzent. Das deutet darauf hin, dass Sie einen ortskundigen Einheimischen als Lehrer hatten, der Sie mit den wichtigsten Gepflogenheiten vertraut gemacht hat. Allerdings nicht mit allen, wie ich Ihnen gleich beweisen werde.« Holmes lehnte sich weit vor, nahm eines des Gläser, die vor Robert Gatin standen, und sprach zu ihm: »Da Sie keinerlei entsprechende Verwendung für diesen edlen Tropfen haben, gestatten Sie mir sicherlich, dass ich ihn davor bewahre, völlig sinnlos in der Raumluft zu verdunsten.« Dann kippte er den Whisky in einem Zug hinunter. »Mmh, deliziös. Sie ahnen gar nicht, was Sie versäumt haben.« Holmes leckte sich die Lippen ab.

Dem gefangenen Deutschen stand die Empörung auf die Stirn geschrieben. Ein solches Verhalten wäre ihm ganz offensichtlich niemals in den Sinn gekommen. Er hatte zwar ganz gewiss kein Problem damit, im Kampf Mann gegen Mann einen Widersacher zu töten. Aber es überstieg bei Weitem seine Vorstellungskraft, er könnte einem seiner Tischgenossen ungefragt und ungebeten den Schnaps wegtrinken.

Holmes deutete mit dem Finger auf das nun leere Glas. »Das ist es, was ich meine: kulturelle Missverständnisse. Gentlemen, es hat kulturelle Missverständnisse gegeben, und dadurch sind Sie uns aufgefallen. Die Amerikaner besitzen einen sprichwörtlich schlechten Geschmack in Modedingen. Außerdem sind sie auf der gesamten weiten Welt für ihr rüdes, vulgäres und egoistisches Verhalten bekannt und berüchtigt.«

Diesmal blieb der Protest aus. »Fahren Sie fort, Sir«, meinte Robert Gatin angespannt und zynisch zugleich, »ich bin ganz Ohr.«

»Doch daneben pflegen die Yankees wiederum bestimmte Rituale, die jedem Europäer völlig unverständlich bleiben müssen, weil sie keinen erkennbaren Sinn haben. Deshalb gibt es in der Neuen Welt auch ständig Konflikte mit den Einwanderern. Warum? Nun, weil diese bedauerswerten Menschen die vielen ungeschriebenen Regeln noch nicht verinnerlicht haben, deshalb einige nicht beherzigen können oder wollen und auf diese Weise von einem Fettnapf in den nächsten treten. Dadurch bauen sich künstliche Schranken auf. Das Ergebnis sind die vielen Ghettos in den amerikanischen Großstädten. Woher ich das weiß? Ganz einfach, ich kenne mich ein wenig in dieser Materie aus, weil ich nahe Verwandte in den Staaten habe, die aus bitteren eigenen Erfahrungen lernen mussten.«

»Nun kommen Sie endlich auf den Punkt. Was sollen wir falsch gemacht haben?«

»Es begann gestern mit Ihrem Zuspätkommen beim Lunch. Ein US-Bürger, der zu den oberen Zehntausend gehört, würde niemals ein Nobelrestaurant betreten, ohne sich von einem Kellner – oder in diesem Fall von einem Steward – einweisen und bis zu seinem Platz begleiten zu lassen. Diese Regel gilt selbstverständlich auch für den Speisesaal eines Luxusliners. Doch Sie kamen hereingetrampelt wie eine Herde Elefanten, mit einem keuchenden Ober im Schlepptau. Dieses nicht nur für einen Amerikaner, sondern auch für einen Engländer ungewöhnliche Verhalten fiel uns sofort auf, und deshalb zogen wir ganz diskret erste Erkundigungen über Sie ein. Doch die Informationen, die ich vom Schiffspersonal über Sie erhielt, passten nicht zu dem, was ich mit eigenen Augen gesehen hatte. Als ich nämlich hörte, dass Sie angeblich Viehhändler aus Milwaukee seien, wusste ich sofort, dass dies nicht stimmen konnte. Da war etwas faul im Staate Dänemark.[1] Deshalb ließen wir uns zwei Plätze an Ihrem Tisch zuweisen. Wir wollten Sie ein wenig austesten. Das war eine kluge Entscheidung, denn tatsächlich ging es gleich darauf Schlag auf Schlag.«

»Unsinn«, stieß John Carter Greenwood hervor. »Wir waren zu spät dran, zugegeben. Wir hatten an Deck etwas frische Luft geschnappt und im stürmischen Seewind den Gong zum Lunch überhört. Möglicherweise haben wir durch unsere unangemessene Hast den Steward brüskiert. Das tut uns leid. Aber Sie haben wir von Anfang an mit ausgesuchter Freundlichkeit behandelt.«

»Ich meine etwas anderes.«

»Und zwar?«

»Die kulturellen Missverständnisse begannen – wie schon gesagt – mit Ihrem ungestümen Hereinplatzen und setzten sich sofort beim Essen fort. Ad eins: Ein reicher Amerikaner wünscht am Tisch niemals ›Guten Appetit‹, so wie es in Ihrer deutschen Heimat üblich ist. Das liegt unter seiner Würde und bleibt deshalb den Kellnern überlassen. Ad zwei: Jeder US-Bürger, der auf sich hält, schneidet das Fleisch in mundgerechte Bissen und häuft diese auf seinem Teller an. Dazu hält er die Gabel in der linken und das Messer in der rechten Hand. Anschließend, und zwar bevor er auch nur einen einzigen Bissen zum Mund geführt hat, legt er das Messer beiseite. Nun nimmt er die Gabel in die rechte Hand und beginnt zu essen, ohne dabei das Messer zu benutzen. Sie aber haben auf deutsche Art mit Messer und Gabel gleichzeitig gespeist. Ad drei: Ein Yankee steht keinesfalls vom Tisch auf und entschuldigt sich für einen Gang zur Toilette. Ein solches in Deutschland durchaus übliches Verhalten wäre in besseren amerikanischen Kreisen undenkbar. Gebräuchlich ist eine Floskel in der Art: ›Bitte entschuldigen Sie mich für einen Moment‹.«

»Papperlapp«, meinte Robert Gatin verärgert. »Sie haben doch nichts als Grütze im Kopf. ›Kulturelle Missverständnisse‹, dass ich nicht lache. Die USA sind ein freies Land. Dort kann jeder nach seiner Art leben. Als Nächstes wollen Sie uns vielleicht auch noch einreden, dass wir uns nicht selber rasieren dürfen, sondern als gute Amerikaner zu einem Barbier zu gehen haben.«

Holmes stand auf, ging um den Tisch herum und riss Jeremiah O'Driscoll ohne Vorwarnung das Pflaster von der rechten Wange. Der Mann schrie vor Überraschung und vor Schmerz auf. Zum Vorschein kam kein frischer Schnitt vom Rasieren, wie von ihm behauptet worden war, sondern ein längst ausgeheilter Schmiss[2]. »Sie waren Mitglied einer Burschenschaft, einer schlagenden Verbindung, wie sie hauptsächlich im Deutschen Kaiserreich üblich ist und keinesfalls in den USA. Deshalb haben Sie die verräterische Narbe abgedeckt.«

»Nun aber Schluss mit dem Herumgeeiere«, setzte ich hinzu. »Wir haben schon genügend Zeit vergeudet. Also: Wie heißen Sie in Wirklichkeit, wer hat Sie geschickt, und wie lautet Ihr Auftrag?«

»Von uns erfahren Sie nichts«, zischte Robert Gatin zurück.

Am liebsten hätte ich diesem Flegel geantwortet, dass ich von meiner ursprünglichen Profession her Arzt sei und durchaus über Erfahrungen auf chirurgischem Gebiet verfügte. In Gedanken rollte ich ein ledernes Sanitäts-Futteral auf dem Tisch aus. Vor meinem geistigen Auge kamen vernickelte Werkzeuge wie Sägen, Zangen, Skalpelle und Haken zum Vorschein. Ich hätte sie gerne in der Realität präsentiert. Schließlich war bereits zu Zeiten der Inquisition das Zeigen der Instrumente die erste Stufe der Folter gewesen.

Holmes riss mich aus meinen Tagträumen, als er mit nun völlig kalter Stimme sagte: »Sie haben offensichtlich vergessen, dass sich unsere beiden Nationen im Krieg miteinander befinden. Für einen Fall wie diesen gibt es internationale Regeln. Wenn Sie sie brechen, wird das ernste Konsequenzen für Sie haben.«

»In Ordnung«, seufzte Robert Gatin. »Sie haben gewonnen. Gemäß Artikel 9 der Haager Landkriegsordnung[3] sind wir dazu verpflichtet, Ihnen unsere Namen und Dienstgrade zu nennen. Ganz genau das werden wir jetzt tun. Also, wir drei gehören der Kaiserlichen Deutschen Marine an. Mein Name ist Robert von Gall. Ich bin als Oberleutnant zur See der ranghöchste Offizier und Anführer dieser Einheit. John Carter Greenwood bekleidet als mein Stellvertreter den Dienstgrad eines Leutnants zur See. Er heißt in Wirklichkeit Johann von Grevel. Jeremiah O'Driscoll ist von seiner Charge her Fähnrich zur See. Er hört auf den Namen Jürgen Driesch zu Etscheid. Gleichzeitig erlaube ich mir, darauf hinzuweisen, dass wir laut Artikel 4 der Haager Landkriegsordnung in Bezug auf Verpflegung und Unterbringung wie britische Soldaten zu behandeln sind. Die Arrestzelle der letzten Nacht zählt zu einer verbotenen unmenschlichen Behandlung. Wir verlangen ein unserem Status angemessenes Quartier. Da wir Offiziere sind, dürfen wir auch nicht zu Arbeitsdiensten, beispielsweise im Kohlenbunker, herangezogen werden.«

Holmes wiegte seinen Kopf hin und her. »Bei Ihrer interessanten militärhistorischen Ausführung haben Sie einen wichtigen Punkt vergessen: Alles dies würde nur dann zutreffen, wenn Sie bei Ihrer Gefangennahme Uniformen mit Rangabzeichen getragen und Ihre Waffen offen geführt hätten. Sie hingegen sind in Zivil aufgetreten. Als Freischärler haben Sie Ihren Kombattantenstatus verloren. Also zum letzten Mal: Was tun Sie an Bord der *Lusitania*? Wie lautet Ihr Auftrag?«

Wieder einmal blieb mir nichts weiter übrig, als die weise Vorausschau meines Freundes zu bewundern. Er hatte sich intensiv auf dieses Verhör vorbereitet und es in allen Einzelheiten geplant. Ich beispielsweise wäre nie auf die Idee gekommen, mich von unserem neuen Freund Peter Smith vorab im Völkerrecht unterweisen zu lassen.

Doch Robert von Gall reagierte gänzlich anders als erwartet. Statt resignierend in sich zusammenzusinken, lächelte er überheblich. »Selbst wenn Sie damit drohen, uns standrechtlich erschießen zu lassen, werden wir Ihnen nichts weiter sagen. Das Verhör ist hiermit beendet. Sie können gerne unsere Suite durchsuchen lassen. Sie werden auf nichts stoßen, was Ihnen weiterhelfen kann.«

»Noch eine letzte Frage«, erwiderte Holmes und blieb dabei die Ruhe selbst, »wer von Ihnen verwendet des Pseudonym David Haldane?«

Die drei Männer sahen sich verwundert an. Ihre Verblüffung schien echt zu sein. »Den Namen haben wir noch nie gehört«, meinte Johann von Grevel.

Er hatte in diesem Fall wohl tatsächlich die Wahrheit gesagt. Im nächsten Moment öffnete sich nämlich die Tür und der Schiffspolizist Peter Smith trat ein. Er salutierte und reichte Holmes einen Zettel. Darauf stand lediglich ein einziger Satz: *Es hat einen weiteren Einbruch gegeben.*

[1] »Es ist etwas faul im Staate Dänemark.« Zitat aus *Hamlet* von William Shakespeare (1564-1616)

[2] Schmiss: von einer Verletzung auf dem Fechtboden zurückgebliebene Narbe

[3] Haager Landkriegsordnung: gehört zum internationalen Völkerrecht und wurde mehrfach überarbeitet. Der seit dem Jahr 1907 gültigen Fassung waren auch Großbritannien und das Deutsche Reich beigetreten.

Ein Schnipsel Paraffinpapier

Aus den Aufzeichnungen von Dr. Watson

Auf hoher See, 04.05.1915

Jetzt wird es kompliziert«, meinte Holmes zu mir draußen auf dem Gang. »Wir haben eine Leimrute ausgeworfen und statt einer diebischen Elster drei Gimpel gefangen. Die Zahl der Probleme, die einer dringenden Lösung bedürfen, hat sich um ein weiteres erhöht.«

»Wie kommst du darauf? Die Deutschen sitzen gleich wieder sicher verwahrt und voneinander isoliert in ihren neuen Arrestzellen. Die Burschen können keinen Schaden mehr anrichten«, entgegnete ich verwundert.

»Da wäre ich mir nicht so sicher. Weshalb wollten sie uns wohl ihren Auftrag nicht verraten?«

»Keine Ahnung. Sie befolgen Befehle. Der Kaiser hat ihnen gesagt: ›Haltet brav eure Klappen, falls euch die Briten an den Kanthaken kriegen sollten.‹ Außerdem müssen sie nichts ausplaudern. Sie stehen unter dem Schutz der Haager Landkriegsordnung.«

»Nein, wie ich bereits vorhin erläutert habe, tun sie das ganz genau nicht. Als gefangen genommene Untergrundkämpfer müssen sie befürchten, jederzeit füsiliert zu werden. Da wäre es sehr klug von ihnen, so möchte man meinen, wenn sie ein wenig Kooperation zeigen, um das Schlimmste zu verhindern. Trotzdem verhalten sie sich bockig. Das ist völlig unlogisch. Falls sie also lediglich spioniert haben sollten, könnten sie es uns problemlos sagen und verraten, wo sie beispielsweise die fotografischen Aufnahmen versteckt haben. Vor Kriegsende kommen die Marineoffiziere keinesfalls wieder nach Hause, und in der Gefangenschaft sind alle ihre Erkenntnisse wertlos. Deshalb muss es einen anderen Grund geben, weshalb sie über ihre Mission so beharrlich schweigen.«

»Was könnte das sein?«

»Ganz einfach: Ihr Auftrag ist nicht gänzlich erfüllt. Irgendetwas Wichtiges muss noch erledigt werden.«

»Aber sie stecken hinter Gittern, und wir werden sie keinesfalls freilassen. Deshalb ist es ganz egal, was sie vorhaben, denn sie können es nicht mehr umsetzen. Selbst wenn ihnen ein Ausbruch gelingen sollte, würde ihnen das herzlich wenig nützen. Auf dem Schiff können sie nirgendwo hin. Wir würden sie in kürzester Zeit wieder aufspüren. Und über Bord zu springen, wäre so weit ab von allen Küsten kein Grund zur Hoffnung, sondern blanker Selbstmord.«

»Zum Glück gibt es altbewährte Faustregeln, alter Knabe. Wir verfahren wieder nach dem zuverlässigen Ausschlussprinzip.«

»Du meinst: Wenn alle Möglichkeiten weggefallen sind bis auf eine, dann stellt sie die Lösung des Problems dar, so unwahrscheinlich sie auch klingen mag?«

»Ganz genau, so ist es. Sie sind keine normalen Passagiere, aber auch keine Spione. Da bleibt lediglich eine Variante übrig. Was hat Robert von Gall zum Schluss zu uns gesagt?«

»Lauter Blödsinn.«

»Nicht ganz. Der entscheidende Satz lautete: ›Sie können gerne unsere Suite durchsuchen lassen. Sie werden auf nichts stoßen, was Ihnen weiterhelfen kann.‹«

»Dann wird es dort auch nichts zu entdecken geben«, entgegnete ich.

»Das halte ich für unwahrscheinlich. Irgendein winziges Detail, das uns Aufschluss über ihre Machenschaften geben kann, werden sie übersehen haben. Alles andere würde mich sehr wundern. Selbst aus dem Umstand, dass etwas fehlt, was eigentlich da sein müsste, lassen sich gewisse Rückschlüsse ziehen.«

»Ich finde, du misst den Worten des Deutschen zu viel Bedeutung bei. Der Oberleutnant zur See ist ein blasierter Komissstiefel«, entgegnete ich.

»Nun ja, sicherlich vernebelt der Standesdünkel sein Gehirn. Aber aus seiner Stimme sprach trotz des offenkundigen Scheiterns der Mission etwas ganz anderes, nämlich der blanke Triumph. Es wurde offensichtlich ein Räderwerk in Gang gesetzt, welches auch ohne das künftige Zutun der drei Männer weiterlaufen wird. Es ist elementar: Gestern wollten die Marineoffiziere den wichtigsten, den alles entscheidenden Teil ihres Auftrags ausführen. Es kam jedoch zu einer unplanmäßigen Verzögerung. Vielleicht hat etwas nicht so funktioniert, wie es sollte, oder die Deutschen sind durch einen Passagier oder ein Mitglied der Mannschaft aufgehalten oder gestört worden. Doch es gab einen strengen Zeitplan, der eingehalten werden musste. Deshalb haben sie ihr Vorhaben nicht abgebrochen, sondern stattdessen in Kauf genommen, mit einer leichten Verspätung zum Lunch zu erscheinen. In ihren Augen war das eine Lappalie. Unsere Feinde konnten nicht ahnen, dass sie ausgerechnet dieser kleine Fauxpas zu Verdächtigen machen würde.«

Mir wurde plötzlich sehr bange ums Herz. »Du glaubst doch nicht etwa ...?«

»Leider ja, ganz genau das ist meine Befürchtung. Deshalb müssen wir uns beeilen. Jede Sekunde zählt. David Haldane kann warten.«

Die Suite der drei Deutschen bestand aus einem geräumigen Salon und drei relativ kleinen Schlafkabinen. Zu jeder gehörte ein separates Waschkabinett. In allen Räumlichkeiten herrschte eine mustergültige Ordnung. Weder auf den Betten noch auf den Tischen und Stühlen lag etwas herum. Die Leibwäsche war Ecke auf Kante in die Schränke einsortiert worden. Persönliche Gebrauchsgegenstände wie Tabakspfeifen, Füllfederhalter oder Taschenmesser fehlten völlig. Selbst Bücher, Journale und Zeitschriften glänzten durch Abwesenheit. Lediglich eine angebrochene Kiste mit kubanischen Zigarren deutete überhaupt darauf hin, dass die Suite bewohnt war. Als ehemaliger Soldat war ich militärische Zucht und Disziplin gewöhnt. Doch diese peinliche Ordnung ging noch weit darüber hinaus.

Im Badezimmer wurden wir schließlich fündig. In einer getönten Flasche mit der unverdächtigen Aufschrift *Zahnpulver* befand sich eine tiefbraune Flüssigkeit. Ich roch daran und sagte: »Aller Wahrscheinlichkeit nach handelt es sich hierbei um das Haarfärbemittel, welches unsere Freunde verwendet haben.«

»Die drei Deutschen gehören zwar zur Kriegsmarine, aber sie müssen eine intensive Spionageausbildung durchlaufen haben«, konstatierte Holmes. »Sie haben tatsächlich keine sichtbaren Spuren hinterlassen. Nun gut, wie auch immer, dann müssen wir eben in die Tiefe gehen«, meinte er optimistisch, zog seine Lupe hervor und begann, auf allen vieren durch die Zimmer zu kriechen.

Ich nahm mir unterdessen die Papierkörbe vor. Doch leider befanden wir uns nicht auf einem Seelenverkäufer vor der südamerikanischen Küste, sondern auf einem Luxusliner. Das Reinigungspersonal hatte ganze Arbeit geleistet und sämtliche Spuren – sofern es überhaupt welche gegeben hatte

– gründlich beseitigt. So waren die Papierkörbe nicht nur ordnungsgemäß geleert, sondern darüber hinaus auch noch mit feuchten Lappen ausgewischt worden.

Natürlich fand Holmes etwas. Alles andere hätte mich auch gewundert. Beharrlichkeit zahlt sich immer aus. In diesem Fall handelte es sich um einen Schnipsel aus braunem Paraffinpapier, der verdeckt hinter einem Tischbein gelegen hatte. Holmes erfasste den Fetzen von der ungefähren Größe eines Sovereigns[1] mit einer Pinzette und hielt ihn mir triumphierend entgegen. »Alles ist tatsächlich so, wie ich es vermutet habe. Die Puzzleteile fügen sich zusammen.«

»Ich kann noch kein Bild erkennen. Bei dem kleinen Stück Papier handelt es sich höchstwahrscheinlich um den Rest einer Verpackung. Wahrscheinlich waren Zündhölzer darin eingewickelt. Die wiederum wurden für die kubanischen Zigarren dort auf dem Rauchtisch gebraucht.«

»Nicht ganz«, widersprach mir Holmes. »Vom Ansatz her sind deine Überlegungen allerdings richtig: Es ist Packpapier, und es dreht sich um Flammen. Aber nicht Schwefelhölzchen waren darin eingeschlagen, sondern etwas viel Gefährlicheres. Hier, schnuppere einmal an dem Papierfetzen.«

Ich nahm einen schwachen Kampfergeruch wahr.

»Bei diesem Schnipsel handelt es sich um den Rest einer Schutzhülle, die einen Barren Sprenggelatine umgeben hat. Darunter versteht man – wie du sicherlich weißt – eine Mischung aus 88 Teilen Nitroglyzerin, acht Teilen Kollodiumwolle und vier Teilen Kampfer. Es handelt sich um eine gummiartige, schneidbare, gelbliche Masse, die völlig unempfindlich gegen Wasser und alle mechanischen Impulse ist. Deshalb konnte die Verpackung bedenkenlos aus der Transportkiste genommen und aufgerissen werden. Sprenggelatine wird mittels einer Zündpatrone zur Explosion gebracht. Dieses Teufelszeug ist also völlig ungefährlich in der Handhabung, besitzt jedoch eine bedeutend höhere Sprengkraft als Dynamit.«

So sehr ich auch im Allgemeinen die umfangreichen Kenntnisse meines Freundes auf chemischem Gebiet bewunderte, konnte ich jedoch in diesem speziellen Fall keine Freude darüber empfinden. »Als alter Militär weiß ich, dass eine Patrone durch das ruckartige Einwirken eines Schlagbolzens gezündet wird«, versuchte ich mir selbst Mut zu machen. »Da sich aber unsere Freunde im Arrest befinden, werden sie kaum an den Abzug gelangen können.«

»Das brauchen sie auch nicht. Offensichtlich haben sie gestern eine Höllenmaschine zusammengebaut. Dabei kann beispielsweise die Zündpatrone mit einem Uhrwerk gekoppelt worden sein, welches einen Faden aufwickelt. Sobald er straff genug ist und reißt, fällt ein Hammer herab – und peng! fliegt alles in die Luft.«

»Das sind keine rosigen Aussichten«, entgegnete ich mutlos. »Dann könnte das Feuerwerk ja jeden Moment losgehen, und wir haben nicht die geringste Ahnung, wo wir nach der Bombe suchen sollen.«

»Wir müssen uns beeilen, das ist völlig klar. Aber solche Uhrwerke können über mehrere Tage laufen. Vermutlich wurde es so eingestellt, dass der Mechanismus erst in den britischen Hoheitsgewässern zündet, weil dort in unmittelbarer Küstennähe der Knalleffekt am größten ist. Sicherlich hatten die Attentäter die Absicht, kurz zuvor von Bord zu gehen und an Land zu schwimmen. Oder ein gekapertes Fischerboot wartet in der Nähe von Punkt X, um die drei zu retten.«

»Aber nun, in ihrer Zelle, haben sie den sicheren Tod vor Augen«, wandte ich ein.

»Eine solche Mission ist immer ein Himmelfahrtskommando. Wer dabei erwischt wird, den schützt selbst an Land die Haager Landkriegsordnung nicht vor einem Erschießungskommando. Die drei Deutschen sind absolute Fanatiker, so viel ist klar. Sie nehmen den eigenen Untergang in Kauf, solange der Auftrag nicht gefährdet wird.«

»Vielleicht sollten wir an dieser Stelle ansetzen«, schlug ich vor. »Wir verhören sie einzeln. Robert von Gall ist eine zu harte Nuss. Aber wir könnten bei Jürgen Driesch zu Etscheid ansetzen. Er scheint mir das schwächste Glied in der Kette zu sein. Wir bluffen ganz einfach und sagen, dass uns sein Vorgesetzter bereits verraten hat, dass von ihnen eine Bombe an Bord geschafft wurde. Sofern der Herr Fähnrich zur See ebenfalls ein umfassendes Geständnis ablegen würde, käme er mit dem Leben davon. Anderenfalls bliebe ihm nur die Wahl zwischen Erschießen oder Erhängen.«

»Wir können es versuchen. Wir müssen es sogar versuchen. Aber ich mache mir keine großen Hoffnungen«, seufzte Holmes. »Zunächst müssen wir jedoch in der Funkstation nachfragen, ob einer der Herren ein Kabel mit der Vollzugsmeldung absetzen ließ.«

[1] Sovereign: britische Münze im Wert von 20 Schillingen

Die Funkstation

Aus den Aufzeichnungen von Dr. Watson

Auf hoher See, 04.05.1915

Die eiserne, halbrunde Tür zur Funkstation der *Lusitania* war blaugrau gestrichen. Es gab keine Türklinke, nur einen fest verschraubten Griff. Wer eintreten wollte und keinen Schlüssel besaß, musste klingeln und wurde sodann durch ein kleines Bullauge bemustert. Auf diese Weise sollte unbefugten Personen der Zutritt verwehrt werden. In Friedenszeiten mochten diese Sicherheitsvorkehrungen ausreichen, um angetrunkene Herren, verwirrte ältere Damen, unternehmungslustige Rangen und andere Störenfriede fernzuhalten. Jetzt aber, da Krieg herrschte, war diese Schutzmaßnahme völlig unzulänglich. Holmes stellte das sofort unter Beweis. Das geschah, so nahm ich an, aus rein sportlichen Erwägungen.

Jedenfalls warf er einen kurzen Blick auf das Schlüsselloch und begann, in seiner mir liebgewonnenen Art zu dozieren: »Hier wird zweifellos ein Chubb-Sicherheitsschloss verwendet, wie sich an der Form und dem genieteten Rand erkennen lässt. Es handelt sich um eine Weiterentwicklung des sogenannten Französischen Schlosses. Mehrere durchbrochene Zuhaltungen halten den Riegel und werden mithilfe von

Federn um einen Stift gedreht. Der Schlüsselbart besitzt treppenartige Abstufungen, welche die Zuhaltungen unterschiedlich weit nach oben drücken. Um die Sicherheit noch zusätzlich zu erhöhen, wurde ein Detektor integriert. Er arretiert den Riegel, falls ein Einbrecher versuchen sollte, die Zuhaltungen mittels eines Satzes feingliedriger Dietriche auszuhebeln. Aber einen entschlossenen Menschen mit geschickten Fingern und bestem Sperrzeug kann auch ein Chubb-Sicherheitsschloss nicht fernhalten.« Sprach's, zog mehrere Haken aus einer seiner vielen Innentaschen, und – schwupps – sprang die Tür wie von ganz alleine auf.

Wir traten ein. Die Funkstation bestand aus mehreren Räumen. Im blitzsauberen Vorzimmer, in dem wir standen und wo offensichtlich jene Passagiere empfangen wurden, die eine Nachricht versenden lassen wollten, gab es ein Fenster mit Blick auf die Brücke. An der Wand hing eine Seekarte. Auf ihr markierten verschiedenfarbige, elastische Fäden und Fähnchen mit seltsamen Symbolen irgendwelche imaginären Punkte zu Wasser und zu Land. Als einziges Mobiliar standen vier ungepolsterte Stühle um einen schlichten Tisch herum. Auf ihm lagen quadratische Schreibblöcke, angespitzte Bleistifte und einige ältere Journale, auf deren Titelseiten fotografische Bilder sowie Porträtzeichnungen von mehr oder weniger berühmten Schauspielern, Opernsängern und Politikern prangten. Eine Momentaufnahme stach mir besonders ins Auge. Sie zeigte zwei Herren. Der kleinere trug einen Dreispitz, der größere einen steifen Hut. Bei dem Gentleman mit der antiquierten Kopfbedeckung handelte es sich ganz zweifellos um den Marineminister Winston Churchill. Den anderen Mann kannte ich nicht.

Holmes, der zur selben Zeit intensiv einen der Notizblöcke nach geheimen Botschaften absuchte, meinte ganz beiläufig:

»Der Herr neben dem Marineminister ist Admiral Oliver, oberster Chef der Flotte.«

An der Tür zum nächsten Raum stand geschrieben: *Zutritt nur für autorisierte Personen.*

»Nun sollten wir lieber anklopfen«, schlug ich vor. »Denn wenn das Personal vor Schreck über unseren Vorstoß einen Herzinfarkt erleidet, werden wir wohl kaum die gewünschten Auskünfte erhalten können.«

Holmes befolgte meinen Rat und pochte an die Tür. Ein junger Mann von Anfang zwanzig öffnete und stellte sich uns als der Zweite Funker namens Daniel McCormick vor. Er besaß ein offenes und ehrliches Jungengesicht und trug sein dunkelbraunes, volles Haupthaar akkurat gescheitelt. Da er in seinem jugendlichen Alter offenbar noch über keinen ausreichend starken Bartwuchs verfügte, musste er aus der Not eine Tugend machen und war glatt rasiert.

Kapitän Turner hatte offensichtlich, wie versprochen, überall auf dem Schiff die entsprechenden Instruktionen erteilen lassen. McCormick jedenfalls wusste sofort, mit wem er es zu tun hatte: »Gentlemen, es ist mir eine Ehre. Sofern ich es vermag, will ich Ihnen gerne auf alle Ihre Fragen erschöpfende Antworten geben.«

Wir sahen uns zunächst um. Bei der eigentlichen Funkstation handelte es sich um ein fensterloses, schlauchartiges Gelass. Es war vollgestopft mit den verschiedensten technischen Apparaturen, deren Funktionsweise ich beim besten Willen nicht erraten konnte. Wie sich sofort herausstellte, kannte sich Daniel McCormick auf seinem Fachgebiet bestens aus. In einem Schnellkurs erläuterte er uns die unterschiedlichen Funktionsweisen und Aufgaben all dieser Gerätschaften, aus denen teilweise schmale Papierstreifen liefen und sich in Schlangen auf dem Schiffsboden kräuselten. Es gab da telegrafische Typendruckapparate, Teleskripteure, Zerografen, elektrische Ferndrucker, Morsegeräte, Hughes-Apparate, Telediagrafen, Wheatstone-Empfänger und Synchronografen. Von einem Morsegerät hatte ich schon einmal gehört. Aber von dem übrigen technischen Kauderwelsch konnte ich mir nur einen Bruchteil merken. Ich glaube, Holmes erging es ähnlich.

Aber der Junge war ganz in seinem Element. Sein Gesicht glühte, und am liebsten hätte er wohl auch noch die Apparate aufgeschraubt, um uns ihre Wirkweise im Detail zu demonstrieren. Wir ließen ihn ausreden. Allzu oft würde er kaum die Möglichkeit haben, sein profundes Wissen einer staunenden Öffentlichkeit präsentieren zu können, auch wenn sie wie in diesem Fall lediglich aus zwei alten Knackern bestand.

Das Befragen eines Zeugen erforderte großes diplomatisches Geschick. Zuallererst ging es darum, eine Beziehung aufzubauen. Unnötige Hast war dabei völlig fehl am Platze. Ein falsches Wort zur falschen Zeit, und die Lippen des Gewährsmannes blieben versiegelt.

Als Daniel McCormick aber dazu überging, uns die Vorzüge eines Pantografen von Greville-Williams und der Quadruplextelegrafie zu erläutern, hakte Holmes ein und fragte: »Wie gelangen wichtige Nachrichten zum Kapitän? Gibt es einen Botendienst?«

»Das Sprachrohr dort drüben an der Wand verbindet mich direkt mit der Brücke. Sobald ich den Kautschukschutz vom Mundstück abnehme, leuchtet auf der anderen Seite eine rote elektrische Glühbirne auf. Wenn hier das grüne Licht angeht, ist die Brücke empfangsbereit, und ich kann sprechen. Aber das ist nur für den äußersten Notfall gedacht. Die Morsesignale beispielsweise werden in der Regel vom diensthabenden Funker transkribiert und dann per Rohrpost nach oben geschickt.«

»Wieso sind Sie ganz alleine hier? Gibt es nicht genügend Leute?«, wollte ich wissen.

Daniel McCormick zog die Stirne kraus und machte ein bekümmertes Gesicht. »In der Tat sind wir ähnlich stark unterbesetzt wie die übrige Besatzung. Ein Funker ist krank geworden, ein zweiter und ein dritter haben im letzten Hafen heimlich, still und leise abgemustert. Zurzeit sind wir sind auf eine Ist-Stärke von vier Mann geschrumpft. Das ist bei Weitem zu wenig. Deshalb müssen wir unseren Dienst einzeln im rollenden Drei-Schicht-System verrichten. Das ist von den Arbeitsaufgaben her zu schaffen, widerspricht jedoch den Sicherheitsvorschriften. Einer der dienstfreien Funker hat stets Bereitschaft. Er wird gerufen, sobald es die Lage erfordern sollte. Im Kriegsgebiet, also in der Nähe zur britischen Küste, sind wir dann rund um die Uhr zu zweit im Einsatz.«

»Nehmen Sie Ihre Aufträge nur von der Schiffsleitung oder auch von den Fahrgästen entgegen?«, kam Holmes endlich auf den Kern unseres Anliegens zu sprechen.

»Die Passagiere der Ersten Klasse genießen besondere Privilegien. Sie dürfen tagsüber von Sonnenauf- bis Sonnenuntergang jederzeit Funksprüche absetzen lassen, allerdings nur außerhalb der Kampfzonen. Passagieren der Zweiten Klasse ist dieses Sonderrecht nur mit spezieller Genehmigung in eng begrenzten Ausnahmefällen gewährt. Dazu zählen der Tod eines nahen Angehörigen oder die Geburt des eigenen Kindes. Passagiere der Dritten Klasse müssen sich mit dem Versenden von Nachrichten aller Art bis zur Ankunft im Hafen gedulden.«

»Aha, das betrifft das Verschicken. Aber wie ist das Empfangen geregelt?«

»Ähnlich. Die zweite Rohrpostanlage dort drüben verbindet die Funkstation mit dem Office vom Chefsteward. Passagiere der Ersten Klasse bekommen alle für sie eingehenden Kabel unverzüglich ausgehändigt, Passagiere der Zweiten Klasse nur in den bereits erwähnten Ausnahmefällen.«

»Worin besteht der Sinn dieser Differenzierung?«, erkundigte ich mich.

»Wie ich schon sagte, sind wir stark unterbesetzt. Wenn es kein strenges Reglement gäbe, würden wir unsere eigentliche Arbeit nicht schaffen. Bei den genannten Privilegien handelt es sich um einen Service der Reederei, der von vorneherein mit in der Kalkulation des Fahrpreises der Ersten Klasse enthalten ist. Das war notwendig geworden, weil es reiche Leute gewohnt sind, immer und überall erreichbar zu sein. Ärmere Menschen hingegen verzichten gerne auf diesen Service, wenn sie ein paar Dollar sparen können.«

»Das leuchtet mir ein«, stellte Holmes fest. »In diesem Zusammenhang habe ich noch eine Frage: Bei einem eingehenden Kabel ist die Zuordnung einfach, weil der Empfänger genau bezeichnet sein muss. Aber woher wissen Sie, ob es sich um einen Passagier der Ersten oder der Zweiten Klasse handelt, der eine Nachricht absenden lassen möchte?«, wollte Holmes wissen.

»Das ist ganz einfach. Passagiere der Zweiten Klasse haben zu diesem Bereich des Schiffes keinen selbstständigen Zutritt. Sie sind auf das Wohlwollen und das Verständnis des für sie zuständigen Stewards angewiesen. Er entscheidet ganz allein, ob es sich um einen dringenden Notfall handelt oder nicht.«

»Die Passagiere der Ersten Klasse können also ohne fremde Hilfe bis zur Außentür der Funkstation gelangen?«, wollte ich wissen.

»Genau. Sie dürfen sich auf den gesamten oberen Decks völlig frei bewegen. Nur wenige Bereiche, wie beispielsweise die Brücke und die unteren Decks, sind auch für die Oberschicht gesperrt.«

»Müssen sich die Passagiere der Ersten Klasse bei Ihnen ausweisen?«

»Nein, wozu? Sie sagen ihren Namen an und teilen mit, an wen der Funkspruch gehen soll. Diese Angaben werden dann von mir unter fortlaufenden Nummern im jeweils aktuellen Quartbuch festgehalten.«

»Kennen Sie sämtliche Passagiere vom Angesicht?«

»Das ist völlig ausgeschlossen. Wir vom technischen Personal haben so gut wie keinen Kontakt zu unseren Gästen.«

»Gleichen Sie dann wenigstens die Namen mit der Passagierliste ab?«

»Weshalb? Es werden doch keinerlei Kosten in Rechnung gestellt.«

Holmes runzelte die Stirn. »Aber woher wollen Sie denn wissen, dass die Namen auch tatsächlich stimmen, die Ihnen genannt werden?«

»Das muss ich gar nicht. Das erledigt der Adressat für mich. Wenn ich ihm den Funkspruch eines ihm unbekannten Adressaten übermitteln wollte, würde er ihn sofort reklamieren.«

»Nun gut, lassen wir es dabei bewenden. Hatten Sie gestern zur Mittagszeit Dienst?«

»Ja, Sir. Momentan ist der Dienstplan noch normal. Da gehen die Schichten von Schlag Mitternacht bis morgens um acht, von acht Uhr vormittags bis um vier Uhr am Nachmittag und anschließend wieder bis zur Geisterstunde. Ich hatte Mittelschicht und war deshalb zum Lunch hier anwesend.«

»Ausgezeichnet. Das erleichtert die Sache fundamental«, ließ sich Holmes vernehmen. »Sind gestern hier bei Ihnen kurz nach ein Uhr mittags drei Herren im Frack erschienen?«

»Nein, Sir. Sehen Sie hier das Quartbuch. Zwischen elf Uhr vormittags und drei Uhr nachmittags wurde von mir kein einziger Funkspruch im Auftrag eines Passagiers abgesetzt.«

»Der eine Auftrag wäre zu spät und der andere viel zu früh gewesen«, gab ich zu bedenken.

»Das kommt darauf an«, sinnierte Holmes und wandte sich wieder an den Funker: »Von wem war der Funkspruch morgens um elf?«

»Von einer Mrs Alberta Delmhurst. Er ging an ihre Nichte in Sweetwater.«

»Mmh, und vorher?«

»Da gab es an diesem Tag nur noch ein einziges Kabel. Es wurde um 9.30 Uhr abgeschickt. Der Auftraggeber war ein Mr Richard Nereide, der Adressat ein Governor Tomkins in Washington.«

Holmes wollte bereits resignieren, da zog ich ihn schnell zur Seite und flüsterte ihm ins Ohr: »Das Pensionärsdasein hat auch seine guten Seiten. Beispielsweise habe ich in letzter Zeit mit großem Interesse einen dicken Wälzer zur jüngsten britischen Geschichte studiert. Da ist mir die folgende Episode im Gedächtnis haften geblieben.« Und laut setzte ich fort: »Im Jahr 1812 haben die USA Großbritannien den Krieg erklärt, der später als der Zweite Unabhängigkeitskrieg in die Geschichte einging. Im Rahmen der Kampfhandlungen wurde im Dezember 1813 durch ein amerikanisches Kaperschiff mit dem Namen *The Governor Tomkins* das britische Handelsschiff *Nereide* aufgebracht und beschlagnahmt. Ich bin zwar bereit, an die seltsamsten Zufälle zu glauben, aber in diesem Fall haben unsere Freunde eine Spur zu dick aufgetragen.«

»Wird der Inhalt der Funksprüche aufgezeichnet?«, wollte Holmes wissen.

»Nein, wozu?«, antwortete der Zweite Funker. »Die vollständige Dokumentationspflicht betrifft ausschließlich die dienstlichen Nachrichten. Allerdings werden auch von den eingehenden privaten Kabeln die Durchschriften abgeheftet. Welchen Zweck das erfüllen soll, weiß ich allerdings nicht zu sagen. Solange ich auf diesem Schiff meinen Dienst tue, sind die Kopien noch nie kontrolliert worden.«

»Zu schade aber auch«, meinte ich, »dass ausgerechnet die ausgehenden Nachrichten nicht archiviert werden. Speziell der Nereide-Tomkins-Text wäre für uns von großem Interesse gewesen.«

»Kein Problem«, erwiderte Daniel McCormick. »Ich habe das Kabel persönlich abgesetzt. Ich kann mich zwar nicht mehr an den genauen Wortlaut, aber an den ungefähren Inhalt erinnern.«

»Und wie lautete er?«, fragten wir beide wie aus einem Mund.

»Der Text war völlig banal. Es hat mich verwundert, dass ein Governor Interesse an einer solch simplen Botschaft haben könnte. Es hieß, dass alle Anlaufschwierigkeiten überwunden seien. Die Firma würde in Kürze gegründet werden und könne planmäßig ihren Betrieb aufnehmen.«

»Ausgezeichnet, ganz ausgezeichnet! Wie sah dieser Mr Richard Nereide aus?

»Schlank, groß, elegant gekleidet, braunes Haar, aber ansonsten unauffällig. Er war Amerikaner, sprach aber mit einem seltsam harten Akzent, so ähnlich wie die Leute in Milwaukee.«

»Stammen Sie von dort?«

»Nein, aber ich habe einmal eine Reise dorthin unternommen. Es ist eine hübsche Gegend, auch wenn dort viele Deutsche wohnen.«

»Das stimmt«, pflichtete ich ihm bei und probierte es mit einem Scherz: »Die verpesten die Luft mit dem Gestank von gärendem Sauerkraut.«

Meine beiden Gesprächspartner sahen mich verdutzt an, so als ob ich just selbst einen üblen Geruch abgesondert hätte, ließen es aber dabei bewenden.

»Sie sagten vorhin«, hakte Holmes noch einmal nach, »dass sich die Passagiere der Ersten Klasse fast überall auf den Oberdecks ungehindert bewegen können. Wie ist es denn mit den Laderäumen bestellt?«

»Dazu kann ich Ihnen leider keine Auskunft erteilen. Ich weiß lediglich, dass Fahrgäste der Ersten Klasse Frachtabteile mieten können. Nach welchem System das funktioniert, ist mir nicht bekannt. Am besten wird sein, Sie sprechen mit dem Purser[1] darüber. Er führt genau Buch darüber und kümmert sich auch um das Be- und Entladen.«

»Hat dieser Richard Nereide in den vergangenen Tagen noch weitere Nachrichten verschickt? Oder ein anderer Gentleman mit Namen Robert Gatin, Jeremiah O´Driscoll, John Carter Greenwood oder David Haldane?«

»Ich bedaure sehr. Mir sagt keiner dieser Namen etwas. Aber ich will gerne die Bücher durchsehen. Ich werde Ihnen sofort Bescheid geben, sobald ich auf einen dieser Namen gestoßen bin.«

Holmes notierte die vier Namen mit Bleistift auf einen Zettel und drückte ihn dem Funker in die Hand. »Wenn Sie schon dabei sind, können Sie uns noch einen Gefallen tun«, setzte er fort. »Bitte überprüfen Sie alle Kabel, die seit unserer Abfahrt aus New York hier in der Funkstation eingegangen sind. Sämtliche Nachrichten, die aus dem üblichen Rahmen fallen oder die einen Geheimcode enthalten könnten, sortieren Sie bitte aus.«

»Tut mir leid, Sir«, erwiderte der Zweite Funker, »aber ich bin mir nicht ganz im Klaren darüber, was Sie meinen könnten.«

»Das ist nicht so leicht zu erklären. Glückwünsche zum Geburtstag oder Fragen nach dem Wohlbefinden und ähnliche banale Themen fallen selbstverständlich weg. Stattdessen interessieren uns merkwürdige Zahlenkombinationen, absolut sinnlose Botschaften wie ›die blaue Zitrone fährt Fahrrad‹ oder auch scheinbar willkürlich aneinandergereihte Buchstabenkombinationen.«

Daniel McCormick zog seine Stirn kraus. »Von einer blauen Zitrone habe ich noch nie etwas gehört, nur von blauen Bohnen.«

Ich schloss meine Augen und atmete tief durch. Im Geiste nahm ich sofort meine unbedachte und vorschnelle Bewertung zurück, bei dem Zweiten Funker würde es sich um einen vigilanten Burschen handeln.

Auch Holmes begann hörbar nach Luft zu schnappen. »Das war lediglich ein Beispiel, mein Freund«, erklärte er reichlich konsterniert. »Ich weiß inzwischen, dass verschlüsselte Botschaften übermittelt wurden, aber ich kenne nicht ihren Wortlaut. Woher auch. Deshalb wollen wir alles sehen, was in irgendeiner Weise aus dem Rahmen fällt.«

»Auch die dienstlichen Kabel mit den Positionsangaben? Da kommen ständig wechselnde Zahlenkombinationen vor.«

»Nein, nur die privaten Telegramme«, presste Holmes mühsam hervor.

Der Zweite Funker lachte. »Bitte entschuldigen Sie vielmals. Ich habe mir eben einen kleinen Scherz erlaubt. Aber ich konnte nicht anders. Viele Passagiere haben absonderliche Bitten. Da hilft es manchmal nur, wenn ich mich noch viel dümmer stelle, als ich in Wirklichkeit schon bin. Selbstverständlich habe ich sehr wohl verstanden, was Sie von mir wollen. Sie können sich voll und ganz auf mich verlassen. Sobald ich auch nur die leiseste Spur eines Zweifels habe, dass etwas zwischen den Zeilen stehen könnte, werde ich Ihnen die Nachricht vorlegen.«

Holmes klopfte ihm anerkennend auf die Schulter. »Gut gemacht, mein Junge. Ich halte mich zwar für einen schlauen Fuchs, der sofort merkt, wenn mich jemand aufs Glatteis führen will, aber in diesem Fall haben Sie mich hundertprozentig reingelegt.«

Als wir wieder auf dem Deck standen, meinte ich zu meinem Freund: »Wir haben vergessen, uns sagen zu lassen, wo wir den Purser finden. Ich schlage vor, wir kehren noch einmal zu McCormick zurück, ehe wir lange in diesen labyrinthischen Gängen herumsuchen.«

»Das wird nicht nötig sein, alter Knabe. Der Purser heißt Julius Trimble. Sein Office trägt die Nummer IV-a-12 und liegt dort hinten am Ende des Gangs.«

So war es immer. Im freien Gelände fand ich mich gut zurecht. Hier auf dem Schiff würde ich aus eigener Kraft nur mit großer Mühe den Weg zurück zu unserer Suite finden. Holmes aber bewegte sich bereits wieder wie ein Fisch im Wasser in diesem verwirrenden Durcheinander von Auf- und Abgängen, Decks und Zwischendecks.

[1] Purser: Zahlmeister auf einem Schiff

Im Bauch des Wals

Aus den Aufzeichnungen von Dr. Watson

Auf hoher See, 04.05.1915

In der Funkstation der *Lusitania* war es blitzblank und penibel aufgeräumt gewesen. Auch ansonsten gab es nichts auszusetzen. Trotz der vielen seltsamen Apparate, die dort standen, zischten, knatterten und tickten, hatte es kaum nach Weichlot[1] und noch weniger nach ozonisiertem Sauerstoff gerochen, der immer dann entsteht – wie mir Holmes erklärte –, wenn von Kohlebürsten erzeugte Funken mit der Luft in Berührung kommen.

Das Office vom Purser stellte das genaue Gegenteil der Nachrichtenzentrale dar. Mir stockte fast der Atem, als wir eintraten. Der Raum hätte dringend durchgelüftet werden müssen, und zwar gründlichst. Die abgestandene Luft war zum Schneiden dick. Es stank nach Alkohol, kalter Asche und saurem Körperschweiß. Ätzender Zigarrenqualm, der in dichten Schwaden durch das Büro waberte, nahm uns fast die Sicht. Holmes riss ein Bullauge auf. Ich tat dasselbe mit der Eingangstür, um Durchzug zu schaffen.

Als sich der Nebel zu lichten begann, bemerkte ich, dass in dem gesamten Office eine Unordnung von schier babylonischem Ausmaß herrschte. Sämtliche Tische und Stühle waren mit Blaupausen, Quartbögen, Papprollen, Folianten, Kladden, Faszikeln[2], Nachschlagewerken und gesiegelten Urkunden bedeckt. Alles lag wie wild durcheinander. Unten auf dem Schiffsboden setzte sich das Chaos fort. Mitten in einem Wust von durcheinandergeworfenen Druckschriften lagen eine leere Schnapsflasche sowie mehrere zerbeulte Konservendosen. Sie befanden sich in trauter Gemeinschaft mit Bergen von zerrissenem und zerknülltem Papier.

Aber nicht alles war unordentlich. An den Wänden hing in Reih und Glied ein gutes Dutzend kolorierter Ansichts-Postkarten, die allesamt dasselbe Motiv zeigten: eine mir unbekannte Insel, aus den verschiedensten Blickwinkeln gezeichnet oder fotografiert.

Ein entferntes Rascheln machte uns darauf aufmerksam, dass wir uns nicht alleine in dem Büro befanden. Ganz am anderen Ende des Raums kroch ein etwa 45-jähriger Mann unter den Tischen umher. Allem Anschein nach handelte es sich dabei um den Purser Julius Trimble höchstpersönlich, denn der seltsame Geselle steckte in einer blauen Offiziersuniform mit goldenen Streifen an den Ärmeln. Wir traten näher heran, um ihn besser betrachten zu können. Er machte einen äußerst derangierten Eindruck. Doch selbst wenn es nicht an dem gewesen wäre, hätte es die beste Schneiderkunst kaum vermocht, seinen dicken Schmerbauch zu kaschieren, der sackartig über den Boden schleifte. Das rote und aufgedunsene Gesicht des Pursers wurde von einem buschigen, grauen Backenbart geschmückt, welcher ihm das Aussehen einer aggressiven Bulldogge verlieh, deren Lefzen herunterhängen. An den beiden Ohrläppchen des Seemannes baumelten dicke, goldene Ringe. Auf seiner linken Hand prangte ein tätowierter Anker. Das Einzige, was Julius Trimble noch zu seinem Glück fehlte, war ein Holzbein. Anderenfalls hätte er als eine

Reinkarnation von Long John Silver[3] durchgehen können. So aber verlieh ich ihm in meinen Gedanken den Scherznamen »Kapitän Singleton«[4], in Gedenken an den berüchtigten Freibeuter und Schrecken aller Meere.

Julius Trimble war offensichtlich damit beschäftigt, irgendwelche Papiere von dem einen auf einen anderen Haufen umzuschichten. Er schnaufte dabei wie eine Dampflokomotive. Passend dazu steckte in seinem Mund eine monströse Zigarre. Von ihr stammte der ätzende Qualm im Office.

Ich mag den Rauch einer echten Havanna. Aber eine gute Zigarre will mit Liebe und Respekt behandelt werden. Es braucht schon seine Zeit, sie leicht zwischen den Fingern zu zwirbeln und ihr ein feines Knistern zu entlocken, sie behutsam anzulecken, nicht zu tief und nicht zu flach anzuschneiden und sie dann voller Vorfreude auf den kommenden Genuss in aller Ruhe in Brand zu setzen. Dazu sollten nach Möglichkeit entweder ein Kienspan als Fidibus oder die geruchslosen Iris-Salonzündhölzchen verwendet werden. Keinesfalls kommen Schwefel-, Paraffin- oder Stearinsäurehölzer infrage, weil sie beim Abbrennen eine unangenehme Ausdünstung nach faulen Eiern absondern, die den besten Tabakgeschmack verdirbt. Auch die praktischen Phosphorstreichhölzer, die keine Reibefläche benötigen, sollten lieber in ihrer Schachtel verbleiben, wenn es um das Anzünden einer echten Havanna geht. Kurzum, jede Form von Hektik ist völlig fehl am Platze, weil sie den Tabakgenuss beeinträchtigt, wenn nicht gar ihm schwer schadet. Sofern nämlich eine Zigarre von Anfang an gepafft wird, rächt sich selbst das beste Rauchwerk mit einem scharfen Brennen auf der Zunge und beißenden Nebelschwaden.

Die Aufräumarbeiten des Pursers schienen erst vor Kurzem begonnen zu haben. Den Augiasstall[5] zu reinigen, wäre vermutlich leichter gewesen und hätte gewiss mehr Spaß bereitet. Ob Julius Trimble unser Eintreten nicht bemerken wollte oder ob er gerade erst aus dem Delirium erwachte, weiß ich nicht. Jedenfalls ignorierte er uns konsequent. Erst als wir direkt vor ihm standen, schaute er auf. Er wendete mühsam seinen Kopf, der auf einem viel zu kurzen Hals steckte. Unter seiner verrutschten Kragenbinde lugte eine blassblaue Tätowierung hervor, die das obere Drittel einer unbekleideten Dame zeigte. Ich vermutete, es könnte sich um eine Meerjungfrau handeln.

Der Seebär musterte uns aus rot unterlaufenen, verquollenen Augen, dachte aber nicht im Traum daran, aufzustehen. »Heute ist geschlossen«, knurrte er. »Ich habe zu tun.«

»Sir«, entgegnete Holmes, »wir wollen Ihre kostbare Zeit nicht über Gebühr in Anspruch nehmen. Wir benötigen lediglich eine kryptomere Auskunft von Ihnen. Gestatten Sie mir freilich zunächst, dass wir uns Ihnen vorstellen. Mein Name ist ...«

»Haben Sie was an den Ohren? Jetzt ist keine Sprechzeit. Und nun alle Landratten raus hier!«, unterbrach ihn der Purser und pochte drohend mit der rechten Faust auf den Boden.

Unser Beliebtheitsgrad schien auch bei diesem Vertreter der Schiffsleitung nicht sonderlich hoch zu sein. »Guter Mann«, versuchte ich deshalb zu intervenieren, »Sie wissen offensichtlich nicht, mit wem Sie es zu tun haben. Wir sind ...«

»Halten Sie mich für einen Volltrottel, der weder seine Ohren zum Hören noch seine Augen zum Sehen benutzt?« Julius Trimble vollführte ein gewagtes, akrobatisches Kunststück, indem er unter dem Tisch hervorgekrochen kam und sich aufrichtete. Seine Nasennebenhöhlen pfiffen, und die Gesichtsfarbe wechselte von Dunkelrot zu Violett. Glücklicherweise befand sich ein Arzt in seiner Nähe.

»Ich weiß genau, wer Sie sind«, setzte der Purser fort, »nämlich zwei englische Galgenvögel und Erzlumpen. Mit Vornamen heißen Sie *Dumbass*[6] und mit Vatersnamen *Puddinghead*[7]. Sie schimpfen sich Detektive. In Wirklichkeit führen Sie aber nichts anderes im Schilde, als einem ehrbaren und gottesfürchtigen Fahrensmann seine kostbare Zeit zu stehlen. Bevor Sie jemanden wie mich, der über sieben Meere gesegelt ist, der Lächerlichkeit preisgeben möchten, sollten Sie lieber einen Blick in den Spiegel werfen.«

»Der Kapitän …!«, rief ich dazwischen.

»Der Alte kann mich mal kreuzweise! Hier auf diesem verdammten Seelenverkäufer geht alles drunter und drüber, und ich muss am Ende alles ausbaden.«

»Mister Julius Trimble«, sprach Holmes nun mit gebieterischer Stimme, die keinen Widerspruch zuließ. »Auch wenn Sie ein Schotte sind und von den sogenannten Small Isles, genauer gesagt von der Insel Sanday stammen, daher eine traditionelle Aversion gegen Engländer hegen und überdies gestern zu tief ins Glas geblickt haben, als Sie eine Flasche irischen Kilbeggan-Whisky leerten – was für einen ehrbaren Schotten ein verabscheuungswürdiges Sakrileg darstellt –, nun gerechterweise unter einem trefflichen Brummschädel zu leiden haben, geben Ihnen alle diese Umstände keinen Grund, uns gegenüber unhöflich zu sein. Selbst dann nicht, wenn Sie eine schlechte Nachricht aus der Heimat völlig aus dem Gleichgewicht geworfen hat.«

Ob dieser Ansprache fiel dem Purser vor Verblüffung die Zigarre aus dem Mund, und er begann lauthals zu fluchen: »Verflixte Kruzitürken noch mal, da soll mir doch einer ...«

Weiter kann er nicht, denn ich setzte hinzu: »An Bord befindet sich eine Höllenmaschine. Wenn Sie nicht mit uns kooperieren wollen, decken Sie die Täter. Als Folge davon landen Sie vor dem Kriegsgericht und werden zwangsläufig am Hals aufgeknüpft, bis der Tod eintritt.«

Julius Trimble hob die Zigarre auf und begann, aufgeregt daran zu nuckeln, bis die Glut Funken stob, die wie winzige Leuchtraketen in alle Richtungen schossen. Widerstreitende Interessen brodelten in seinem Inneren. Sie liefen deutlich sichtbar als wechselndes Mienenspiel über seine Gesichtszüge. Es kämpfte das Gute gegen das Böse. Die Arroganz lag im Widerstreit mit der Vernunft. Ich tastete bereits vorsichtig nach meinem Revolver, als schließlich doch noch die Klugheit siegte.

Der störrische Fahrensmann befreite zwei Stühle von dem auf ihnen liegenden Konglomerat, indem er es achtlos auf den Boden wischte, und bat uns Platz zu nehmen. »In der Tat, es ist so, wie Sie es sagen, Gentlemen. Ich befinde mich in einem erbarmungswürdigen Zustand. Aber das liegt weniger an dem wahrlich in Übermaßen genossenen Whisky. Gegen dessen schädliche Nebenwirkungen bin ich nach jahrzehntelanger Übung so gut wie immun. Nein, meine Schroffheit hat einen ganz anderen Grund. Ich erhielt gestern die furchtbare Nachricht, dass meine liebste Tochter Claire vom Kindbettfieber dahingerafft wurde. Sprösslinge sollten nie vor ihren Eltern sterben. In meiner Verzweiflung über den viel zu frühen Tod meines Goldkämmchens bin ich in wilde Raserei verfallen. Ich habe das gesamte Office verwüstet und sämtliche Unterlagen aus den Regalen gerissen.« Der Purser seufzte tief über das ihm widerfahrene Unglück und setzte dann fort: »Sie müssen wissen, dass bei mir ansonsten eine mustergültige Ordnung herrscht. Ich bin ein durch und durch disziplinierter Mensch. Und nun muss ich das notwendige Gleichmaß auf dem schnellsten Weg wiederherstellen. Es gibt leider keinen einzigen Menschen auf diesem verdammten Schiff, an den ich diese vermaledeite Aufgabe delegieren könnte.«

Holmes nickte verständnisvoll, hielt sich jedoch nicht lange mit der Vorrede auf, sondern kam gleich darauf zur Sache. »Sir, Sie haben unser gesamtes Mitgefühl, aber wir sind in Eile. Jede Sekunde zählt. Deshalb wollen wir gleich *in medias res* gehen. Meine erste Frage lautet: Dürfen auch Passagiere Frachtraum anmieten?«

»Ja sicher, weshalb denn nicht, sofern es die Ladekapazitäten zulassen?«, fragte Julius Trimble verwundert. »Für die Reederei ist es doch völlig Wurst, ob ein Kaufmann seine Waren lediglich verschicken lässt oder sie höchstpersönlich bis an ihren Bestimmungsort begleitet.«

»Auf einem Schiff wie diesem herrschen ganz eigene Gesetze, die mit den Verstandeskräften kaum zu begreifen sind. Außerdem handelt es sich bei der *Lusitania* um keinen Frachter, sondern um einen Luxusliner, welcher in Kriegszeiten über seine eigentliche Bestimmung hinaus militärische Güter befördert. Deshalb meine nächste Frage: Ist dieses Privileg auf bestimmte Personen begrenzt? Benötigen Sie zuvörderst einen Freibrief des Kriegsministeriums?«

»Nein, ganz und gar nicht. Selbst Passagiere der Dritten Klasse dürften Handelsgegenstände verschiffen lassen – sofern sie die Frachtgebühren bezahlen könnten. Dieser Personenkreis befindet sich jedoch in der Regel in prekären Vermögensverhältnissen. Aus diesem simplen Grund heraus wird ein solcher Fall höchst selten eintreten. Ab der Zweiten Klasse ist es hingegen gang und gäbe, in großem Umfang Reisegut mitzuführen.«

»Haben die Auftraggeber einen Einfluss darauf, in welchem Laderaum ihre Fracht verstaut wird?«

Julius Trimble kratzte sich am Kopf. »Eigentlich nein, aber manchmal doch. Es kommt ganz auf die Umstände an.«

»Die da wären?«

»Zum Beispiel, wie groß die Güter sind, ob sie Erschütterungen oder Hitze vertragen und welchen Belastungen sie standhalten. Antiquitäten, Porzellane und Ölgemälde beispielsweise werden grundsätzlich in kleinen Einzelverschlägen verladen, damit die zum Teil recht kostbaren Gegenstände keinen Schaden erleiden können.«

»Haben die Passagiere während der Überfahrt Zugang zu ihrer Fracht?«

»In diesem Fall kann ich meine Antwort von eben nochmals wiederholen: eigentlich nein, aber manchmal doch. Es kommt ganz auf die Umstände an.«

»Könnten Sie das bitte konkretisieren?«, bat Holmes mit einem spürbaren Zeichen von Ungeduld in der Stimme.

»Tiere beispielsweise müssen gefüttert, Pflanzen gegossen und bei Transportkisten mitunter die Halteseile nachgespannt werden.«

»Stehen die Fahrgäste unter Aufsicht, wenn sie ihre Frachtverschläge aufsuchen?«

»Teils, teils. Ein Matrose weist ihnen den Weg, begleitet sie nach unten zum betreffenden Deck und schließt alle Zwischentüren auf. Im Schiffsbauch kann sich nämlich jeder leicht verlaufen, der sich nicht gut auskennt. Es geht lange, schmale Treppen hinab. Die Korridore ändern mehrfach ihre Richtungen. Es gibt zahlreiche Wegkreuzungen. Und durch die Umbauten, die das Marineministerium veranlasst hat, enden manche Gänge völlig unverhofft an einer Wand. Den Rückweg treten die Passagiere zumeist alleine ein, weil er wesentlich leichter zu finden ist. Zumal die Richtung völlig klar ist, denn es geht immer nur nach oben.«

»Aber wer schließt ihnen die Türen auf?«

»Das ist nicht notwendig. Die Zwischentüren haben nur auf der Abwärtsseite keine Klinke und müssen deshalb mit einem Spezialschlüssel geöffnet werden. In umgekehrter Richtung gibt es einen Drücker. Wenn jemand von unten nach oben will, kann er problemlos sämtliche Türen auch ohne Schlüssel aufmachen. Das ist eine Vorschrift, die aus Sicherheitsgründen erlassen wurde. Auf diese Weise kann das Schiff im Fall einer Havarie schnell evakuiert werden. Niemand, der sich tief unter Deck befindet, ist auf fremde Hilfe angewiesen, um zu den Rettungsbooten zu gelangen.«

»Demzufolge können sich die Fahrgäste an Bord völlig frei bewegen, sobald sich der Matrose zurückgezogen hat?«

»Nur innerhalb der Sektion, in der sich ihr Frachtabteil befindet.«

Holmes runzelte die Stirn. Die Antwort schien ihm nicht zu behagen. »Jetzt wird es kompliziert. Wir benötigen die aktuelle Ladeliste mit sämtlichen Namen und den genauen Standorten. Können Sie das Register in diesem Wust hier finden?«

»Ich will es versuchen. Das kann so schwer nicht sein. Ich weiß ja schließlich ganz genau, wonach ich suchen muss. Es handelt sich um einen länglichen Ringordner mit blauem Einband.« Der Purser kroch wieder auf allen vieren unter den Tischen herum. »Sehen Sie, da habe ich ihn bereits gefunden.« Er hielt den Ordner triumphierend in die Höhe. Er war zum Glück völlig unbeschadet.

Die einzelnen Seiten ließen sich ausklappen. Sie waren in zahlreiche waagerechte Spalten mit blauen Linien und senkrechte Spalten mit roten Linien unterteilt. Die Eintragungen in exakter Kanzleischrift wimmelten nur so von völlig unverständlichen Abkürzungen.

»Sehen Sie, das System ist einfach und übersichtlich. Ganz vorne stehen die Ordnungsnummer und das Verladedatum. Dann folgen der Name und die Anschrift des Versenders, der Bestimmungsort, die Nummer vom Frachtbrief, das Gewicht, die Stückzahl, die Verpackungsart, der Code für das jeweilige Produkt, zu beachtende Besonderheiten beim Entladen, und ganz hinten die letzte Chiffre zeigt den exakten Standort auf der *Lusitania* an.«

Holmes warf einen Blick auf das Verzeichnis. »Hier steht, dass ein Mister John Longfellow aus New Orleans 1.248 Einheiten K12 verladen ließ. Um was handelt es sich dabei?«

Julius Trimble warf einen kurzen Blick darauf. »Das sind Holzkisten mit jeweils 50 Butterkartons. Sie wurden im Frachtraum IIIc aufgestapelt.«

»Ist das der zentrale Kühlraum?«, wollte ich wissen.

»Nein, so etwas gibt es auf diesem Schiff nicht. Lediglich die Bordküche verfügt über mehrere kleine Kühlzellen.«

»Aber dann ist es so klar wie Kloßbrühe, dass die Butter längst geschmolzen sein muss.«

»Nein, das hat sie nicht getan und wird sie auch nicht tun. Die Ladung wurde lediglich als Butter deklariert, um nicht gegen die amerikanischen Ausfuhrbestimmungen zu verstoßen. In Wirklichkeit haben die Kisten einen völlig anderen Inhalt, der weniger leicht verderblich ist.«

»Und zwar?«

»Das darf ich Ihnen nicht sagen, denn dies ist streng geheim.«

»Was hat Ihnen der Kapitän in Bezug auf unsere Personen befohlen?«, mischte sich Holmes wieder ein.

»Okay, von mir aus. Inzwischen ist mir sowieso alles schnurz. Tatsächlich handelt es sich um 2,95-Zoll-Granaten für die britische Armee. Sind Sie nun zufrieden?«

»Nein, das sind wir keineswegs. Aber das hat nichts mit Ihnen zu tun, sondern mit den derzeitigen Umständen ganz im Allgemeinen. Doch nun wollen wir endlich zu unserem eigentlichen Anliegen kommen. Sagen Ihnen die Namen Robert

Gatin, Jeremiah O'Driscoll und John Carter Greenwood etwas? Hat einer dieser Herren ein Frachtabteil gemietet?«

»Mit dieser Frage haben Sie genau ins Schwarze getroffen«, entgegnete Julius Trimble. »Mister Robert Gatin aus Milwaukee hat einen kleinen Verschlag gechartert. In ihm stehen zehn Sack mit Viehfutter.«

»Ausgezeichnet!«, lobte Holmes den Purser. »Wo finden wir diesen Abstellraum?«

»Ohne meine Hilfe gar nicht. Deshalb werde ich Sie auf Ihrem Abstieg hinunter in den Bauch des Wals begleiten.«

Wir machten uns auf den Weg. Wir nahmen eine steile Treppe nach der anderen. Es ging immer tiefer hinab im schummrigen Halbdunkel einiger weniger Lampen. Ich wollte gar nicht an den Aufstieg denken. Es würde eine furchtbare Strapaze werden, so viel war klar.

Unterwegs fragte ich Holmes ganz leise: »Woher wusstest du so viel über den Purser?«

Mein Freund flüsterte zurück: »Von seinem Aussehen her musste er ein Schotte sein. Die letzte Gewissheit gaben mir die Ansichts-Postkarten von der Insel Sanday. Eine allein hätte Zufall sein können. Aber zehn Stück lassen nur auf eines schließen, nämlich auf die Sehnsucht nach der Heimat.«

[1] Weichlot: Lötzinn, wegen seiner Zusammensetzung auch Bleizinnlot genannt, mit dem u.a. Kupfer, Messing, Zinn, Zink und Weißblech gelötet wurden

[2] Faszikel: zusammengeheftete Akten

[3] Long John Silver: Romanfigur von Robert Louis Stevenson

[4] Kapitän Singleton: Romanfigur von Daniel Defoe

[5] Augiasstall: Eine der zwölf Aufgaben, welche Herakles, ein Held der griechischen Sage, zu erfüllen hatte, bestand darin, den Mist aus einem Stall für 3.000 Rinder zu schaffen. Diese antike Großviehanlage gehörte dem König Augias.

[6] Dumbass: (engl.) Blödmann

[7] Puddinghead: (engl.) Knallkopf

Die Höllenmaschine

Aus den Aufzeichnungen von Dr. Watson

Auf hoher See, 04.05.1915

Als wir endlich ganz am Ende eines langen, langen Korridors vor dem betreffenden Verschlag mit der Nummer KX-37 anlangten, hatte ich sämtliche Orientierung verloren. Ich wusste weder, wo genau ich mich befand, noch wie ich aus eigener Kraft wieder den Rückweg finden sollte. Zum Glück hatte ich Holmes an meiner Seite, der sich inzwischen auf dem Schiff ebenso gut zurechtzufinden schien wie zu Hause in seinem Kleiderschrank.

Von dem Luxus und Überfluss in der Ersten Klasse ließ sich hier unten im Bauch der *Lusitania* nichts mehr finden. Die stählernen Wände des schmalen Gangs waren blaugrau gestrichen. Der Fußboden bestand aus geriffelten Eisenplatten. An der Decke hingen alle zehn Schritte Glühbirnen in Messingkäfigen und strahlten ein schwaches Licht von der Stärke weniger Kerzen[1] ab, das seltsame Schatten warf und die Konturen im Hintergrund verschwimmen ließ. In der Ferne leuchteten rote Augen. Ab und zu ließen die Ratten ein aufgeregtes Quieken vernehmen vor Wut über die Eindringlinge in ihrem Reich. Überall knarzte und schabte es. Das Schiff ächzte und stampfte. Ich hielt den Revolver in meiner Rocktasche fest umklammert.

Der Purser öffnete mit seinem Generalschlüssel die Tür zu der Kammer, die an die Deutschen vermietet worden war. Bis auf zehn Maltersäcke aus grobem Hanf war der Raum völlig leer. Holmes zog ein scharfes Klappmesser aus einer seiner vielen Innentaschen und schlitzte damit einen der prallvollen und oben mit groben Stichen zugenähten Säcke auf. Aus dem Einschnitt rieselten Haferkörner heraus.

»Ist es das, was Sie zu finden glaubten?«, fragte unser Begleiter. Ich glaubte, einen leichten Anflug von Spott aus seiner Stimme heraushören zu können.

»Nun sagen wir mal so: Wir sehen das, was wir sehen sollen«, entgegnete Holmes. »Alles andere hätte mich auch sehr verwundert. Unsere Feinde sind keine Dilettanten. Sie haben für alle Eventualitäten vorgesorgt. Aber die Bombe muss sich hier ganz in der Nähe befinden.«

»Wie kommen Sie denn darauf?«

»Weil es keine andere Möglichkeit gibt. Die Verbrecher konnten sich nur in einem eng begrenzten Bereich der Laderäume bewegen, ohne ernsthaft Gefahr zu laufen, aufzufallen und enttarnt zu werden. Aber sie mussten mehrfach hier hinuntersteigen, um die Höllenmaschine zusammenzusetzen. Es wird ein kompliziertes und hochgefährliches Unterfangen gewesen sein, denn jeder falsche Handgriff hätte tödliche Folgen haben können. Also mussten sie viel Zeit aufwenden. Aber sie hat nicht gereicht. Wie wir wissen, kam es zu einer Verzögerung. Demzufolge kann sich dieser Teufelsapparat nur hinter einer der Türen in der unmittelbaren Umgebung befinden. Sir, kontrollieren Sie doch bitte einmal die Ladeliste für diesen Abschnitt hier. Tauchen irgendwo die Namen Jeremiah O'Driscoll, John Carter Greenwood, Governor Tompkins oder Richard Nereide auf?«

»Nein, tut mir leid, ich kann keinen entsprechenden Eintrag finden«, meinte der Purser.

»Zeigen Sie doch bitte einmal her«, ließ sich Holmes vernehmen. Er wirkte reichlich ungehalten und zog die Kladde mit einem Ruck an sich. Eine ganze Weile lang studierte er die Eintragungen. Unvermittelt glätteten sich die Falten auf seiner Stirn, und er rief aus: »Es ist die Nummer KX-29 dort drüben!«

Julius Trimble warf einen Blick auf die Ladeliste und fragte: »Wie kommen Sie darauf? Der Mieter heißt doch Ron Revog. Wer soll das sein?«

»Es handelt sich um den vorhin von mir erwähnten fiktiven Governor aus Washington. Nur diesmal müssen wir den Namen rückwärts lesen. Also los, Mann, sperren Sie endlich den Verschlag auf. Aber seien Sie bitte hübsch vorsichtig und öffnen Sie keinesfalls die Tür. Möglicherweise haben die Banditen Stolperdrähte angebracht. Und du, Watson, drücke bitte kraftvoll dagegen, damit die Tür nicht durch den Wellengang von selbst aufspringt.«

Der Purser drehte den Schlüssel so sacht im Schloss, als würde er einer brütenden Glucke die Eier aus dem Nest stehlen wollen. Anschließend zog er sich ein Stück zurück, wobei er hörbar ausatmete.

Holmes legte sich seitlich auf den Boden und kroch an den Verschlag heran, bis sein Kopf in der Höhe des Rahmens lag. Er fasste nach der Tür, ich ließ sie los, und er zog sie einen winzigen Spalt weit auf. Mit einer Blendlaterne leuchtete er in das Innere des Verschlages. »Ha«, rief er aus. »Habe ich es mir doch gedacht. Unten im Türblatt steckt ein runder Haken, an dem die Öse eines Drahtes eingehängt wurde. Watson, bitte die Kneifzange.«

Ich reichte ihm das Werkzeug. »Sollen Mr Trimble und ich für den Fall aller Fälle nicht lieber etwas zurücktreten?«

Holmes hob den Kopf und sah zu uns auf. »Das wird kaum nötig sein. Nicht etwa, weil ich an grenzenloser Selbstüberschätzung leiden würde. Nein, das ist nicht der Grund. Aber wenn die Bombe hochgeht, dann wird die Explosion der Sprenggelatine vermutlich so gewaltig und verheerend sein, dass das Schicksal der *Lusitania* besiegelt ist. In diesem Fall wird sie mit Mann und Maus untergehen. Ich denke, dass die Deutschen den Wirkungsgrad der Sprengladung genau berechnet haben.«

»Damit dürften Sie leider recht haben«, stimmte ihm der Purser zu. »Der Verschlag KX-29 befindet sich unmittelbar an der Außenhaut auf der Backbordseite und liegt 20 bis 30 Fuß unterhalb der Wasserlinie. Durch ein größeres Loch in der Schiffswand würden gewaltige Wassermengen unter hohem Druck in den Rumpf schießen und die *Lusitania* wahrscheinlich zum Kentern bringen.«

Holmes nickte. »Also solltet ihr lieber in der Nähe bleiben. Dann genießt ihr im Fall der Fälle wenigstens das Privileg eines sauberen und schnellen Todes und müsst keine unnötigen Qualen erleiden. Das ist leider alles, was ich euch anzubieten habe.« Nach diesen Worten holte mein Freund tief Luft, hielt den Atem an und begann, den Türspalt weiter zu öffnen. Er tat dies so behutsam wie möglich. Ab und zu hielt er inne, um frischen Atem zu schöpfen.

Ich konnte mich nicht daran erinnern, wann und wo ich zum letzten Mal der Länge nach auf einem kalten Fußboden gelegen hatte. Aber es war keinesfalls sonderlich bequem gewesen. Bei Holmes kam erschwerend die unbequeme Körperhaltung hinzu. Außerdem war er kein junger Mensch mehr, dem physische Belastungen nichts ausmachen. Er begann leise zu stöhnen, und seine Hände zitterten merklich. Trotzdem gelang es ihm, die Öffnung so weit zu vergrößern, dass er seine linke Hand vorsichtig durch den Spalt schieben konnte.

Ich hielt den Atem an und betete, dass keine verängstigte Ratte voller Panik auf den Draht sprang. Dann vernahm ich ein metallisches Knacken.

»Dieses war der erste Streich. Aber ich kann noch keine Entwarnung geben.« Holmes zog einen Taschenspiegel aus der Jacke und schaute damit in das Innere des Raums. Die Zeit schien stillzustehen. Die Sekunden tropften. Mir rannen die Schweißtropfen von der Stirn. Gleichzeitig war mir eiskalt. Mein Blutdruck sackte in den Keller. Auch Julius Trimble sah ganz grün um die Nase herum aus. Offenbar vertrug er den hochprozentigen Alkohol weit weniger gut, als er annahm.

Im nächsten Moment durchströmte mich ein Gefühl der Euphorie und tiefer Dankbarkeit. Ich hatte ein langes und erfülltes Leben gehabt und viele Stunden an der Seite eines treuen Freundes verbringen dürfen. Die gemeinsam erlebten und durchlittenen Abenteuer waren Legion. Wenn nun tatsächlich mein letztes Stündlein geschlagen haben sollte und in wenigen Sekunden alles vorüber war, dann konnte ich erhobenen Hauptes hinüber in das Reich der Toten wandeln. Dort angekommen würde ich frohen Herzens rufen: »Ich haben nicht umsonst gelebt.« Tränen der Rührung liefen über mein Gesicht. Plötzlich fand ich es schade, dass ich vor meiner Abreise aus London keinen Text für meinen Grabstein bestimmt hatte. Aber meine Witwe würde es schon richten. Obwohl, so genau kannte ich mich mit dem Seefahrtsrecht nicht aus. Mein Körper würde in den Wellen seine letzte Ruhestätte finden. Ohne Leiche konnte vorderhand kein christliches Begräbnis stattfinden. Wo sollte dann der Grabstein stehen? Auf einem Friedhof in London, Dover oder Liverpool? Dann bemerkte ich, dass sich meine Gedanken im Kreise drehten. Bei einem meiner letzten Abenteuer waren mir ähnliche Grübeleien durch den Kopf gegangen.

»Aufgewacht, alter Knabe«, rief mir Holmes zu. »Die gröbste Gefahr ist vorerst gebannt. Diese Mörderbande hatte doch tatsächlich drei verschiedene Sprengfallen installiert, die völlig autark funktionierten. Hauchdünne Eisendrähte waren mit den scharfen Zündern von Handgranaten verbunden worden. Wäre auch nur eine einzige brisante Ladung hochgegangen, hätte die Explosion ausgereicht, um gleichzeitig die Bombe zu zünden. Aber nun wollen wir endlich das Wunderwerk der Technik und deutscher Ingenieurskunst aus der Nähe betrachten.«

Mein Freund öffnete die Tür so weit, dass wir bequem eintreten konnten. Ich schaute in den Verschlag und war enttäuscht. Ich hatte eine komplizierte Apparatur mit Zahnrädern, blinkenden Lämpchen, Transmissionsriemen und einem Gewirr von bunten Drähten erwartet. Stattdessen stand mitten im Raum eine einzelne, ganz normale Holzkiste, wie sie beispielsweise für den Transport von Schrauben oder anderen Metallteilen Gebrauch findet. Oben auf der Kiste lag eine unscheinbare, mausgraue Blechschachtel. Sie hatte in etwa die Abmaße eines Tornisters, wie er in der britischen Armee verwendet wird. In diesem unansehnlichen Behältnis steckte eine Messingröhre vom Durchmesser einer guten Zigarre. An ihr war eine Art bewegliches Hämmerchen angebracht worden. Es wurde vermittels einer Spiralfeder gespannt und von einem Faden zurückgezogen. Dieser wiederum war mit einem offenen Uhrwerk verbunden. Von seiner Größe her mochte es von einer pendellosen Salonuhr stammen. Das Uhrwerk war mit der Blechschachtel fest verlötet worden. In ihr schien sich ganz offensichtlich die Sprenggelatine zu befinden. Das war alles. Mehr gab es nicht zu sehen.

Die Konstruktion war also ganz genauso angelegt worden, wie es Holmes vorausgesagt hatte: In naher Zukunft musste sich der bereits jetzt schon recht straffe Faden vollständig aufgewickelt haben. Er würde überdehnt werden und schließlich reißen. Die Folge davon war klar: Die Spiralfeder würde das Hämmerchen nach vorne springen und auf die Messingröhre schlagen lassen. Aus ihm ragte der Boden einer Platzpatrone. Sie diente als Zünder. Sobald die Platzpatrone losging, würde sie die Explosion auslösen. Die Abfolge und den Mechanismus hatte ich verstanden. Aber ich wusste nicht, was zu tun war, um ihn auszuschalten. Mr Trimble kratzte sich unschlüssig am Kopf.

Mein Freund hingegen handelte sofort. Er zögerte nicht länger, sondern hielt das Hämmerchen mit der linken Hand fest und bog es zur Seite. Mit der rechten Hand zog er die Zündpatrone aus der Röhre. Der Faden riss. Nichts geschah.

Die Gefahr war gebannt. Mir fiel ein Stein vom Herzen.

Holmes steckte die Patrone in die Tasche. Ich ging zu ihm und umarmte ihn. Auch er, der seit jeher ein erklärter Feind jeglicher Gefühlsduselei war, drückte mich für einen kurzen Moment fest an sich.

Alles war gut. Ich fasste nach der Blechschachtel, um den Deckel anzuheben, da stieß mich mein Freund mit aller Kraft zur Seite und schrie entsetzt: »Nein, nicht, auf keinen Fall berühren!«

Meine Euphorie schlug in Entrüstung um. Was sollte das Gehabe? Wer besaß im Moment die größeren Kompetenzen? Schließlich war ich bei der Armee gewesen. Holmes hingegen hatte nie einen Waffenrock getragen. In allen militärischen Belangen kannte ich mich deshalb zehnmal besser aus als er. Beispielsweise wusste ich die Farben und Wahlsprüche aller britischen Regimenter auswendig. Nicht umsonst sagte Holmes immer zu mir: »Vergiss bitte nicht, deinen Revolver einzustecken.« Er selbst hatte so gut wie nie einen dabei. Und nun mimte mein Freund den Sprengstoffexperten. Beleidigt trat ich zur Seite. Sollte er doch nur machen. Wir würden schon noch sehen, was dabei herauskam. Wahrscheinlich ein Haufen Holzwolle.

Holmes tat so, als ob ich Luft wäre. Er kniete sich vor der Kiste hin und inspizierte sie wichtigtuerisch mit seiner Lupe. Dabei ließ er sich alle Zeit der Welt. Manchmal – und ganz speziell in Momenten wie diesen – ging mir sein affektiertes Gehabe mächtig auf die Nerven.

Holmes nahm wieder die Kneifzange zur Hand und zog ganz vorsichtig einen um den anderen Nagel aus der Seitenwand der Kiste. Das war im höchsten Maße albern, denn dieses Behältnis diente ganz offensichtlich nur als Sockel für die Höllenmaschine. Die Deutschen waren vernünftige Leute. Sie hatten den Sprengkörper aus gutem Grund oben auf einem Podest scharf gemacht. So mussten sie sich weder unnötig bücken noch auf dem Boden herumkriechen. Auf diese Weise hatten sie es auch vermieden, ihre gute Kleidung zu beschmutzen, so wie es Holmes gerade in völlig überflüssiger Weise tat. Der Purser schien ähnlicher Ansicht zu sein, denn er runzelte fragend die Stirn.

Nachdem er den letzten Nagel herausgezogen hatte, ruckelte mein Freund äußerst behutsam an der Seitenwand und nahm sie bedächtig ab. Seine Augen wurden so groß wie Untertassen. Er stieß einen Pfiff aus und begann kräftig zu fluchen: »Hagel und Granaten noch mal! Gottverdammte Höllenhunde!«

Ich ging in die Knie und beugte mich vor. Ich glaubte, meinen Augen nicht zu trauen. Mich durchfuhr ein eisiger Schreck. Im Inneren der Kiste lagerten Dutzende gelbliche, durchscheinende, gummiartige Quader. Sie besaßen die Größe von Ziegelsteinen, waren sorgsam übereinandergestapelt worden und wirkten so harmlos wie Sülze oder Fischgelee. Ganz oben im mittleren Quader steckte eine Abzugsvorrichtung, die wie eine Art abgesägter Trommelrevolver aussah. Am Hahn war ein Draht befestigt, der durch ein Loch im Brett nach oben führte. Ganz offensichtlich hatten die Deutschen diesen dünnen Verbindungsstrang mit der Blechschachtel oben auf der Kiste verbunden. Sobald sie jemand hochhob oder den Deckel öffnete, würde die Explosion ausgelöst werden.

»Meine lieben Freunde«, sprach Holmes nun zu uns. »Ich möchte euch bitten, euch so lange aus diesem Raum zu entfernen, bis die Gefahr endgültig vorüber ist. Der schwierigste Teil der Bombenentschärfung liegt nämlich noch vor mir. Ich muss mich absolut konzentrieren können und darf durch nichts gestört werden. Der kleinste Fehler oder ein winziger Moment der Unachtsamkeit würde der letzte sein. Ich hoffe, ihr habt Verständnis dafür. Eure Nervosität würde die meinige nur unnötig vervielfachen.«

Der Purser und ich schlichen nach draußen und schleppten uns mit weichen Knien weiter den Gang entlang. Erst an der Treppe machten wir halt. Dort klappte Julius Trimble zusammen. Er erbrach sich mehrfach, bis nur noch grüne Galle kam. Es roch säuerlich nach schlechtem Whisky, verwesendem Speck und Schlachthof. Auch ich begann aufzustoßen, konnte mich aber gerade noch so zurückhalten. Ich trat beiseite. Mir wurde leicht schwarz vor den Augen. Ich zündete mir eine türkische Zigarette mit Goldmundstück an. Das verschaffte mir etwas Erleichterung.

Der Purser hatte sich inzwischen halbwegs aufgerappelt. Er bot mir einen Schluck aus einer fein ziselierten Taschenflasche an. Es handelte sich um 77-prozentigen Antigua-Rum. Er rollte mir wie eine feurige Kugel den Rachen hinunter. Langsam kehrten meine Lebensgeister zurück. Jetzt erst begann ich zu verstehen, was möglicherweise vorhin mit mir passiert war, nachdem mich Holmes daran gehindert hatte, die Blechschachtel anzuheben. Bei meiner ablehnenden Haltung ihm gegenüber könnte es sich um eine instinktive psychische Abwehrreaktion gehandelt haben.

Dabei gab es zwei Aspekte. Der erste war, dass das Unterbewusstsein ständig wesentlich mehr Informationen aufnimmt und abspeichert, als bewusst verarbeitet werden kann. Trotzdem es meinem Freund gelungen war, den ersten Zünder zu entschärfen, hatte ich irgendwie intuitiv erfasst, dass die Gefahr längst nicht vorüber war. Die einsetzende Trotzreaktion diente nur einem Ziel: Sie sollte mich zu meinem eigenen Schutz davon abhalten, aktiv in das Geschehen einzugreifen.

Der zweite Aspekt betraf eine völlig andere Ebene. Jede geistige Tätigkeit wird von dem Zentralorgan des Nervensystems und speziell von der grauen Substanz der Großhirnhemisphäre geleistet. Eine zeitweilige Überlastung kann zum Ausfall einzelner Gehirnfunktionen führen. Das ist nicht weiter schlimm, weil sich der gesunde Körper schnell wieder erholt. Die Folgen einer länger andauernden oder sehr starken Überforderung können allerdings schwerwiegender sein. Es ist so ähnlich wie mit der Sicherung am Schloss einer Handfeuerwaffe. Sobald diese Vorrichtung kaputtgeht, besteht die Gefahr, dass sich der Schuss selbstständig löst. Falls also eine Sicherung im Gehirn dauerhaft ihren Dienst quittiert, können chronische Melancholie, Manie, Paranoia, Hypochondrie oder Hysterie die Folgen sein. Durch Eigendiagnose stellte ich fest, dass mich vorhin wohl ein Hauch von Paranoia gestreift hatte.

Im nächsten Moment kam Holmes lächelnd auf uns zugeschlendert. »Meine Freunde, ich kann Entwarnung verkünden. Die Höllenmaschine ist ausgeschaltet. Ich habe sämtliche Sprengfallen entdeckt und die Drähte durchgeschnitten. Der Schrecken ist vorbei.«

Erneut fiel ich meinen Freund um den Hals. Ich schämte mich nicht meiner Tränen. Auch der Purser hatte plötzlich zu nahe am Wasser gebaut.

Wir gingen zurück zum Abteil KX-37 und setzten uns auf die Hafersäcke. Holmes erzählte uns in allen Einzelheiten, wie es ihm gelungen war, die Bombe zu entschärfen. Schließlich sagte er: »Mein Anzug ist völlig derangiert und beschmutzt. Deshalb sollten wir zunächst in unserer Suite vorbeischauen, damit ich mich frisch machen und neu einkleiden kann. Anschließend suchen wir den Kapitän auf und erstatten ihm Bericht. Ich schlage vor, Mister Trimble, dass Sie uns begleiten. Ihr Zeugnis soll dem unsrigen Vortrag eine höhere Glaubwürdigkeit verleihen. Außerdem wird es einiges zu veranlassen geben, das unsere Kompetenzen bei Weitem übersteigt. Beispielsweise muss der Sprengstoff so sicher gelagert werden, dass der Feind nicht noch einmal darauf zugreifen kann. Wir haben nämlich nicht die geringste Ahnung, ob sich noch weitere Kollaborateure an Bord befinden.«

Der Purser nickte zustimmend, und ich erwiderte: »Ganz genau so wollen wir es machen. Zuvor sei mir aber noch ein Wort erlaubt. Ich muss dich nämlich um Verzeihung bitten, mein treuer Freund. Vorhin in dem Verschlag war ich plötzlich wie von allen guten Geistern verlassen. Ich ...«

Holmes unterbrach mich: »Davon will ich gar nichts hören, alter Knabe. Wir könnten uns ebenso gut reihum entschuldigen, denn bei uns allen haben die Nerven blank gelegen. Das halte ich sogar für ein gutes Zeichen. Alles andere hätte Anlass zu ernsthafter Sorge gegeben.«

[1] Kerze: Maßeinheit, entspricht der Lichtstärke einer Paraffinkerze von zwei Zentimetern Durchmesser und einer Flammenhöhe von 50 Millimetern

Männergespräche (I)

London, 04.05.1915

Mitten in Londons bester Lage, dem wohlsituierten Mayfair-Viertel, lag der Grosvenor Square. Bei diesem knapp vier Acre[1] großen Platz handelte es sich um eine hübsche Parkanlage mit gepflegten Rasenflächen und hohen Bäumen, die von prunkvollen Gebäuden umgeben war. Selbst dem flüchtigen Betrachter fiel sofort ein weiß gestrichener Fahnenmast ins Auge, der vor einer wuchtigen Stadtvilla mit Säulenportal und halbrunder Auffahrt stand. An ihm flatterte nämlich nicht der *Union Jack* im Wind, wie es bei einem imposanten Gebäude mit offiziellem Anstrich im Herzen Londons zu vermuten gewesen wäre, sondern dort hing ein überdimensionales *Stars-and-Stripes*-Banner[2] herab. Dafür gab es einen plausiblen Grund: Das Anwesen war die offizielle amerikanische Vertretung in Großbritannien. Sie befand sich seit weit über hundert Jahren an dieser Stelle, nachdem Präsident John Adams dort im Jahr 1785 die erste Gesandtschaft am britischen Königshof eingerichtet hatte.

Am frühen Nachmittag des 04. Mai, einem Dienstag, wehte ein laues Frühlingslüftchen unter einem strahlend blauen Himmel, an dem vereinzelte Wolkenfetzen vorüberzogen. Es roch nach warmer, feuchter Erde. Für die Jahreszeit war es entschieden zu warm.

Ein Motorengeräusch kam näher. Unmittelbar vor dem übermannshohen, schmiedeeisernen Gitterzaun der Diplomatenvilla stoppte eine Luxuslimousine. Es handelte sich um einen goldgelben Rolls Royce Silver Ghost. Er machte seinem Namen alle Ehre, denn der Wagen funkelte und strahlte, dass es nur so seine Art hatte. Die Motorhaube war mattsilbern abgesetzt, und der blitzblanke Kühlergrill flimmerte in der Sonne. Trotz des warmen Wetters hielt der Chauffeur das hellbraune Stoffverdeck geschlossen. Er trug eine lederne Kappe, eine Schutzbrille sowie Stulpenhandschuhe und spähte aufmerksam zur US-Vertretung hinüber. Der Motor des Automobils tuckerte leise und versetzte es in leichte Schwingungen.

Kurz darauf öffnete sich die Fußgängerpforte zwischen den beiden Schilderhäuschen. Zwei Posten in schmucken Galauniformen nahmen Haltung an und salutierten ihre Gewehre. Ein schlanker, großer Mann mit Schnauzbart trat hinaus auf die Straße. Bei ihm handelte es sich um Colonel Edward House, den Chefberater des amerikanischen Präsidenten Woodrow Wilson. Der Colonel trug keine Uniform, sondern Zivil. Für die frühe Nachmittagsstunde war er viel zu elegant gekleidet. In der linken Hand trug er eine stilvolle Aktentasche aus schwarz eingefärbtem Krokodilleder. Ein breitkrempiger Hut verbarg eine veritable Glatze, die von einem schütteren Haarkranz umgeben war. Der gutmütige Gesichtsausdruck des Mannes täuschte. Der Colonel war nach dem frühen Tod seines Vaters ganz auf sich gestellt gewesen. Bereits als junger Mann hatte er die Familiengeschäfte führen und dabei viel Lehrgeld zahlen müssen. Den lebenslustigen Bummelstudenten aus Yale gab es längst nicht mehr. Er hatte sich in einen Mann aus Stahl und Granit verwandelt, der Stacheldraht zum Frühstück verspeiste und mit einem gehörigen Schluck Maschinenöl nachspülte – behaupteten jedenfalls seine engsten Mitarbeiter.

Edward House ging zielgerichtet auf den Rolls Royce zu, öffnete den Schlag auf der Beifahrerseite, reichte beim Einsteigen dem Wagenlenker die Hand und sprach: »Sir Edward Grey, welche Freude, Sie endlich einmal wiederzusehen, mein alter Freund. Wie geht es Ihrer reizenden Gattin? Was macht die hohe Kunst des Fliegenfischens?«

Das waren gleich drei bodenlose Lügen hintereinander gewesen. In Wahrheit konnten sich Colonel House und Sir Grey, der britische Außenminister, nicht ausstehen. Sie verkehrten nur notgedrungen miteinander, weil dies ihre hohen Staats- und Regierungsämter von Zeit zu Zeit erforderten. Der Amerikaner hielt Mrs Grey für eine aufgeblasene, affektierte Zicke. Er interessierte sich auch nicht die Bohne für den Angelsport. Speziell die Fliegenfischerei hielt der Colonel für eine weibische und deshalb eines echten Mannes unwürdige Passion. Weit vor dem Beginn seiner politischen Laufbahn hatte Edward House die Eisenbahnlinie *Trinity and Brazos Valley Railway* gegründet und vor Ort entlang der geplanten Strecke Erkundigungen in der tiefsten Wildnis eingeholt. Seitdem konnte er gut mit Dynamit umgehen, ging gerne auf die Bärenjagd und hatte von den übrigen Direktoren seinen Ehrenamen »Colonel« verliehen bekommen, obwohl er niemals in einer regulären Armee gedient hatte.

Trotz seiner burschikosen und bodenständigen Art war Colonel House alles andere als dumm. Anderenfalls hätte er sich kaum vier lange Jahre als engster Vertrauter und außenpolitischer Berater des Präsidenten an der an Ränkespielen reichen Spitze der amerikanischen Regierung halten können. Er besaß ein feines Gespür dafür, wie Intrigen gesponnen wurden, und wusste außerdem – wie ein geflügeltes Wort sagt –, wo Barthel den Most holt. In den höchsten Regierungskreisen kam es ohnehin nur selten auf die offiziellen Verlautbarungen an. In der Regel galt das, was zwischen den Zeilen stand.

Deshalb war es Edward House natürlich völlig klar, dass Sir Grey wusste, dass ihn sein Fahrgast bei der Begrüßung schamlos angelogen hatte, und dass der Außenminister ferner wusste, dass der Colonel keinen Zweifel über dieses Wissen hatte. Es handelte sich quasi um eine Negation der Negation der Negationen. Einen Augenblick lang spielte der Amerikaner mit dem Gedanken, zu sagen: »Lassen wir doch dieses alberne Getue und legen endlich die Karten offen auf den Tisch.« Doch im nächsten Moment war der dafür günstige Augenblick bereits verpasst.

Nun schlug nämlich der Brite den Ball zurück, indem er sich erkundigte (wobei er großes Interesse heuchelte): »Wie geht es der reizenden Loulie? Haben Sie die Muße gefunden, ein neues Buch zu schreiben? Ihr letztes Werk habe ich mit größtem Interesse verschlungen.«

Der Colonel war einen Moment lang versucht, zu antworten: »Loulie, diese alte Schnapsdrossel, versucht seit ein paar Wochen zum wiederholten Mal, endlich trocken zu werden. Sie tut dies, indem sie ganz konsequent keinen Tropfen Whiskey mehr anrührt und die Entzugserscheinungen mit reichlich Gin auf Eis bekämpft. Und von meinem Roman hast du verdammter Heuchler noch nicht einmal die Seiten aufgeschnitten, wie ich letztens in deiner Bibliothek feststellen musste.« Stattdessen sagte Edward House mit einem Viertelpfund Kreide in der Stimme: »Meine Eheliebste unterzieht sich gerade ihrer obligatorischen Heilkur in den Bergen, so wie jedes Jahr um diese Zeit. Dort gibt es formidable Schwefelquellen und extraordinäre Solebäder. Ich wäre gerne mitgefahren, aber dieser verdammte Krieg lässt mir kaum genug Luft zum Atmen. Deshalb muss auch die Schriftstellerei für eine Weile hintenanstehen. Aber was ist aus Ihrer Monografie über das Fliegenfischen geworden?«

»Ich habe Ihnen ein druckfrisches, handsigniertes Exemplar von *Fly Fishing* mitgebracht. Ich werde es Ihnen nachher auf der Rückfahrt überreichen. Dann haben Sie heute noch etwas Bettlektüre und können besser einschlafen.« Mit diesen Worten betätigte der Außenminister einige Hebel des Rolls Royce. Es knirschte und krachte. Schwarzer Rauch stieg auf. Dann setzte sich das Automobil stotternd in Bewegung.

Der Colonel hätte Sir Edward Grey am liebsten beigepflichtet: Eine einzige Zeile aus *Fly Fishing* würde genügen, um ihn in einen tiefen Schlaf sinken zu lassen.

Der Außenminister ergriff das Wort: »Der König erwartet uns in einer Stunde zur Audienz im Buckingham Palast. Wir haben also noch genügend Muße, alle entscheidenden Punkte durchzusprechen.«

»Bitte seien Sie ganz offen zu mir, mein Freund. Ich höre Ihnen aufmerksam zu«, entgegnete der Amerikaner.

»Ich will Ihnen ein Geheimnis verraten, mein alter Freund. Ich hatte bereits 1913 prophezeit, dass der Weltenbrand unausweichlich sein würde, aber in Regierungskreisen wollte niemand auf mich hören. Alle dachten, die Kriegshysterie sei nichts weiter als eine Art Schnupfen, die sich am besten mit einem dampfenden Rumpunsch auskurieren lässt. Ein Jahr später, an einem Abend Anfang August, besuchte mich ein vertrauter Kamerad. Es war kurz nachdem die deutschen Truppen in Belgien einmarschierten und Großbritannien diesen klaren Bruch des Völkerrechts zum willkommenen Anlass nahm, dem Kaiserreich den Krieg zu erklären. Doch die Bevölkerung im Empire war guter Dinge. Fast alle Menschen gingen damals davon aus, dass der Krieg in ein paar Wochen zu Ende sein würde. Viele Soldaten lebten in der panischen Angst, es würde alles vorbei sein, bevor sie auch nur einen einzigen Schuss hätten abfeuern können. Inzwischen hat sich das als ein folgenschwerer Irrtum herausgestellt. Jedenfalls standen mein Gefährte und ich am Fenster meines Zimmers im *Foreign Office.* Die Dämmerung brach herein, und auf der Straße wurden die Laternen angezündet. Ich war schwermütig und sagte so einiges daher, was längst meinem Gedächtnis entschwunden ist. Vor Kurzem hat mich mein Freund daran erinnert, welch düstere Botschaft ich damals im August 1914 verkündete: ›Die Lampen gehen aus in ganz Europa. Wir werden sie niemals wieder leuchten sehen.‹«

»Das ist ein guter Aphorismus. Den werde ich mir merken müssen. Aber Sie sollten die Welt nicht in solch schwarzen Farben sehen. Auf jeden Winter folgt auch wieder ein Sommer.«

»Sie haben gut reden. Wir tragen die schwere Last des Krieges ganz allein. Die USA sind neutral und damit die eigentlichen Gewinner, denn sie machen höchst einträgliche Geschäfte mit beiden Seiten.«

»Da muss ich Ihnen leider vehement widersprechen, mein lieber Freund. Die Sympathien der Amerikaner liegen auf Seiten der Briten und keinesfalls auf Seiten der Deutschen.«

»Das mag schon sein«, antwortete der britische Außenminister, »aber das macht es uns nicht leichter. Seit Kriegsbeginn schneidet die britische Seeblockade Deutschland vom Nachschub ab. Jedem Schiff der Kaiserlichen Marine, das den schützenden Hafen verlässt, droht der Untergang. Doch der Erfolg lässt auf sich warten. Die Deutschen hungern, ernähren sich von Kohlrüben, aber sie geben nicht auf. Außerdem haben sie mit einem erbarmungslosen U-Boot-Krieg geantwortet. Sie versenken alles, was ihnen außerhalb der neutralen Zonen vor die Torpedorohre kommt. Die britische U-Boot-Flotte ist technisch veraltet und deshalb ein zahnloser Papiertiger. Wir haben nichts, was wir dieser permanenten Bedrohung durch die feindlichen Tauchboote entgegensetzen könnten. Nun hungern nicht nur die Deutschen, sondern die Briten ebenso. Welchen Sinn hat solch ein Krieg, wenn beide Völker ausbluten? Die Antwort liegt auf der Hand: Gewinnen können nur die lachenden Dritten.«

Dem Colonel ging dieses Gespräch gehörig gegen den Strich. Er kramte ein silbernes Etui hervor und bot dem Außenminister eine stark parfümierte Zigarette an. Edward Grey fuhr links an den Rand der Fahrbahn und hielt unmittelbar neben dem Bürgersteig, damit sein Begleiter und er vom Fahrtwind ungehindert rauchen konnten.

»Was sagen denn die deutschen Freimaurer zum Krieg?«

»Der *United Grand Lodge of England* kommt von ihrer Historie als der anerkannten Mutterloge die Oberhoheit über sämtliche europäischen Freimaurer zu, aber die deutschen Brüder haben ihre Gefolgschaft aufgekündigt und sind begeistert in den Kampf gezogen. Nun schießt ein Freimaurer den anderen tot. Die Vernunft wird erst wieder siegen, wenn die besten Söhne beider Nationen leichenstarr auf den Schlachtfeldern liegen. Aber nun eine ganz andere Frage: Was wird Amerika tun, wenn die Deutschen ein Passagierschiff mit amerikanischen Touristen versenken?«

Der Colonel antwortete, ohne zu zögern: »Das würde uns in den Krieg treiben. Sollte unglücklicherweise unser Eingreifen nötig sein, werden wir der Welt ein Beispiel amerikanischer Tüchtigkeit zeigen, die eine Lektion für ein Jahrhundert oder länger sein soll. In Europa wird allgemein geglaubt, wir seien so unvorbereitet, dass es lange dauert, unsere Möglichkeiten auszuschöpfen. Dies hätte zur Folge, dass unser Eintritt in den Krieg kaum etwas bewirken würde. Doch im Falle unserer Parteinahme können wir problemlos die Herstellung von Munition so beschleunigen, dass wir nicht nur unsere Truppen, sondern auch die Alliierten damit ausstatten werden – und dies so schnell, dass die Welt darüber arg verwundert sein mag.«

»Ist das Ihre private Meinung oder eine offizielle Verlautbarung?«

»Sir, wir wollen es einmal so sagen: Ihr amerikanischer Kollege heißt, wie Sie ja besser wissen als ich, William Jennings Bryan. Aber nicht nur Präsident Wilson, sondern auch sein Außenminister hat einen persönlichen Berater. Dabei handelt es sich um einen klugen Kopf namens Robert Lansing. Er hat in Harvard studiert, ist ein gut ausgebildeter Jurist und gilt als Spezialist für komplizierte, territoriale Fragen sowie für Grenzprobleme. Wie kein zweiter amerikanischer Diplomat versteht er sich in der Kunst des subtilen Aushandelns von Konzessionen. Ein orientalischer Basarhändler vermöchte es nicht besser. Lansings Schwiegervater heißt übrigens John W. Forster. Er war, wie Ihnen bekannt sein dürfte, Außenminister unter Präsident Harrison im Jahr 1892. Anschließend stand dieser Mister Forster den Aufsichtsräten mehrerer bedeutender Industrieunternehmen vor und besaß dadurch einen starken Einfluss auf die amerikanische Wirtschaft. Diese Führungsrolle hat sich auf seinen Schwiegersohn übertragen und ihm Tür und Tor geöffnet. Wenn er auch weiterhin an den richtigen Hebeln zieht und die korrekten Knöpfe drückt, steht ihm eine glänzende Zukunft bevor. Nun eine Frage ganz am Rande: Wie wird Ihrer Meinung nach der Name ›Lansing‹ geschrieben?«

»Meinen Sie das im Ernst oder soll das ein Scherz sein? Der Name ist doch ganz leicht zu notieren. Er beginnt mit einem L, darauf folgt ein A...«

»Nein, völlig falsch. Lansing wird nämlich H-O-U-S-E buchstabiert.«

Die beiden Herren lachten. Der eine aus voller Kehle, der andere leicht irritiert. Und zwar in etwa so, als hätte er eine Hauskatze streicheln wollen und plötzlich einen Löwen in den Armen gehalten.

Der Colonel öffnete seine Aktentasche und zog ein Blatt Papier heraus. »Ich habe diesen kleinen Scherz gemacht, damit Sie dieses Memorandum besser verstehen. Es wurde von unserem Außenminister William Jennings Bryan am 12.02.1915 verfasst.« Edward House setzte sich eine randlose Brille mit runden Gläsern auf und begann laut vorzulesen: »Falls ein deutsches U-Boot ein US-Schiff oder das Leben amerikanischer Bürger gefährdet, werden die USA die deutsche Regierung streng zur Rechenschaft ziehen. Die Erklärung oder die Ausübung des Rechts, jedes Schiff anzugreifen, das ein näher umschriebenes Gebiet auf hoher See befährt, ohne erst festgestellt zu haben, ob es einer kriegsführenden Nation gehört oder ob seine Ladung Konterbande ist, wäre eine Handlungsweise, die so sehr im Widerspruch zu allen früheren Fällen der Seekriegsführung steht, dass die amerikanische Regierung kaum annehmen kann, dass die Kaiserliche Deutsche Regierung sie als möglich ins Auge fasst.«

Der Colonel pausierte für einen Moment, als ein mit Schrott beladener *Burford*-Lastkraftwagen vorbeigerumpelt kam, der einen solchen Höllenlärm fabrizierte, dass jede Unterhaltung ersterben musste.

Nachdem das Geschepper leiser geworden war, setzte der Amerikaner fort: »Falls die Kommandanten deutscher

Kriegsschiffe auf hoher See ein amerikanisches Schiff oder das Leben amerikanischer Staatsbürger vernichten sollten, so würde die Regierung der Vereinigten Staaten in dieser Handlung schwerlich etwas anderes als eine unentschuldbare Verletzung neutraler Rechte erblicken können, die kaum in Einklang zu bringen sein würde mit den freundschaftlichen Beziehungen, die glücklicherweise zwischen den beiden Staaten bestehen.« Der Colonel nahm die Brille ab. »Genügt Ihnen das als Antwort?«

»Vollkommen.«

Der Rolls Royce fuhr langsam an.

»Sie sind doch Träger des Hosenbandordens[3]. Wie geht es in diesem Verein so zu?«, wollte Edward House wissen.

Dem Briten war es äußerst unangenehm, auf diese zudringliche Frage antworten zu müssen, aber er tat dem Amerikaner den Gefallen: »Am Garter Day, einem Montag im Juni jedes Jahres, versammeln sich die noch lebenden und halbwegs gesunden Ordensträger am späten Vormittag im *Windsor Castle*. Nach einem gemeinsamen, ausgedehnten Essen findet eine Prozession zur *St.-Georgs*-Kapelle statt. Sie ist groß genug, dass jeder Ritter seinen festen, lebenslangen Sitzplatz hat. Der Gottesdienst wird in Anwesenheit des Königs abgehalten. Seiner Hoheit obliegt, die neu ernannten Mitglieder einzuführen.«

»Das ist der Vorteil, wenn ein Land seit Jahrhunderten besteht und fest gefügt ist«, seufzte der Colonel. »In der Neuen Welt gibt es leider keine vergleichbaren Traditionen. Deshalb ist es bei uns viel schwerer, ein festes Netz aus Gleichgesinnten zu knüpfen. Wir haben kaum mehr als die *Skull & Bones*[4]. Deshalb sollte es der englische König in Erwägung ziehen, auch Amerikanern den Orden zu verleihen. Das würde viele Dinge extrem erleichtern.«

Die Audienz im Buckingham Palast fand diesmal nur in einem ganz kleinen Kreis und außerhalb des offiziellen Protokolls statt. Außer dem König, seinem Sekretär und dem Außenminister nahm nur noch Colonel House daran teil. König Georg V. hielt sich auch nicht lange mit der Vorrede auf, sondern fragte seinen Besucher ohne weitere Umschweife: »Was werden die USA tun, wenn die Deutschen einen britischen Passagierdampfer torpedieren und dabei Hunderte Amerikaner den Tode finden?«

[1] Acre: englisches Flächenmaß, entspricht 4.046,40 Quadratmetern

[2] Stars-and-Stripes-Banner: Die Flagge der Vereinigten Staaten von Amerika bestand 1916 aus 48 Sternen, welche die damaligen Bundesstaaten symbolisierten, sowie aus sieben roten und sechs weißen Streifen, die für die 13 Gründungsstaaten stehen. Die Flagge wird »Star Sprangled Banner« (Sternenbanner) genannt. Ihr Spitzname lautet Stars-and-Stripes-Banner.

[3] Hosenbandorden: Order of the Garter, höchster britischer Orden, der 1348 von König Edward III. gestiftet wurde. Der Legende nach verlor seine Geliebte, die Countess of Salisbury, beim Tanzen ihr blaues Strumpfband. Der König hob es auf, band es sich um sein eigenes Bein und rief dabei aus: »Honi soit qui mal y pense.« (Ein Schelm, wer Böses dabei denkt.) Dieser Spruch ist seitdem das Motto des Ordens.

[4] Skull & Bones: Studentenverbindung der Yale Universität mit einer einflussreichen Organisation ehemaliger Studenten, die seit ihrer Gründung Gegenstand von handfesten Verschwörungstheorien ist

6. Kapitel

Tag fünf

»Die Weltgeschichte ist nicht der Boden des Glücks. Die Perioden des Glücks sind leere Blätter in ihr.«

Georg Wilhelm Friedrich Hegel

Kryptische Nachrichten

Aus den Aufzeichnungen von Dr. Watson

Auf hoher See, 05.05.1915

Ich kenne einen doppeldeutigen, chinesischen Sinnspruch. Er lautet: »Mögest du in interessanten Zeiten leben.« Was im ersten Moment wie ein gut gemeinter Segenswunsch klingt, ist in Wahrheit ein bösartiger Fluch. Die Zeiten werden bekanntermaßen immer dann »interessant«, wenn in ihnen etwas geschieht, was uns betrifft und aufwühlt: Revolutionen, Kriege und Erdbeben oder persönliche Schicksalsschläge wie Raubüberfälle, Einbrüche, Feuersbrünste, Krankheiten und der Tod uns nahestehender Personen. Auf all diese Erlebnisse würden wir gerne verzichten wollen. Aber uns bleibt keine Wahl. Wir müssen uns unserem Schicksal fügen und ihm trotzdem die Stirn bieten, wenn wir nicht untergehen wollen.

Ich habe mich nie unterkriegen lassen. Ebenso kann ich mit Fug und Recht von mir behaupten, dass ich die meisten Jahre meiner irdischen Existenz in sehr interessanten Zeiten verbracht habe. Ein ruhiges Dasein ist immer nur ein ferner Traum geblieben.

Wohlhabende Leute, die aus einflussreichen Familien stammen, leben wesentlich ruhiger und entspannter als der große Rest der Bevölkerung, der sich im täglichen Existenzkampf behaupten muss. Doch selbst das Leben der Reichen ist kein gleichmäßiger Fluss. Es gleicht eher einem ruhigen Bächlein, das sich hin und wieder – speziell in schweren Zeiten wie diesen – in einen reißenden Strom verwandeln kann, der trotz schützender Mauern alles niederreißt und davonspült.

In meinem Dasein gibt es Tage, die ich weder missen noch jemals vergessen möchte. Andere Zeitabschnitte hingegen würde ich am liebsten für immer aus meinem Gedächtnis streichen wollen. Und dann kenne ich noch zur Genüge die Sowohl-als-auch-Tage, wie der gestrige einer gewesen war.

Nachdem Holmes die Bombe entschärft hatte, hatten wir nicht den Umweg über unsere Suite genommen, sondern waren dreckig und speckig bis hinauf zur Brücke gestürmt, um dem Kapitän die grandiose Nachricht zu übermitteln. Doch anstatt zuzuhören, hielt uns der Kapitän eine handfeste Standpauke.

In unserem Eifer hatten wir doch tatsächlich vergessen gehabt, dass William Turner noch völlig ahnungslos war. Er konnte überhaupt nicht wissen, in welcher Gefahr sein stolzes Schiff geschwebt hatte.

Die meisten Torheiten sind die Folge mangelnden Wissens. So war es auch in diesem Fall. Anstatt uns die Ehrenmedaille der christlichen Seefahrt an die Brust zu heften, schäumte der Kapitän vor Wut. Er machte Holmes schwere Vorwürfe wegen der zum völligen Erliegen gekommenen kriminalistischen Arbeit. Entgegen eindeutiger Instruktionen hatten wir es nämlich sträflichst verabsäumt, uns um das dritte Einbruchsopfer zu kümmern.

»Das wird schwerwiegende Folgen für Sie, meine Herren, für mich, den Kapitän, sowie für die Reederei haben, denn bei dem Bestohlenen handelt es sich um keinen Geringeren als um den bedeutenden amerikanischen Bauunternehmer Frederick Pearson.«

Der Kapitän wusste einiges über Frederick Pearson zu berichten, was nicht dazu diente, die Stimmung zu heben. Bei dem Mann handelte es sich um einen direkten Nachfahren des namhaften anglikanischen Theologen und Verfassers erbaulicher Schriften John Pearson. Von diesem strenggläubigen Gottesmann waren der breiten Öffentlichkeit vor allem zwei hervorstechende Charakterzüge im Gedächtnis haften geblieben: absolute Humorlosigkeit gepaart mit einer sprichwörtlichen Pedanterie.

An dieser Stelle seiner Rede seufzte William Turner tief auf. Der Bauunternehmer hatte von seinem Ahnen beide Eigenarten geerbt.

Doch damit nicht genug. In der menschlichen Gesellschaft leben die meisten Leute ganz unten, etliche in der Mitte und nur einige wenige ganz oben an der Spitze. Frederick Pearson gehörte zur letzten Kategorie. Die Probleme gewöhnlicher Menschen gingen ihn nichts an. Er schwebte in Sphären, die weiten Teilen der Bevölkerung völlig unbekannt waren. Es lag deshalb völlig außerhalb seiner Vorstellungskraft, dass sich ein Defraudant am Eigentum eines Pearsons vergreifen könnte. Der Lohn für eine solche Schandtat würde in jedem Fall der Galgen sein – entweder mit oder ohne Hilfe der Gerichte. Frederick Pearson kannte kein Erbarmen. »Die Rache ist mein, ich will vergelten«[1] war sein Wahlspruch.

Nun zum materiellen Schaden. Dem Bauunternehmer waren einige unerhört kostbare und höchst seltene kalifornische Zwei-Dollar-Goldmünzen aus dem Jahr 1852 abhandengekommen. Dieser Verlust mochte sich möglicherweise noch verschmerzen lassen. Mit viel Geduld und reichlich Geld (wovon Mister Pearson mehr als genug besaß) würde sich irgendwann ein geeigneter Ersatz beschaffen lassen.

Die Crux lag ganz woanders. Die Einbrecher hatten in ihrer Einfalt außerdem einen Whitneyville-Walker-Colt, Modell

1847 mitgehen lassen. Die Waffe war nicht nur äußerst wertvoll, sondern auch schlechterdings unersetzlich. Auf den ersten Blick machte das Schießeisen nicht viel her. Es handelte sich um ein Exemplar maschinell hergestellter Massenware, die als wenig treffsicher galt. Außerdem besaß sie die unangenehme Eigenschaft, hin und wieder in der Hand des Schützen zu explodieren. Bei jedem Trödler gab es dieses Modell im Dutzend billiger. Der abhandengekommene Colt spielte jedoch eine wichtige Rolle in der amerikanischen Folklore: Die Faustfeuerwaffe hatte einst dem legendären Revolverhelden John Henry Holliday gehört. Er war als »Doc Holliday« in die Geschichtsbücher eingegangen.

Bei dem Vorfall, in dem der Whitneyville-Walker-Colt, Modell 1847 eine ganz entscheidende Rolle gespielt hatte, handelte es sich um ein Ereignis, das in den Geschichtsbüchern beschrieben wurde. Es existierte außerdem ein sicherer Beweis für die Echtheit des Revolvers. Der legendenumwobene US-Marshall Wyatt Earp hatte ein entsprechendes Zertifikat unterzeichnet. Aus ihm ging hervor, dass Doc Holliday mit diesem Colt bei dem legendären Showdown am O.K. Corral[3] innerhalb weniger Sekunden zwei bewaffnete Gegner getötet hatte.

Für Waffen gilt dasselbe wie für alle anderen seltenen Sammlerstücke: Ihr Wert steigt ins Unermessliche, wenn es eine gute Story dazu gibt, die sich beweisen lässt. Die Frustration, die Frederick Pearson verspürte, war deshalb unschwer nachzuvollziehen. Sein heiliger Zorn würde deshalb auch all diejenigen Personen treffen, die er verdächtigen musste, bei der Suche nach dem Täter nachlässig gehandelt zu haben.

Der Kapitän betete die gesamte Litanei von Disziplin, Treue und Verantwortung herunter. Wir versuchten mehrfach zu Wort zu kommen – vergeblich. Doch irgendwann hatte William Turner sein gesamtes Pulver verschossen. Endlich kamen wir an die Reihe. Als der Kapitän hörte, dass die *Lusitania* nur knapp ihrer völligen Zerstörung entgangen war, wurde er aschfahl im Gesicht. Die Probleme des Frederick Pearson waren schlagartig marginal geworden.

Sofort drehte sich alles. Wir erhielten zwar trotzdem keinen Orden überreicht, aber der Rest der Unterhaltung fand in den Privatgemächern von William Turner statt. Dort wurden wir mit dem besten Jamaika-Rum und guten Zigarren traktiert. Der Kapitän entschuldigte sich mehrfach bei uns, und am Ende schieden wir als gute Freunde.

Das Schicksal der drei Deutschen war besiegelt. Für sie gab es kein Entrinnen und kein Erbarmen. Sie würden nach unserer Ankunft der Militärpolizei übergeben werden, alsbald vor dem Kriegsgericht stehen und ihre irdische Existenz sodann vor einem Erschießungskommando beenden. Selbst der deutsche Kaiser höchstpersönlich konnte sie nicht vor diesem Schicksal bewahren. Der Kapitän und wir waren uns einig darüber, dass die Bombenleger auf keinen Fall erfahren durften, dass die Uhr der Höllenmaschine nicht mehr tickte. Sollten sie ruhig in ihrer Zelle die Minuten und Sekunden bis zur geplanten Explosion zählen. Die Zeit bis dahin und die Ungewissheit danach würde den Burschen einige schlaflose Nächte bereiten.

Nachdem wir uns verabschiedet hatten und der Purser zu dem Chaos in seinem Office zurückgekehrt war, inspizierten wir den erbrochenen Safe von Mister Pearson. Wiederum gab es keine verwertbaren Spuren. Aber wir fanden einen weiteren beschrifteten Briefbogen. Wie beim letzten Mal war ein Grafitstift benutzt worden, um saubere Druckbuchstaben zu Papier zu bringen. Der Text lautete diesmal: HOCHWOHLLÖBLICHE HERREN HOLMES UND DR. WATSON. WENN SIE SICH KEINE MÜHE GEBEN, MACHT DAS SPIEL KEINEN

~~SCHPASE~~ SPASS. ACHTEN SIE BITTE AUF DIE ROTE ROSE. IHR STETS ERGEBENER DAVID HALDANE.

Wir zogen uns in unsere Suite zurück. Ich war völlig erschöpft und am Ende meiner Kräfte angelangt. Das Alter forderte seinen Tribut. Ich konnte kaum noch die Augen offen halten und musste mich zur Ruhe begeben.

Holmes hingegen blühte auf. Endlich gab es wieder eine schwere Nuss zu knacken. Er verbrachte die halbe Nacht damit, den Code zu entschlüsseln. Die Arbeit erwies sich als ein äußerst schwieriges Drei-Pfeifen-Problem. Nach einem Nickerchen im Sessel kehrte mein Freund am frühen Morgen des 05. Mai an den Schreibtisch zurück. Der kurze Schlaf hatte Holmes erquickt und sein Gehirn auf Trab gebracht. Blatt um Blatt füllte er mit seinen Analysen.

Ich stieß irgendwann später hinzu und schaute mir die Ergebnisse an. Die Kritzeleien erinnerten mich entfernt an Kindergekrakel und waren für mich ebenso sinnvoll. Jedenfalls konnte ich mir keinen Reim darauf machen.

Holmes sah mich an und lächelte zufrieden. »Ich denke, wir sind einen winzigen Schritt weitergekommen. Zunächst können wir von zwei Erklärungsversuchen ausgehen«, sagte er. »Prämisse A lautet, dass die Botschaften keinen tieferen Sinn haben. Sie sollen uns lediglich ablenken und in die Irre führen. Die Prämisse B geht vom Gegenteil aus. Dies will heißen, dass die Botschaften mehrdeutig sind. Sie enthalten – gleichsam unter der sichtbaren Oberfläche – eine kryptische Nachricht.

Wie du wohl weißt, kommt ein solches Täterverhalten häufig vor. Viele Verbrecher sind ambivalent. Ein Teil von ihnen möchte möglichst lange weitermachen. Der andere Teil will so schnell wie möglich gefasst werden, um endlich seine Ruhe zu haben – oder um sich im Ruhm sonnen zu können, so zweifelhaft dieser auch sein mag. Aber die meisten Gesetzesbrecher sind zu feige, um sich selbst zu stellen. Stattdessen hinterlassen sie absichtlich Spuren. Aber diese Hinweise bleiben meist nur sehr vage. Ähnlich wie die Gebrauchsanweisungen von komplizierten, mechanischen Geräten sind sie häufig erst dann zu verstehen, wenn das Problem auf eine andere Weise gelöst werden konnte. Trotzdem wollen wir versuchen, in die Texte einzudringen. Schließlich gibt es außer der auf dem Schreibblock von Mister Wolcott durchgedrückten Notiz *Paper Moon 56 85 I 12* keine weiteren handfesten Anhaltspunkte, denen wir folgen könnten. Gehen wir der Reihe nach. Die erste Mitteilung beginnt nach der Anrede mit der zweigeteilten Behauptung: ES WAR MIR EIN GROSSES VERGNÜGEN, IHNEN AN DECK DER *LUSITANIA* BEGEGNEN ZU DÜRFEN. Ich denke, wir können davon ausgehen, dass diese Bemerkung der Wahrheit entspricht. Der Täter fühlt sich uns überlegen. Deshalb hält er sich nicht versteckt, sondern taucht hin und wieder in unserem Blickfeld auf. Das kann logischerweise nicht in unserer Suite geschehen, sondern ist nur an Deck beziehungsweise auf einem Deck möglich.« Holmes machte eine Pause, um einen Schluck kalten Tee zu trinken. Dann setzte er fort: »Daran schließt sich die faustdicke Lüge an, dass David Haldane die *Lusitania* verlassen habe. Inzwischen wissen wir jedoch mit absoluter Sicherheit, dass dies nicht stimmt.

Die zweite Nachricht zerfällt ebenso wie die erste in zwei voneinander unabhängige Teile, auch wenn beide diesmal wesentlich kürzer sind. Es entspricht dem psychologischen Profil von David Haldane, dass er ein Spiel mit uns spielt. Also sagt er wahrscheinlich die Wahrheit, wenn er schreibt: WENN SIE SICH KEINE MÜHE GEBEN, MACHT DAS SPIEL KEINEN SPASS. Das bedeutet zweierlei: Erstens werden wir kontrolliert. David Haldane kann auf irgendeine

Weise beobachten, womit wir uns beschäftigen. Er weiß genau, dass wir bisher so gut wie keine Detektivarbeit darauf verwendet haben, die Einbrecher zu überführen. Das ärgert unseren Gegner. Er ist beleidigt und eingeschnappt, weil wir uns anstatt mit ihm mit etwas anderem beschäftigt haben. Kommen wir nun zum zweiten Teil der zweiten Botschaft: ACHTEN SIE BITTE AUF DIE ROTE ROSE. Mit der roten Rose könnte eine Frau oder die Blume gemeint sein. Bislang bestand für uns kein Grund, das eine oder das andere zu tun. Offensichtlich soll dieser Hinweis wie beim ersten Mal nur dazu dienen, uns abzulenken und in die Irre zu führen. Aber es gibt außer der unterschiedlichen Länge der Texte noch einen zweiten gravierenden Unterschied. Im ersten Text sind zwei Worte falsch geschrieben und die Buchstaben *h* und *t* zu viel. Im zweiten Text gibt es keine Rechtschreibfehler. Nun folgt wieder eine Gemeinsamkeit: In beiden Botschaften wurde je ein falsch geschriebenes Wort durchgestrichen, und zwar zum einen *Arpeit* und zum anderen *Schpase.*« Holmes hielt inne und zwickte sich in die Nasenwurzel. »Ich kann nicht glauben, dass es sich dabei um einen Zufall handelt. Ich gehe davon aus, dass die Buchstaben *h* und *t* sowie die beiden Worte *arpeit* und *schpase* eine zusammengesetzte verschlüsselte Botschaft enthalten. Texte können auf die vielfältigste Art und Weise codiert sein. Um alle Spielarten auszuprobieren, würde ich Wochen benötigen. So viel Zeit habe ich aber nicht. Deshalb fangen wir mit der einfachsten Variante an. Ich denke, als Sprache wurde Englisch gewählt, und die Buchstaben sind einfach nur gemischt worden. Alphabetisch geordnet ergibt sich folgende Verteilung: 2 x a, 1 x c, 2 x e, 2 x h, 1 x i, 2 x p, 1 x r, 2 x s, 2 x t. Es ist so gut wie ausgeschlossen, daraus sinnvolle und gleichzeitig zusammenhängende Worte zu bilden. Erschwerend kommt hinzu, dass der Buchstabe *p* in relativ wenigen Worten vorkommt. Hier ist er gleich zweimal vorhanden. Kurzum, ich habe eine Kombination herausgefunden, die zwar reichlich zu wünschen übriglässt, die jedoch durchaus eine Aussage hat. Sie lautet: HAESCHER IST TAPP.«

»Was zum Teufel soll das bedeuten? Das Wort *Tapp* kommt in meinem Sprachschatz nicht vor.«

»Tapp ist das Substantiv zu tappen, und der Häscher bin ich – beziehungsweise wir sind die Häscher. Demzufolge kann damit nur gemeint sein: ›Der Häscher tappt im Dunklen‹.«

Ich betrachtete irritiert den Text. »Diese Interpretation halte ich für an den Haaren herbeigezogen. Aber falls sie tatsächlich stimmen sollte, hilft sie uns trotzdem nicht weiter.«

Holmes seufzte. »Damit magst du wohl recht haben. Wir werden herausgefordert, so viel steht fest. Und das verrät uns mehr über den Täter als die Botschaft selbst. Außerdem gibt es glücklicherweise noch die kryptische Notiz, die wir auf dem Schreibblock gefunden haben. Mit ihr werde ich mich alsbald beschäftigen. Mir spuken bereits mehrere Gedanken im Kopf herum, denen ich nachgehen muss. Aber zunächst wollen wir die Arbeit für eine Weile unterbrechen und uns zum Lunch begeben. Ich verspüre nämlich einen Bärenhunger. Es heißt zwar, ein voller Bauch studiert nicht gern, aber ein knurrender Magen noch viel weniger.«

Nachdem wir im Speisesaal Platz genommen und die steifen Leinenservietten auseinandergefaltet hatten, machten uns unsere Tischgenossen schwere Vorwürfe, weil wir sie in den vergangenen Tagen so stark vernachlässigt hatten. Holmes entschuldigte sich wortreich und gab einige Geschichten zum Besten, die irgendwo in der Mitte zwischen Wahrheit und Fantasie angesiedelt waren. Von den drei Deutschen und ihrer Bombe konnte er selbstverständlich nichts erzählen. Uns lag nichts ferner, als eine Panik auszulösen. Die allgemeine Lage war im zweiten Kriegsjahr bereits bedrohlich genug.

Elbert Green Hubbard, der erfolgreiche Schriftsteller und Verleger, vermied es – wie ich bereits berichtet hatte – sich in den Vordergrund zu spielen. Er besaß aber das Vermögen, komplexe Sachverhalte in einem einzigen sinnvollen Satz zusammenzufassen. Mir ist leider kaum etwas von dem im Gedächtnis geblieben, was er an Geistesblitzen von sich gab. Es wäre gegen alle guten Sitten gewesen, wenn ich bei Tisch meinen Notizblock gezückt hätte. Aber als wir über einen möglichen Kriegseintritt der USA sprachen, meinte Mr Hubbard zur Rolle Englands: »Dein wahrer Feind ist ein Freund, der dich zum Handeln anstachelt.«

Später sprachen er und seine Frau über die *Roycroft-Gesellschaft*[2], die Elbert Green Hubbard 1895 in East Aurora im Bundesstaat New York gegründet hatte. Dabei handelte es sich um einen Zusammenschluss von rund 500 Malern, Bildhauern, Schriftstellern, Designern, künstlerisch veranlagten Handwerkern, Philosophen und Journalisten. Ein Teil von ihnen lebte auf dem sogenannten *Roycroft Campus*, der aus 14 Häusern bestand. Sämtliche Mitglieder trafen sich wenigstens einmal im Jahr zur *Roycrofters Annual Convention*. Die Gesellschaft gab zwei eigene Zeitungen heraus und vertrieb über den *Roycroft Shop* Möbel, Bücher, Gemälde und andere Kunstwerke aller Art. Im Laufe der Zeit war die *Roycroft-Gesellschaft* zur wichtigsten Künstlervereinigung der USA geworden. Sie übte einen starken Einfluss auf das gesamte kreative Geschehen in den Staaten aus – von der Architektur bis hin zur Schriftstellerei.

Wir übrigen Tischgenossen konnten zu dieser Unterhaltung nur wenig beisteuern, da uns dieses Thema naturgemäß völlig fremd war. Selbst Holmes, der über ein nahezu enzyklopädisches Wissen verfügte, musste passen. Aber da uns dieser Stoff dennoch interessierte, zog sich dieses Gespräch mit kurzen Unterbrechungen bis zum Mokka hin.

Danach waren Mabel Reeve und Frederick A. Porter an der Reihe. Als Züchter von *American Cream Draft Horses* sprachen sie über ein Fachgebiet, auf dem sie sich bestens auskannten, nämlich über das der Pferderennen. In allen größeren Städten der USA fanden regelmäßig Derbys statt. In speziellen Turf-Zeitungen wurden Prognosen, die Zeiten der Rennen, die Namen der Pferde und der Jockeys veröffentlicht. Viele Buchmacher nahmen Wetten für das ganze Land an. Gesetzt wurde auf WIN, also auf den Sieger des Rennens; auf PLACE, das waren der erste oder der zweite Platz; oder auf SHOW, dann musste sich das Pferd unter den ersten drei befinden.

Mabel Reeve Porter verriet uns, wie wir beim Pferderennen schnell reich werden konnten. Dafür gab es lediglich zwei Möglichkeiten, die ernsthaft in Erwägung gezogen werden konnten: entweder auf den Champion oder auf einen Außenseiter zu setzen. Letzteres lohnte sich jedoch nur dann, wenn das Rennen manipuliert war. Außerdem musste man in diesem Fall zum Kreis der Eingeweihten gehören. Das war schwer zu bewerkstelligen, außerdem kriminell und daher mit einem hohen Risiko behaftet. Buchmacher, die von einem getürkten Rennen Wind bekamen, schickten ihren Klienten gerne sogenannte Gunmen ins Haus, denen es Spaß machte, anderen das Lebenslicht auszublasen. Zusammengefasst schied a priori eine Außenseiter-Wette aus. Das Risiko war einfach viel zu hoch.

Folglich blieb nur die Favoritenwette übrig. In diesem Fall waren aber die Quoten niedrig. Aus diesem Grunde musste mit sehr hohen Wetteinsätzen gespielt werden, damit sich das Geschäft beispielsweise bei einem Minimalgewinn von 2:1 überhaupt lohnte. 1.000 Dollar zu investieren, um 2.000 Dollar zu erlösen oder alles zu verlieren, erforderte wiederum starke Nerven. Eine Zehntelsekunde, ein Spurtfehler oder eine winzige Unebenheit in der Bahn konnten über Sieg oder Niederlage entscheiden.

Auch dieses Thema war so spannend, dass wir Zeit und Raum vergaßen. Zum Schluss saßen wir fast allein im Speisesaal. Frederick A. Porter erläuterte uns gerade die besten Methoden, um bei einem auswärtigen Pferderennen den sicheren Champion ermitteln zu können, da trat ein Steward an unseren Tisch heran. Der Mann verbeugte sich und hielt Holmes ein silbernes Tablett hin. Auf ihm lag ein Briefumschlag. Er war verschlossen.

Mein Freund nahm das Kuvert entgegen, riss es auf und zog ein Billet heraus. Holmes überflog den Text und wurde plötzlich leichenblass. Wortlos reichte er mir die Nachricht. Sie stammte vom Zweiten Funker Daniel McCormick und bestand lediglich aus drei kurzen Sätzen. Es dauerte eine Weile, ehe auch ich ihre Tragweite begriff. Dann fasste ich nach meinem Revolver.

Holmes hatte sich inzwischen erhoben, die Serviette zusammengefaltet und auf den Tisch gelegt. Mit stockender Stimme sprach er: »Meine verehrten Herrschaften, das Blatt hat sich soeben gewendet. Sie haben bestimmt von den Einbrüchen hier auf diesem Schiff erfahren. Die Aufgabe von Dr. Watson und mir bestand darin, den oder die Täter zu ermitteln. Das ist uns soeben gelungen.«

[1] »Die Rache ist mein ...« Bibelzitat, 5. Buch Mose

[2] O.K. Corral: Grundstück in Tombstone, Arizona, auf dem am 26.10.1881 eine der berühmtesten Schießereien im Wilden Westen stattfand, an der außer Doc Holliday sowie den Brüdern Wyatt, Virgil und Morgan Earp (auf der Seite der Guten) die Brüder Frank und Tom McLaury sowie Ike und Billy Clanton (auf der Seite der Bösen) beteiligt waren.

[3] Roycroft-Gesellschaft: Der Name geht auf Samuel und Thomas Roycroft zurück, zwei englische Buchbinder, die im späten 17. Jahrhundert lebten.

Männergespräche (II)

London, 05.05.1915

In der Weltgeschichte gibt es viele Ereignisse, die wie ein Paukenschlag wirken und sofort von vielen Menschen wahrgenommen werden. Andere wichtige Vorfälle hingegen bleiben lange Zeit unbeachtet, weil sich erst im Rückblick ihre wahre Bedeutung herausstellt. So geschah es beispielsweise am 09.01.1854 im New Yorker Stadtteil Brooklyn, dass in der Familie eines Börsenspekulanten namens Leonard Walter Jerome ein Mädchen geboren wurde. Außer den engsten Verwandten und Bekannten nahm kaum jemand Anteil daran.

Der Aktienhändler Jerome war unter dem Namen »König der Wall-Street« berühmt und berüchtigt geworden. Er hatte große Vermögen gewonnen, verspielt und wieder zurückerlangt. Nach der letzten Hausse war von ihm in weiser Voraussicht ein Teil des gewonnenen Geldes mündelsicher angelegt worden. Die Zukunft seiner Tochter schien deshalb vorherbestimmt zu sein: Sie würde eine unbeschwerte Jugend in Reichtum und Luxus erleben; als junge Frau einen wesentlich älteren, aber ungeheuer reichen Langeweiler von der Westküste heiraten; früh Witwe werden und den Rest ihrer Erdentage in einem Herrenhaus mit dem Legen von Patiencen verbringen.

Aber das Schicksal wollte es anders. Es hatte Leonard Jeromes Tochter mit einem unbeugsamen Willen sowie großen künstlerischen Talenten ausgestattet. Passend dazu erhielt sie den Vornamen Jennie – zu Ehren der damals weltberühmten schwedischen Opernsängerin Jenny Lind[1].

In der Mitte des 19. Jahrhunderts hatten Töchter aus gutem Hause keine andere Aufgabe, als ihren Eltern zu gehorchen und ihnen Freude zu bereiten. Jennie Jerome tat nichts von dem. Sie war ein zu ständigen Kapriolen aufgelegter Irrwisch, der seine völlig überforderten Eltern ein um das andere Mal schier an den Rand der Verzweiflung brachte. Mit zwanzig Jahren wurde die ungestüme junge Dame von ihrem verzweifelten Vater nach Frankreich abgeschoben. Sie sollte dort endlich gutes Benehmen lernen.

Was Leonard Walter Jerome weder wissen noch ahnen konnte, war: Die gesamte spätere Weltgeschichte wäre gänzlich anders verlaufen, wenn er seine Tochter nicht nach Europa geschickt, sondern in ein Kloster gesteckt hätte. Jennie Jeromes wahre Bestimmung bestand nämlich darin, direkten und indirekten Einfluss auf die große Politik zu nehmen.

Kaum war sie nämlich in Paris angekommen, lernte sie schon einen jungen Lord namens Randolph Spencer-Churchill kennen. Es war Liebe auf den ersten Blick. Die amerikanische Jungfrau ehelichte den britischen Adeligen bereits wenige Tage später in einer Nacht-und-Nebel-Aktion. Dies geschah gegen den erbitterten Widerstand der Familie ihres Mannes. Für Jennie Jerome war die Hochzeit gleichzeitig ein Akt der Befreiung. Von diesem Tag an schritt sie völlig selbstbestimmt durch das Leben.

Die Braut aus New York schenkte ihrem Gatten noch im selben Jahr, also 1874, den ersten Sohn. Er wurde auf den Namen Winston Leonard Spencer-Churchill getauft. 1880 folgte ein Nachkömmling. Der Zweitgeborene wurde John Strange Spencer-Churchill genannt.

Lady Randolph-Churchill trug an ihrem linken Unterarm eine auffällige Zeichnung in Form einer schwarzen Schlange, die sich um das Handgelenk wand. Die Tätowierung sollte an ihre Urgroßmutter Anna Baker erinnern, die eine Indianerin vom Stamm der Irokesen[2] gewesen war.

Auch darüber hinaus galt Jennie Churchill in mancherlei Hinsicht als äußerst bemerkenswert. So erfand sie beispielsweise den *Manhattan-Cocktail*[3] und wurde für ihre außergewöhnliche Schönheit berühmt. Auf ihr Konto gingen zahlreiche Liebschaften u.a. mit dem britischen König Edward VII., dem serbischen König Milan I. Obrenović[4] und dem ungarischen Diplomaten Karl Graf Kinsky. Der britische Diplomat Edgar Vincent Viscount D'Abernon[5] schrieb einmal über sie voller Bewunderung und leichter Furcht gleichzeitig: »In ihrem Blick lag mehr von einem Panther als von einer Frau.«

1895 verstarb Lord Randolph Spencer-Churchill an den Spätfolgen einer Syphilis-Infektion, die er sich außerhalb der ehelichen Gemächer zugezogen hatte. Als seine Witwe in die Jahre kam und ihre äußere Schönheit allmählich zu verblassen begann, kümmerte sie sich hauptsächlich um zwei Dinge: um die Karrieren ihrer Söhne und um ihre große Passion, die Schriftstellerei. Sie verfasste Novellen, Skizzen, Romane, Memoiren und Theaterstücke.

Fünf Jahre nach dem Tod ihres Gatten startete Jennie Churchill noch einmal durch. Sie legte den Trauerschleier ab und heiratete den zwanzig Jahre jüngeren Offizier, Schriftsteller und Lebemann George Frederick Myddleton Cornwallis-West. Dieser wiederum galt zu jener Zeit als der »best aussehende Mann der britischen Armee«. Er war kurioserweise – bis auf einige wenige Wochen Unterschied – gleichaltrig mit seinem neuen Stiefsohn Winston Leonard Spencer-Churchill.

Cornwallis-West inszenierte einige Theaterstücke seiner Gattin. In einem dieser Bühnenwerke spielte die umjubelte Schauspielerin Beatrice Stella Tanner, die unter dem Künstlernamen »Mrs Patrick Campbell« Weltruhm erlangt hatte, die Hauptrolle. Der Ehemann der Autorin nahm an mehreren Proben teil. Nach und nach lernte er die Aktrice hautnah kennen. Doch damit nicht genug. George Frederick Myddleton Cornwallis-West war töricht genug, sich in Mrs Patrick Campbell auch noch zu verlieben. Dafür gab es gute Gründe. Sie war Witwe und stand deshalb zur Verfügung. Er ging auf die vierzig zu. Sein Haupthaar wurde spärlich, und der Leibesumfang nahm beträchtlich zu. Kurzerhand ließ sich Cornwallis-West von seiner Frau Jennie scheiden. 1914 heiratete er die Schauspielerin – und zwar obwohl er wusste, dass sie eine feste Beziehung zu George Bernard Shaw[6] hatte.

Die glorreichen Zeiten von Jennie Jerome, verwitwete Churchill, geschiedene Cornwallis-West, waren damit vorüber. Sie heiratete noch ein drittes Mal, doch ihre eigentliche Zuneigung galt von nun an dem *Manhattan* und anderen Cocktails. Am 29.06.1921 starb sie an den Spätfolgen eines Treppensturzes. Doch das ist eine andere Geschichte.

* * *

Edgar Wallace, der berühmte Kriminalschriftsteller, hat einmal gesagt: »Die rätselvollste Sache, die einem Mann passieren kann, ist die, erst gar nicht geboren zu werden.« Winston Churchill, Jennie Churchills ältester Sohn, hatte nicht nur diese erste Hürde erfolgreich genommen, sondern von seiner außergewöhnlichen Mutter ganz besondere Gene mitbekommen, die ihn vor anderen Kindern auszeichneten. Er besuchte die Eliteschulen in Ascot, Brighton und Harrow. Anschließend schlug er eine militärische Laufbahn ein und nahm als Kavallerie-Leutnant und Kriegsberichterstatter an fünf Kriegen teil, unter anderem auch am Zweiten Burenkrieg[7].

Bei einem durch die Buren verübten Eisenbahnüberfall in Südafrika wurde Winston Churchill gefangen genommen, verschleppt und in Pretoria interniert. Von dort aus gelang ihm eine spektakuläre Flucht. Er marschierte quer durch das Feindesland und mehrere Wüsten bis hin zur 500 Kilometer weit entfernten portugiesischen Kolonie Mosambik. Seine Erlebnisse schilderte er in zwei Büchern. Dadurch stieg er zum britischen Nationalhelden auf.

Winston Churchill ging nach seiner Repatriierung in die Politik. Er war beliebt, redegewandt, schlagfertig und verfügte dank seiner Mutter über gute Beziehungen. Folglich wurde er 1901 ins Unterhaus gewählt. In den Debatten tat er sich als scharfzüngiger Redner hervor. Der Erfolg ließ nicht lange auf sich warten. 1905 wurde er zum Unterstaatssekretär für die Kolonien berufen. Die weiteren Stationen seiner steilen Karriere waren Handelsminister (ab 1908) und Innenminister (ab 1910). 1911 ernannte ihn der Premierminister Herbert Henry Asquith zum Marineminister »First Sea Lord« (Erster Lord der Admiralität).

In den frühen Vormittagsstunden des 05. Mai 1915 stattete der Marineminister Winston Churchill dem *War Propaganda Bureau* (WPB, Büro für Kriegspropaganda) einen überraschenden Besuch ab. Er hatte sich dort mit seinem Freund David Lloyd George verabredet, der wie er eine steile politische Karriere genommen hatte, zu der Zeit als Munitionsminister fungierte und es bald darauf bis zum Premierminister bringen sollte.

Winston Churchill und David Lloyd George protegierten sich gegenseitig nach Leibeskräften. Dies war in der Öffentlichkeit nicht ganz unbemerkt geblieben. Diese Allianz hatte ihnen vor dem Krieg in der oppositionellen Presse den wenig schmeichelhaften Beinamen »Die schrecklichen Zwillinge« eingebracht.

Das Büro für Kriegspropaganda war von David Lloyd George gleich nach Kriegsausbruch 1914 gegründet worden. Es diente vor allem dazu, die Moral der Bevölkerung zu heben, den Gegner nach Leibeskräften zu diskreditieren und zu demoralisieren, neue Rekruten anzuwerben und die Presse zu kontrollieren. Um dieses Ziel zu erreichen, war der Regierung jedes Mittel recht. Gräuelmeldungen wurden frei erfunden, Tatsachen in ihr völliges Gegenteil verkehrt, verlorene Schlachten gewonnen und Misserfolge in Erfolge umgedichtet. Hunderte Schriftsteller, Journalisten, Zeichner, Fotografen und Gestalter arbeiteten unter größter Geheimhaltung für das WPB.[8] Das Ergebnis ihrer emsigen Tätigkeit waren Zeitungsartikel, Romane, Radionachrichten, Filmberichte für die Wochenschauen und jede Menge Plakate und Flugblätter. Winston Churchill war ein eifriger Befürworter dieser Arbeit. »In Kriegszeiten ist die Wahrheit so kostbar, dass man ihr eine Leibwache aus Lügen zur Seite stellen muss. Der Mensch wird sicherlich von Zeit zu Zeit über die Wahrheit stolpern, aber sich meist schnell wieder aufraffen und weitermachen wie gehabt«, hatte er einmal zu diesem Thema gesagt. Ein für ihn angenehmer Nebeneffekt bestand darin, dass er sich um seine Reputation keine Sorgen mehr zu machen brauchte, denn die Presse war längst gleichgeschaltet worden. Kaum noch ein Journalist wagte es, wider den Stachel zu löcken.

Das Büro für Kriegspropaganda war im *Wellington House* untergebracht worden, einem unscheinbaren, dreieckigen Kasten in der Buckingham Gate, einer Straße in der Nähe des

Buckingham Palastes. Dort befanden sich mehrere diplomatische Vertretungen. Doch im Unterschied zu den Botschaftsgebäuden trugen die Posten vor dem WPB keine Paradeuniformen, sondern schlichtes Feldgrau.

Der Marineminister ließ sich von seinem Chauffeur vor dem Haupteingang absetzen, der nur selten von Besuchern frequentiert wurde. Die Mitarbeiter benutzten ohnehin einen geheimen Zugang von der nahegelegenen Bahnstation aus. Für Winston Churchill gab es aber keinen Grund, seine Visite geheim zu halten.

David Lloyd George hatte sich trotz seiner 53 Jahre noch gut gehalten. Er war mittelgroß, schlank und seinem Rang entsprechend exzellent gekleidet. Er besaß ein schmales Gesicht und trug einen breiten Schnauzbart. Seine vollen, braunen Haare waren nicht gefärbt. Für das Gespräch mit dem Marineminister hatte er ein Konferenzzimmer im ersten Stock reservieren lassen. Eine Whiskykaraffe und eine Kiste mit guten Zigarren standen bereit. Nicht umsonst hatte Winston Churchill bereits vor einiger Zeit einmal zu ihm gesagt: »Wasser ist nicht zum Trinken geeignet. Wir müssen Whisky hinzufügen, um es schmackhaft zu machen. Deshalb trinke ich viel, ich schlafe wenig, und ich rauche eine Zigarre nach der anderen. Deshalb bin ich hundertprozentig in Form.«

Die ersten Minuten verbrachten die beiden Freunde damit, Allgemeinplätze auszutauschen und sich gegenseitig nach dem Wohlbefinden ihrer Familien zu erkundigen. Dann kam der First Sea Lord zur Sache: »Die *Lusitania* befindet sich auf der Überfahrt von New York nach Liverpool.«

»Ich habe davon gehört. Sir Courtenay Bennett, unser Generalkonsul in den USA, hatte mich bereits vor geraumer Zeit darum gebeten, die Fahrt abblasen zu lassen. Er meinte, es wäre zu gefährlich, wenn durch einen Passagierdampfer

Munition transportiert werden würde, weil bei einem Torpedotreffer alles in die Luft fliegen könnte. Das muss so Mitte März gewesen sein. Ich ließ Sir Bennett mitteilen, als Munitionsminister sei es zwar meine Aufgabe, unsere Truppen auch außerhalb der offiziellen Handelswege mit Patronen zu versorgen, aber es stehe nicht in meiner Macht, eine Überseeverbindung zu kappen. Dies sei ausschließlich die Sache des Marineministers.«

»Hat er sich damit zufriedengegeben?«

»Er musste. Sir Bennett ist Diplomat. Wie groß ist denn nun die Bedrohung durch deutsche U-Boote tatsächlich?«

»Sehr groß. In der Irischen See wurden in den letzten Tagen mehrere unserer Schiffe versenkt. Seit einiger Zeit können wir den Funkverkehr der Deutschen abhören. Wir haben daher sichere Kenntnis davon, dass es sich bei dem feindlichen Tauchboot um das U 20 handelt.«

»Nun ja«, meinte David Lloyd George. »Für die *Lusitania* besteht trotzdem keine allzu große Gefahr. Sie ist zu schnell. Weder ein U-Boot noch ein abgefeuerter Torpedo können sie einholen.«

»Es sei denn, sie treffen im rechten Winkel aufeinander.«

»Ach so, daran hatte ich gar nicht gedacht. Ich bin aber schließlich auch kein Seemann. Deshalb wäre es sicherlich angebracht, die *Lusitania* würde den Kurs ändern und um die Nordküste Irlands fahren. Dort gibt es keine deutschen U-Boote, jedenfalls nicht zurzeit.«

Winston Churchill nahm einen Schluck Whisky und paffte mehrere Rauchringe in die Luft. »Eine Kursänderung würde die Passagiere und die Mannschaft nur unnötig ängstigen oder gar in Panik versetzen. Das wollen wir vermeiden. Es befinden sich sehr viele Amerikaner an Bord. Wir für unseren Teil brauchen den Verkehr. Je mehr, desto besser. Und wenn etwas davon in Bedrängnis gerät, noch besser. Vor allem in der Hoffnung, die Vereinigten Staaten in einen Konflikt mit Deutschland zu verwickeln.«

»Wagt ruhig einen großen Schritt, falls es nötig ist. Über einen Abgrund kommt man nicht mit zwei kleinen Sprüngen«, entgegnete der Munitionsminister reichlich nebulös. »Welche Maßnahmen sollen denn ergriffen werden, um die *Lusitania* zu schützen?«

»Der Kapitän geht davon aus, dass ihm der Kreuzer *Juno* als Begleitschutz zur Seite gestellt wird.«

»Aber?«

»Es ist zu gefährlich. Der *Chief of The War Staff* hat mir gegenüber ganz eindeutig erklärt, dass die *Juno* eine U-Boot-Attacke nicht abwehren kann. Mehr noch, sie würde selbst in Gefahr geraten. Deshalb habe ich heute den Befehl gegeben, dass die *HMS Juno* nach Queenstown zurückkehrt.«

»Ach du dickes Ei, ich verstehe.« David Lloyd George kratzte sich in einer unbewussten Geste am Kopf. »Ich gebe nur zu bedenken: Der Beweis von Heldenmut liegt nicht im Gewinnen einer Schlacht, sondern im Ertragen einer Niederlage. Was wollen Sie tun, mein Freund, wenn es schiefgeht?«

»Krieg ist ein Spiel, bei dem man lächelt. Wenn man nicht lächeln kann, sollte man grinsen. Wenn man nicht grinsen kann, sollte man sich für eine Zeit lang nicht blicken lassen. Ich mag Menschen, die dabei grinsen, wenn sie kämpfen«, erwiderte Churchill und verzog sein Gesicht zu einem breiten Lächeln. »Wer einen Fehler gemacht hat und ihn nicht korrigiert, wird am Ende recht behalten. Lache nie über die Dummheit anderer. Sie ist deine Chance.«

»Aber nur einmal rein hypothetisch angenommen, es würde den Deutschen tatsächlich gelingen, die *Lusitania* zu versenken. Was würde dann geschehen? Ad eins: Die Amerikaner könnten tatsächlich in den Waffenkampf eintreten. Doch das ist nicht sicher. Die Yankees sind für ihren Wankelmut bekannt. Außerdem zählen sie momentan zu den Kriegsgewinnlern. Sie würden nur verlieren, Menschenleben, Geld, Vorräte.«

»Aber an Einfluss gewinnen und möglicherweise zur Weltmacht aufsteigen.«

»Was wir wiederum nicht wollen können. Aber lassen wir das. Ad zwei: Es wird eine offizielle Untersuchung geben müssen. Dann bleibt etwas hängen. Kein Rauch ohne Feuer.«

»Unsinn!«, entgegnete Churchill unwirsch. »Wir können uns bereits jetzt auf sämtliche Eventualitäten einstellen. Ganz genau für diesen Zweck wurde dieses Büro von uns geschaffen. Es ist sinnlos zu sagen: Wir tun unser Bestes. Es muss uns gelingen, das zu tun, was erforderlich ist.«

»Aber der Untersuchungsausschuss wird Zeugen vernehmen. Wir können nicht alles kontrollieren.«

»In der Tat«, seufzte der Marineminister, »Demokratie ist die Notwendigkeit, sich gelegentlich den Ansichten anderer Leute zu beugen. Das beste Argument gegen die Demokratie ist eine fünfminütige Unterhaltung mit dem Durchschnittswähler.«

[1] Jenny Lind: In sie verliebte sich Hans Christian Andersen. Er widmete ihr die Geschichte *Die Nachtigall*. Jenny Lind wurde von da an nur noch »Die schwedische Nachtigall« genannt, aber das Werben des berühmten dänischen Dichters blieb unerhört. Jenny Lind wiederum bemühte sich vergeblich, Frédéric Chopin zu einer Heirat mit ihr zu bewegen. Jenny Linds Konterfei ist auf dem schwedischen 50-Kronen-Schein abgebildet.

[2] Irokesen: Bund sechs sprachverwandter Völker nordamerikanischer Ureinwohner, deren Name auf ein französisches Schimpfwort für »schwarze Schlange« zurückgehen soll

[3] Manhattan-Cocktail: vier Teile Whisky, zwei Teile süßer Wermut, zwei Spritzer Angostura-Bitterlikör

[4] König Milan I. Obrenović: siehe auch Wolfgang Schüler, *Sherlock Holmes und die schwarze Hand*

[5] Viscount: eigenständiger, britischer Adelstitel, der zwischen einem Baron und einem Grafen (Earl) steht

[6] George Bernard Shaw: Er verfasste speziell für Mrs Patrick Campbell das Schauspiel *Pygmalion* mit der Hauptrolle der Eliza Doolittle.

[7] Zweiter Burenkrieg: Südafrikanischer Krieg 1899 bis 1902 zwischen Großbritannien und den Burenrepubliken Oranje-Freistaat und Südafrikanische Republik, der am 31.05.1902 mit dem Friedensschluss von Vereeniging beendet wurde. Beide Burenrepubliken wurden Bestandteil des britischen Empire, gründeten 1910 mit der Kapkolonie und Natal die Südafrikanische Union und erlangten die Selbständigkeit. Siehe auch: Wolfgang Schüler, *Edgar Wallace – Ein Leben wie im Film*

[8] Hunderte Schriftsteller und Journalisten: u.a. Arthur Conan Doyle, der im Auftrag des WPB ein Pamphlet unter dem Titel *To Arms!* verfasste, das dazu dienen sollte, Freiwillige anzuwerben

7. Kapitel

Tag sechs

»Sei vergnügt bis zehn Uhr morgens.
Der Rest des Tages wird dann
wie von selbst laufen.«

Elbert Green Hubbard

Ein weiteres Verhör

Aus den Aufzeichnungen von Dr. Watson

Auf hoher See, 06.05.1915

Trotz meiner großen Lebenserfahrung und meiner medizinischen Ausbildung bleibt mir die menschliche Psyche mitunter ein Rätsel. Wir hatten den kompletten Kriminalfall gelöst. Alles war in bester Ordnung. Die Geldschrankknacker saßen hinter Schloss und Riegel. Holmes hatte ihre Suite gründlich untersucht und sehr bald in einem braunen Schrankkoffer einen doppelten Boden entdeckt. In dem großen Geheimfach fanden sich ausnahmslos sämtliche Wertgegenstände wieder an, die bei den drei Einbrüchen auf dem Schiff gestohlen worden waren – angefangen bei den Banknoten und dem Beutel mit den helvetischen Golddublonen von Mister Wolcott, über das Duplikat des Scott-Meteoriten von Mister Stackhouse bis hin zu den kalifornischen Zwei-Dollar-Münzen und dem Doc-Holliday-Colt von Mister Pearson. Doch damit nicht genug. Uns fiel noch reichlich genug anderes Diebesgut in die Hände, welches wohl aus früheren Raubzügen stammen musste: wertvolle Schmuckgegenstände, einige Goldbarren und stapelweise Banknoten aus aller Herren Länder.

Soweit ich mich erinnern kann, hatte es früher nach dem erfolgreichen Abschluss eines Falls ein festes Ritual gegeben:

Holmes nahm den persischen Pantoffel mit dem Tabak zur Hand, stopfte seine Lieblingspfeife, machte es sich im Lehnstuhl am Kamin bequem und begann zu plaudern. In aller Ausführlichkeit pflegte er mir zu schildern, auf welch verschlungenen Wegen er auf die Lösung des Rätsels gestoßen war. Wiederholungen und Nebensächlichkeiten stellten für ihn kein Problem dar. Manchmal kam er nur sehr schwer auf den eigentlichen Kern zurück.

Nicht so dieses Mal. Mein Freund schwieg wie ein Grab. Er presste die Lippen zu einem schmalen Schlitz zusammen und funkelte wütend mit den Augen. Holmes schien durchweg unzufrieden mit sich und mit der Welt zu sein.

»Dein Verhalten ist mir ein völliges Rätsel«, tadelte ich ihn. »Wir haben unseren Auftrag mit Bravour gelöst und darüber hinaus en passant die drei deutschen Schurken enttarnt. Ohne unser Zutun würde die *Lusitania* inzwischen auf dem Meeresgrund ruhen. Die Reise ist bislang ohne jeden unangenehmen Zwischenfall verlaufen. Spätestens übermorgen werden wir den schützenden Heimathafen erreicht haben. Dann werden uns sowohl die Admiralität als auch das Außenministerium mit Gunstbeweisen nur so überhäufen. Möglicherweise mag sogar eine Audienz beim König auf dem Plan stehen. Seine Majestät umgibt sich in letzter Zeit liebend gerne mit Kriegshelden. Trotzdem machst du ein Gesicht wie drei Tage Regenwetter. Das begreife ich beim besten Willen nicht. Was zum Teufel hat dir die gute Laune verhagelt?«

Mit diesen Worten hatte ich ihn endlich aus der Reserve gelockt. »Die deutsche Bombe zu finden, war ein Zufallstreffer. Von ihr konnte niemand etwas ahnen. Aber die Geldschrankknacker sind Bestandteil eines viel größeren Plans.«

»Was erzählst du da für einen Unsinn? Glaubst du plötzlich an den großen Weltenlenker?«

»Nein, natürlich nicht. Nicht göttliche Wesen, sondern Menschen aus Fleisch und Blut ziehen hinter den Kulissen an den Strippen. Sie haben die Einbrecher an Bord gelotst. Deren hauptsächliche Aufgabe bestand darin, Verwirrung zu stiften und von den tatsächlich wichtigen Ereignissen abzulenken. Das Rezept stammt von den alten Römern: *Panem et Circenses*[1], um das Volk in Zufriedenheit zu wiegen.«

Ich hob resignierend die Arme. »Ich weiß beim besten Willen nicht, was du damit meinen könntest. Ich glaube, du leidest an Verfolgungswahn. Als ich beispielsweise in Afghanistan im Kampfeinsatz war, wurde ständig auf mich geschossen. Eine Kugel hätte mich beinah getötet. An den Folgen habe ich heute noch zu leiden. Trotzdem wäre es völliger Unsinn von mir, zu behaupten, ich sei damals Opfer eines Mordkomplotts gewesen und gedungene Meuchelmörder hätten es ganz speziell auf mich abgesehen gehabt.«

»Hast du schon vergessen, was los ist? Großbritannien befindet sich im Krieg mit Deutschland. Die Deutsche Kaiserliche Botschaft hat am 22. April eine Warnung in alle großen amerikanischen Zeitungen setzen lassen, in der es hieß, dass das Kriegsgebiet auch die Gewässer um die britischen Inseln umfasse und dass sämtliche englischen Schiffe, die dort unterwegs sind, Gefahr laufen, zerstört zu werden.«

»Was soll dieser Unsinn?«, entrüstete ich mich. »Wir sind uns dieser Gefahr von Anfang an bewusst gewesen und haben häufig über dieses Thema gesprochen. Ich wurde sogar nächtelang von Albträumen gequält. Aus Pflichtbewusstsein, also aus einer riesigen Eselei heraus, haben wir uns aus freien Stücken für eine Überfahrt mit der *Lusitania* entschieden. Wir sind auch ganz und gar nicht unvorbereitet, sondern haben uns mit Schwimmwesten und allerlei anderen überlebensnotwendigen Hilfsmitteln eingedeckt. Wir kennen den kürzesten Weg zu unserem Rettungsboot und wissen, dass der für das Fieren verantwortliche Vollmatrose Charles Whitlock ein kompetenter und überaus zuverlässiger Mann ist. Wir haben uns sogar so weit mit der Funktionsweise der Mechanik vertraut gemacht, dass wir auch ohne fremde Hilfe die Haltestifte aus den Befestigungsketten schlagen und das Rettungsboot zu Wasser lassen können. Mehr zu tun steht beim besten Willen nicht in unserer Macht.«

»Irrtum, alter Knabe, Irrtum. Wir haben uns mehrere Tage lang in einer Art und Weise ablenken lassen, die sich nur als sträflich bezeichnen lässt. Ich besitze weder die Kenntnis über unsere derzeitige genaue Position noch über den eingeschlagenen Kurs. Niemand weiß, wie viele deutsche U-Boote momentan vor den britischen Küsten auf uns lauern. Uns hat keiner verraten, in welchen Laderäumen der *Lusitania* wie viel Munition und welcher Sprengstoff lagern.«

»Nun ja«, lenkte ich ein«, »damit magst du wohl recht haben. Aber falls tatsächlich jemand unser aller Schicksal spielt, sind wir nicht mehr als Ameisen für ihn. Was wir tun oder nicht tun, ist völlig ohne Belang. Ob wir bei einem Schiffsuntergang ertrinken oder gerettet werden, spielt keine Rolle. Wir beide, du und ich, sind viel zu unwichtig. An Bord befinden sich hingegen jede Menge berühmte Schauspieler, Schriftsteller und Multimillionäre. Wenn du beispielsweise sagen würdest, das Komplott diene vor allem dazu, um Alfred Gwynne Vanderbilt auszuschalten, dem mehr Eisenbahngesellschaften gehören als ich Finger an beiden Hände habe, dann könnte ich dir noch eventuell zustimmen. Außerdem ist die Gefahr rein hypothetisch. Solch ein winziges deutsches U-Boot müsste schon einen riesigen Glückstreffer landen, um uns aufspüren zu können. Der Ozean ist schließlich riesig.« Als ich merkte, dass ich Erfolg mit meinen Worten hatte und langsam wieder Farbe in das

Antlitz von Holmes zurückkehrte, setzte ich hinzu: » Außerdem ist es längst nicht zu spät. Wir können das Versäumte sofort nachholen. Soviel ich weiß, befinden wir uns noch in weiter Ferne von der eigentlichen Gefahrenzone. Darüber hinaus bist du es selbst gewesen, der die Gefahr vor einigen Tagen noch auf die leichte Schulter genommen hat.«

»Das ist es ja, was mir die meisten Sorgen bereitet«, entgegnete Holmes. »Aber nun wollen und dürfen wir nicht länger zögern. Zunächst müssen wir noch kurz die beiden Langfinger verhören. Das gesamte Drumherum ist unwesentlich. Ich will gar nicht wissen, was sie sonst noch alles auf dem Kerbholz haben. Es gilt lediglich herauszufinden, ob die beiden – bewusst oder unbewusst – Teil eines perfiden Plans waren.«

Die Vernehmung fand wieder in dem kleinen Konferenzraum auf dem Zwischendeck statt, in welchem uns schon die drei Deutschen die Ehre gegeben hatten. Mabel Reeve und Frederick A. Porter waren überraschend gut gelaunt, als sie von den Schiffspolizisten vorgeführt wurden. Trotz der Niederlage schien sich das Einbrecherpärchen keine großen Sorgen um seine Zukunft zu machen.

Nachdem die beiden Platz genommen hatten und wir mit ihnen allein im Raum waren, stellte Holmes die erste Frage: »Wie lauten Ihre richtigen Namen? Etwa Mister und Mrs David Haldane?«

»Sie können uns gerne nennen, wie immer es Ihnen beliebt: Smith, Vanderbilt oder auch Moriarty. Wir haben unsere Namen schon so oft geändert, dass wir die richtigen längst vergessen haben«, erwiderte der Mann, den wir als Frederick A. Porter kennengelernt hatten. »Aber bitte helfen Sie uns auf die Sprünge: Wie sind Sie uns auf die Schliche gekommen?«

»Das war nicht schwer. In der Suite von Mister Wolcott, Ihrem ersten Opfer auf der *Lusitania* ...«

»Dem ersten Opfer, von dem Sie erfahren haben«, korrigierte ihn die Frau.

»Sei es drum. Jedenfalls haben wir die Räumlichkeiten von Mister Wolcott genauestens kontrolliert. Auf einem Blatt Schreibpapier war eine durchgedrückte Notiz zurückgeblieben. Wir konnten sie wieder sichtbar machen. Dort stand *Paper Moon 56 85 I 12*. Dank Ihrer umfassenden Erläuterungen beim Lunch zum Turf-Sport war selbst mir als blutigem Laien völlig klar, dass *Paper Moon* nur der Name eines Pferdes sein konnte. Der Rest war reine Detektivarbeit. Ich musste nur einige Verzeichnisse durchblättern, und schon hatte ich herausgefunden, dass 56 der telegrafische Code von Boston ist. Eine Nachfrage ergab, dass dort in zwei Tagen, also am 8.5., auf der Rennbahn im Clyde-Park ein Derby stattfindet. *Paper Moon* wird als völliger Außenseiter gehandelt. Weder das Pferd noch der Jockey sind jemals auch nur platziert worden. Die Quoten stehen deshalb extrem hoch. *Paper Moon* startet im zwölften Rennen. Sie haben 2.000 Dollar auf Sieg gesetzt und ein entsprechendes Kabel an einen Buchmacher vor Ort absetzen lassen, welcher mit seiner Antwort den Auftrag bestätigte. Der Zweite Funker der *Lusitania* hatte gestern eine Durchschrift gefunden und uns von dem Inhalt in Kenntnis gesetzt.«

Der Mann, der sich Frederick A. Porter nannte, schüttelte den Kopf. »Ich schwöre bei Gott, dass diese angebliche Notiz nicht von uns stammt. Sie können gerne einen Schriftvergleich anstellen. Sie sind doch Detektiv. Geben Sie mir ein Blatt und einen Bleistift. Ich bringe Ihnen jeden beliebigen Text zu Papier, ohne meine Schrift zu verstellen.«

»Das wird kaum nötig sein. Anfänglich bin ich in der Tat davon ausgegangen, dass diese Aufzeichnung von Ihnen stamme. Aber nach längerem Nachdenken wurde mir klar, dass es nicht an dem sein konnte. Sie waren in die Suite eingedrungen, um den Safe aufzubrechen. Sie taten dies nicht, um über Pferderennen zu sinnieren und sich Aufzeichnungen darüber zu machen. Nein, es war ganz anders. Der brave Mister Wolcott ist der Urheber des Geheimtipps. Er hat übrigens 30.000 Dollar riskiert, wie wir durch das Bestätigungskabel eines anderen Buchmachers erfuhren. Sie stießen zufällig auf den Zettel, erkannten sofort, um was es sich handelte, und steckten ihn sich in die Tasche. Anschließend kamen Sie auf die geniale Idee, eine Botschaft an uns zu hinterlassen. Sie taten dies, um uns abzulenken, um uns in die Irre zu führen. Ihr Fehler war, dass Sie nicht auf dem Block direkt schrieben. Wenn sich nämlich auch die Buchstaben Ihrer Nachricht durchgedrückt hätten, wäre die Rennwette höchstwahrscheinlich bis zur Unkenntlichkeit überdeckt worden. Mister Wolcott ist ein vorsichtiger Mann. Er wollte sich keinesfalls als der Urheber der durchgedrückten Nachricht zu erkennen geben. Er musste nämlich befürchten, dass wir ihn anderenfalls als Wettbetrüger verhaftet hätten.«

»Und ganz genau aus diesem Grund werden Sie uns wieder freilassen müssen. Kein einziger der drei Gentlemen wird nämlich Strafanzeige gegen uns erstatten«, prophezeite Mabel Reeve Porter. »Sie werden Ihnen vielmals dafür danken, dass Sie ihnen ihre Kleinodien zurückgebracht haben – und das war es dann auch schon.«

»Wie kommen Sie denn darauf?«, entrüstete ich mich. »Hier herrschen immer noch Recht und Ordnung!«

»Mister Wolcott betrügt beim Pferderennen. Joseph Foster Stackhouse reist mit einem gefälschten Meteoriten durch die Gegend.«

»Das wissen wir. Der echte liegt im Tresor vom British Museum«, warf ich ein.

»Pah«, schnaubte Mister Porter. »Das behauptet Mister Stackhouse. Es existiert überhaupt kein echter Meteorit. Das ist nichts weiter als Lug und Trug. Der saubere Joseph Foster Stackhouse will sich lediglich auf die Schultern von Robert Falcon Scott stellen, um größer zu erscheinen.«

»Und das wissen Sie mit Bestimmtheit?«, fragte ich nach.

»Nein, aber wir vermuten es. Weshalb sollte er sonst mit einer Imitation reisen?«

»Um sich vielleicht vor Schurken wie Ihnen zu schützen?«, gab Holmes zu bedenken.

»Gut, das mag sein. Von mir aus soll es einen echten Meteoriten geben. Aber der Colt von Doc Holliday ist hundertprozentig eine Fälschung.«

»Woher wissen Sie das?«

»Weil Wyatt Earp Dutzende solcher Zertifikate ausgestellt hat, als er knapp bei Kasse war. Es ist wie mit den christlichen Reliquien. Würde man beispielsweise alle Holzsplitter, die angeblich vom Kreuz Christi stammen, zusammenleimen, käme ein ganzer Wald von Kreuzen zustande.«

»Wozu stehlen Sie denn diesen Plunder, wenn Sie wissen, dass er wertlos ist?«, wollte ich noch wissen.

»Mann, Sie begreifen aber auch gar nichts«, stöhnte Mrs Porter. »Die Gegenstände gelten als ungeheuer wertvoll, sind aber gerade deshalb nahezu unveräußerbar. Deshalb bieten wir solche Dinge regelmäßig den Eigentümern zum Rückkauf an. Wir sind sehr kulant und verlangen nur den halben Preis. Dabei spielt es überhaupt keine Rolle, was Mister Pearson über die tatsächliche Herkunft des Revolvers wusste oder dachte. Er ist wie wir an äußerster Diskretion interessiert. Es wäre also ein Geschäft zum beiderseitigen Vorteil gewesen. Wir hätten in jedem Fall einen besseren Kurs erzielt als auf dem freien Markt. Dort wären wir im Höchstfall auf zwanzig Prozent gekommen.«

»Nun gut, wir wollen es dabei belassen«, konstatierte Holmes. »Aber einige offene Punkte bleiben. Wie sind Sie beispielsweise auf das Schiff gelangt?«

»Was ist denn das für eine alberne Frage?«, meinte Mister Porter belustigt. »Wir besitzen doch genügend Geld und tadellose Papiere. Die Suite habe ich ganz offiziell im New Yorker Verkaufsbüro der *Cunard Line* gebucht. Ich konnte sogar noch einen hübschen Schnellbucher-Rabatt dabei herausschlagen.«

Holmes runzelte missmutig die Stirn. Das war nicht die Antwort gewesen, die er eigentlich hören wollte. »Nun gut, wenn es so war, dann ist es so gewesen. Aber wie konnten Sie in Erfahrung bringen, bei welchem Passagier sich ein Einbruch lohnte?«

»Oh Gott, das darf doch nicht wahr sein«, stöhnte Mrs Porter. »Sie haben uns gefangen. Dafür verdienen Sie unsere gesamte Hochachtung. Wie sind Sie uns auf die Schliche gekommen? Durch Deduktion, durch einen Schluss vom Allgemeinen auf das Besondere, also durch ganz gewöhnliche Detektivarbeit. Wie kommen Sie also darauf, dass Sie ein Privileg auf diese Methode besitzen würden? Wir können genauso gut wie Sie eins und eins zusammenzählen. Die Passagiere in der Ersten Klasse gehören zu den reichsten Leuten der Welt – uns hier im Raum einmal ausgenommen. Diese Pfeffersäcke sind skrupellos und eitel, denn durch seiner eigenen Hände Arbeit ist noch niemand zu Wohlstand gelangt. Millionäre prahlen gerne in den Journalen, geben den Gazetten ihre intimsten Geheimnisse preis und pflegen pfundweise wertvolle Klunker und Geldscheine in dicken Bündeln mit sich herumzuschleppen. Die Erfolgsquote bei einem Einbruch in der Ersten Klasse liegt deshalb bei 9:10.«

»Das heißt also, dass es keine Mitwisser gibt?«

»Nein, verdammt noch mal. Wir beide arbeiten ausschließlich zu zweit. Es gibt keinen Boss im Hintergrund und keinen Hehler, der bei uns Bestellungen abgibt. Jeder Spießgeselle wäre ein zu großes Risiko. Alle Menschen machen Dummheiten. Wir wollen unseren Blödsinn aber lieber selbst anstellen.«

Ich sah deutlich an Holmes' Gesichtsausdruck, dass ihm nun ein schwerer Stein vom Herzen gefallen war. »Was hat es mit den Schreibfehlern in den Botschaften an uns auf sich? Sind sie ein Geheimcode?«

»Hatte ich nicht bereits erwähnt, dass es sich um ein reines Ablenkungsmanöver gehandelt hat?«, antwortete Mrs Porter. »Wir wollten Sie mit irgendetwas beschäftigen, Sie auf eine falsche Fährte setzen. Die Texte sind völlig sinnfrei. Sie transportieren keine geheime Botschaft.«

Damit war alles Wesentliche besprochen. Wir ließen die Gefangenen wieder wegsperren. Sie befanden sich in schlechter Gesellschaft, denn in den drei Zellen neben ihrem Kerker waren die Deutschen untergebracht. Das ließ sich leider nicht ändern. Weitere geeignete Räumlichkeiten standen nicht zur Verfügung.

Den Lunch nahmen wir diesmal am Kapitänstisch ein. Neidische Blick durchbohrten uns. Aber das focht uns nicht an. Wir ließen uns das köstliche Mal munden. William Turner lobte uns ein um das andere Mal. Er stellte auch mehrere Fragen, aber er wirkte irgendwie abwesend und schien nicht recht bei der Sache zu sein. Wir gingen nicht näher darauf ein, beobachteten aber das seltsame Verhalten des Kapitäns mit großer Sorge.

Das Geldschrankknackerpärchen schien teilweise über prophetische Gaben zu verfügen, denn alle drei Opfer hatten in der Tat ihre Strafanzeigen zurückgezogen, nachdem ihnen ihr Eigentum wieder vollständig und unbeschädigt ausgehändigt worden war.

Allerdings dachte der Kapitän nicht im Traum daran, die zwei Spießgesellen laufen zu lassen. »Zunächst werden wir die beiden Galgenvögel der britischen Justiz überantworten. Falls wider Erwarten in England kein Interesse an einer Strafverfolgung bestehen sollte, lasse ich die beiden Halunken zurück in die Staaten expedieren. Dort liegt immerhin ein Haftbefehl gegen sie vor. Sollen doch die amerikanischen Behörden herausfinden, wer von den beiden David Haldane ist. Mir soll es gleich sein.«

»Sir«, setzte Holmes an. »Nachdem wir unseren Auftrag erfüllt haben und mit dem Ergreifen der drei deutschen Bombenleger eine zusätzliche Leistung erbringen konnten, würde ich gerne eine Bitte äußern, wenn ich darf.«

»Nur zu, sprechen Sie frei von der Leber weg. Was soll es sein? Ein Karton Whisky, eine Kiste Zigarren oder eine Nacht mit einer Tänzerin? Oder von jedem zwei und alles zusammen?«

»Weder noch. Ich möchte gerne ...«

[1] *Panem et Circenses*: lat. Brot und Zirkusspiele

8. Kapitel

Tag sieben

»Solange unsere Sicherheit
kein Kind der Vernunft sein kann,
muss sie eine Tochter des Schreckens sein.«

Winston Churchill

Der Untergang

Aus den Aufzeichnungen von Dr. Watson

Vor der irischen Südküste, 07.05.1915

Am 07. Mai nahmen Holmes und ich das Frühstück in unserem Wohnzimmer ein. Es wäre schade gewesen, den hübschen Raum nicht ab und an zu nutzen. Danach kramte mein Freund noch eine Weile in allerlei Papieren, die ihm der Kapitän zur Verfügung gestellt hatte. Darunter befanden sich Doppel von Ladelisten der *Lusitania*, Blaupausen ihres Deckaufbaus und Zweitschriften offizieller Kabel an die Schiffsleitung.

Zum Lunch freilich entledigten wir uns der seidenen Schlafröcke, kleideten uns um und fanden uns pünktlich zum Gongschlag im Speisesaal ein. Unsere Tischgesellschaft war um ein Drittel geschrumpft. Sie bestand nur noch aus den Eheleuten Hubbard und uns. Die Familie Porter musste sich mit einem frugalen Mahl in einer vergitterten Arrestzelle begnügen.

Holmes übte sich erneut in der hohen Kunst der Konversation, indem er diesmal viel über die Theorien des italienischen Psychiatrieprofessors Cesare Lombroso über den geborenen Verbrecher sprach, aber so gut wie nichts zu den aktuellen Vorkommnissen auf der *Lusitania* sagte und sich hinsichtlich der Familie Porter auf einige wenige Andeutungen beschränkte.

Elbert Green Hubbard war durch und durch ein Mann von Welt. Er verfiel nicht in den Fehler, von düsteren Vorahnungen zu fabulieren, die ihn seit Tagen geplagt hätten. Stattdessen betonte er ein über das andere Mal voller Bedauern, welch angenehme Plauderer die angeblichen Pferdezüchter aus dem *Pulaski County* gewesen seien und wie sehr er das anregende Beisammensein mit ihnen genossen habe. Mrs Hubbard pflichtete ihrem Gatten in allen Punkten bei. Sie setzte außerdem hinzu, dass sie in Mrs Porter eine Verwandte im Geiste erkannt habe, die aufgrund ihrer Schlagfertigkeit zu einer leuchtenden Ikone der Suffragettenbewegung[1] hätte werden können.

Im Speisesaal herrschte rings um uns herum eine merkwürdig gedrückte Stimmung, obwohl in den nächsten Stunden der lang ersehnte Zwischenstopp in Queenstown[2] bevorstand. Die reguläre Ankunft in Liverpool sollte dann am nächsten Morgen sein. Es gab kein lautes Gelächter, niemand machte mehr Scherze, und mit dem Besteck wurde dezenter als sonst geklappert. Die Tischmusik war gänzlich verstummt, und die Kellner bewegten sich seltsam verlangsamt, so als ob sie an Gummiseilen hängen würden. Die Menüfolge war auf acht Gerichte geschrumpft, und anders als sonst gab es an diesem Tag auch keine gedruckte Speisekarte mehr.

Nach dem Essen machten Holmes und ich ein kleines Nickerchen. Gegen drei Uhr am Nachmittag gingen wir hinauf auf das Oberdeck. Dort im Freien wimmelte es vor Passagieren, die in kleinen Grüppchen auf und ab flanierten. Alle diskutierten eifrig. Die meisten der ansonsten sehr beliebten Deckstühle blieben leer. Der Kapitän hatte neuerdings selbst am Tage ein absolutes Rauchverbot an Deck verhängt. Anders als sonst hielten sich die meisten Leute daran. Die wenigen nikotinsüchtigen Männer, die sich gedankenverloren eine Zigarette anzündeten, wurden sofort von den Umstehenden zur Ordnung gerufen.

Die Luft war mild, es wehte eine angenehme warme Brise. Ich genoss den Blick auf die herrliche, grüne Küste Irlands. Möwen kreischten und umflogen die Aufbauten. Sie wurden enttäuscht. Keiner der Passagiere hatte die Muße, sie zu füttern.

Ein Mann mit Vollbart, dunkler Brille und Melone sagte zu uns: »Wir befinden uns zwölf Seemeilen südwestlich des Leuchtturms von *Old Head of Kinsale.*«[3] Die Angaben konnte ich natürlich nicht überprüfen, aber da Holmes beifällig nickte, mussten sie wohl der Wahrheit entsprechen.

Plötzlich rief der Ausguck oben im Krähennest etwas und deutete aufgeregt nach Steuerbord. Wir eilten hinüber, so schnell es unsere morschen Knochen zuließen. Im Wasser sah ich eine weiße Blasenspur, die sich schnell unserem Schiff näherte. Die Sirenen begannen zu heulen. Holmes und ich klammerten uns an der Reling fest. Im nächsten Moment gab es tief unter uns im Schiffsrumpf einen harten, heftigen Schlag. Die Erschütterung war gewaltig. Rauch stieg auf. Trümmer wirbelten durch die Luft. Sekunden später folgte eine zweite Explosion. Sie war wesentlich gewaltiger als die erste. Ich hörte, wie die Maschinen der *Lusitania* stoppten. Aber das Schiff kam natürlich nicht sofort zum Halten, sondern setzte seinen bisherigen Kurs fort, wobei es merklich schlingerte und ziemlich rasch steuerbords Schlagseite bekam.

Meine Knie wurden weich. Das Ende war gekommen. Doch ich wollte noch nicht sterben, jedenfalls nicht an diesem Tag. Panik brach aus. Die Leute schrien wie von Sinnen und rannten ziellos durcheinander. Ich fühlte mich hilflos wie ein kleines Kind.

Holmes brüllte mir ins Ohr: »Du weißt, was zu tun ist!«

Das brachte mich wieder zur Vernunft. Ich nickte und hastete meinem Freund hinterher in Richtung unserer Suite. Wir mussten uns durch dichte Menschenströme kämpfen, die verzweifelt ins Freie drängten. Glücklicherweise waren es bis zu unseren Gemächern nur ein paar Schritte den zweiten Gang hinunter.

Holmes und ich halfen uns gegenseitig dabei, die Schwimmwesten und die Rettungsgürtel anzulegen. Ich steckte mir eine Leuchtpistole ein und hängte mir eine Trillerpfeife um. »Nun aber schnell zu unserem Rettungsboot«, stieß ich hervor.

Wir hetzten wieder los. Die Schiffskorridore waren hoffnungslos verstopft. Die Schlagseite nahm weiter zu. Es wurde immer schwerer, sich auf den Beinen zu halten.

Kurz bevor wir erneut das Oberdeck erreichten, packte mich Holmes plötzlich am Ärmel. »Verdammt«, rief er aus. »Wir haben die Gefangenen vergessen. Wir müssen sie befreien, sonst ersaufen sie wie die Katzen.«

Um die Deutschen wäre es nicht schade gewesen. Aber das sympathische Gaunerpärchen konnten wir beim besten Willen nicht seinem Schicksal überlassen. Bei aller Not, in der wir uns selbst befanden, galt es ihnen gegenüber eine Menschenpflicht zu erfüllen.

Sobald wir den Hauptkorridor verlassen hatten und tiefer in das Schiffsinnere eindrangen, ließ das Gedränge merklich nach. Schließlich waren wir allein auf weiter Flur. Es roch unangenehm nach brennendem Petroleum. Metall knirschte auf Metall. Überall rumpelte und stampfte es. Überdehnte Eisenträger schrien wie vor Schmerzen, wenn sie brachen. Dann hörten wir laute Hilferufe.

Holmes zog den Generalschlüssel aus der Tasche und öffnete nacheinander die Zellentüren. Die drei Deutschen und die beiden Gauner wankten heraus. An ihren Gesichtern konnten wir ablesen, dass sie keine Zweifel daran hatten, was passiert war und in welcher Gefahr wir schwebten.

»Das war reichlich knapp«, meinte Mrs Porter benommen. Sie zitterte wie Espenlaub und schien einem Weinkrampf nahe zu sein.

»Wo sind unsere Schwimmwesten?«, fragte Robert von Gall in einem blasierten Tonfall, so als wäre er der Herr und wir die Knechte.

»Dafür konnten wir leider keine Sorge tragen«, entgegnete Holmes mit scharfen Worten. »Von nun an sind Sie auf sich allein gestellt.«

Diesen kurzen Moment des Wortgeplänkels hatte Johann von Grevel ausgenutzt, um sich seitlich an meinen Freund heranzuschleichen. Der Deutsche hielt eine kurze Eisenstange in seiner rechten Hand. Sie sah aus wie ein Gitterstab aus seiner Zellentür. Offensichtlich hatte er sie irgendwie aus ihrer Verankerung lösen können. Bevor ich reagieren konnte, schlug von Grevel zu. Der Schlag traf Holmes hart an der Schläfe. Es gab ein hässliches, dumpfes Geräusch. Blut spritzte. Mein Freund verdrehte die Augen und ging bewusstlos zu Boden. Alles ereignete sich in den Bruchteilen von Sekunden.

Ich mag manchmal eine Trantüte sein, die nicht aus dem Kleister kommt. Doch in diesem Fall war es nicht an dem. Mit einer fließenden Bewegung riss ich die Leuchtpistole aus der Jacke und drückte ab, ohne groß zu zielen. Das war auch gar nicht notwendig, denn der Deutsche stand nur wenige Fuß[4] von mir entfernt direkt in meiner Schusslinie. Eine gleißende Flamme schoss auf ihn zu, die in ihrer Mitte eine glühende, rote Kugel barg. Dieses teuflische Geschoss bohrte sich mit einem lauten Patschen in die linke Schulter des Marineoffiziers. Johann von Grevel schrie vor Schmerzen auf und betrachtete ungläubig das Loch in seinem Körper, aus dem orangefarbener Rauch aufstieg und die Funken nur so stoben. Der Deutsche wurde weiß wie eine gekalkte Wand. Seine Beine gaben nach, und er plumpste direkt neben meinem Freund zu Boden.

Mein entschlossenes Vorgehen zeigte auch bei seinen beiden Kumpanen sofortige Wirkung. Robert von Gall und Jürgen Driesch zu Etscheid ließen ihren Kameraden im Stich und gaben Fersengeld. Mrs Porter hingegen kümmerte sich bereits um meinen Freund. Sie riss sich einen Streifen von ihrem Unterrock ab und legte einen Notverband an.

»Wir gehen unter, nicht wahr?«, fragte Mister Porter.

»In der Tat. Wir wurden angegriffen. Doch jetzt ist keine Zeit für lange Erklärungen. Bitte helfen Sie mir. Wir müssen ihn rasch nach oben tragen, wenn wir sein und unser aller Leben retten wollen.«

Doch das war leichter gesagt als getan. Die Bergungsaktion gestaltete sich schwierig. Zu dritt und unter Aufbietung aller Kräfte schafften wir es mit Müh und Not, den leblosen Körper meines Freundes die steilen Stiegen hinaufzuschaffen. Immer wieder drohte er, meinen Händen zu entgleiten. Eine verschnürbare Rettungsplane mit Tragegriffen hätte die Sache einfacher gemacht, aber uns stand noch nicht einmal eine einfache Decke zur Verfügung.

Draußen an Deck war die Hölle los. Es spielten sich unglaubliche Szenen ab. Das Schiff hatte inzwischen so stark Schlagseite bekommen, dass die Leute reihenweise den Halt verloren und über die Reling purzelten. Die Rettungsboote auf der Backbordseite konnten nicht benutzt werden, weil sie infolge der extremen Schieflage der *Lusitania* hoch oben auf dem Rumpf auflagen. Und die Rettungsboote steuerbords wiederum waren nahezu unerreichbar. Sie hingen weitab vom Schiffsdeck an ihren Ketten und schaukelten in der freien Luft. Die wenigen Mitglieder der Mannschaft, die wir zu Gesicht bekamen, wirkten völlig überfordert. Kaum ein einziges Boot wurde ordnungsgemäß zu Wasser gelassen. Die wenigsten Passagiere trugen Schwimmwesten. Viele versuchten, sich wie die Affen an den Spanten und Tauen entlang zu den Rettungsbooten zu hangeln. Nur die kräftigsten und sportlichsten Fahrgäste schafften es. Ständig ertönten laute Schreie, weil wieder einen von ihnen die Kräfte verlassen hatten, er loslassen musste und kurz darauf tief unten auf dem Wasser aufschlug.

Doch selbst die wenigen Glücklichen, die einen Platz in den wie wild hin und her schaukelnden Rettungsbooten ergattern konnten, hatten nicht viel gewonnen. Ohne den Beistand eines erfahrenen Matrosen wussten sie nicht, wie sie die Krananlagen bedienen und die Nussschalen zu Wasser lassen konnten. So kam es, dass mehrere völlig überladene Rettungsboote von den Ketten rissen, in die Tiefe stürzten und unten alles zerschmetterten, was dort bereits im Wasser trieb.

An anderen Rettungsbooten entbrannten wilde Kämpfe. Die Menschen stießen sich gegenseitig über Bord, nur um einen der wenigen Plätze zu ergattern. Schüsse fielen. Beim Untergang der *Titanic* hatte es noch geheißen: »Frauen und Kinder zuerst!« Hier fand das genaue Gegenteil statt. Die Schwachen hatten gegen die Starken kaum eine Chance. Dantes Inferno[5] war ausgebrochen.

Ich wusste beim besten Willen nicht, was zu tun war. Ich hätte Holmes niemals in ein Rettungsboot schaffen können. Aber Mister Porter war viel jünger und deshalb wesentlich entschlusskräftiger als ich. Er schaute sich nur kurz um und hatte sofort einen Plan: »Wir müssen wieder hinunter unter Deck und so weit nach vorne in Richtung Bug laufen, bis wir an eine Stelle kommen, wo keine Rettungsboote mehr hängen und uns auf die Köpfe fallen können. Dort klettern wir aus einem Bullauge. Aber wir sollten uns beeilen. Wir müssen so weit wie es geht auf das offene Meer hinausschwimmen, damit uns dieser alte Kasten nicht mit in die Tiefe reißt, wenn er endgültig absäuft.«

Wir nahmen den Weg durch den Rauchsalon. Dort trafen wir die Eheleute Hubbard an. Sie hatten zwei Vorhänge abgerissen und sich mit ihren Armsesseln an die Säulen gebunden. Nun rauchten sie in aller Seelenruhe dicke Zigarren und tranken reichlich Whisky dazu. »Gehen Sie nur, gehen Sie nur!«, befahl uns Elbert Green Hubbard, als ich stutzte. »Sie haben vielleicht eine Chance, sich zu retten. Aber wir beide sind zu alt für akrobatische Übungen. Wir wollen stattdessen gemeinsam und in Würde sterben. Außerdem hasse ich Wasser. Es mag dazu dienen, eine gute Tasse Tee aufzubrühen. Zu mehr ist es nicht zunutze.«

Holmes war noch immer ohne Bewusstsein. Aber ich hatte keine Zeit, mich um seine Wunde zu kümmern. Mister Porter und ich schleiften meinen Freund durch die schrägen Gänge. Mrs Porter eilte immer drei Schritte voraus, riss Zwischentüren auf und schaffte Gerümpel aus dem Weg. Schließlich sahen wir durch das Fenster einer offen stehenden Kajüte, dass wir uns nur noch wenige Fuß oberhalb der Wasserlinie befanden. Glücklicherweise war der Rahmen des Bullauges anders als in den Gängen nicht fest mit der Schiffswand vernietet, sondern es ließ sich mithilfe einer bronzenen Knebelschraube öffnen. Ein starker Luftzug wehte herein. Gischt spritzte mir ins Gesicht.

»Halten Sie Ihren Freund gut fest und sehen Sie zu, dass sein Kopf immer hübsch über Wasser bleibt«, riet mir Mister Porter zum Abschied. »Von nun an gehen wir getrennte Wege.« Er kletterte durch das Bullauge nach draußen und ließ sich in die tosende See fallen. Seine Frau folgte ihm.

Ich packte meinen ohnmächtigen Freund von hinten, umfasste mit beiden Armen seinen Brustkorb, hob ihn hoch, schob ihn durch das Bullauge und ließ los. Ich hörte es platschen und stürzte mich hinterher. Dank der vortrefflichen Schwimmweste und des praktischen Schwimmgürtels schnellte ich wie ein Korken zurück an die Meeresoberfläche. In einiger Entfernung von mir trieb Holmes. Das kalte Wasser war für mich im ersten Moment ein schwerer Schock. Aber es besaß auch eine mildtätige Wirkung, denn meinen Freund hatte es wieder zu Bewusstsein gebracht. Er stöhnte vor Schmerzen und öffnete die Augen. Blut lief ihm über das Gesicht. Die provisorische Binde war verschwunden.

Meine überlebenswichtige Ausrüstung besaß einen entscheidenden Nachteil: Sie hinderte mich am zügigen Brustschwimmen oder gar Kraulen. Stattdessen versuchte ich es mit Hundepaddeln. Der Erfolg war mäßig. Aber ein gütiges Geschick in Form einer weit auslaufenden Welle spülte mich hinüber zu meinem Freund. Ich griff nach einer Schlaufe an seiner Schwimmweste und packte ihn am Schlafittchen. Von da an strampelte ich wie toll mit den Beinen. Stück für Stück entfernten wir uns von dem sinkenden Schiff. Um uns herum schwamm aller möglicher Unrat: aufgeplatzte Koffer, Flaschen, Holzstücke, Bekleidungsgegenstände. Dann trieb die erste Leiche vorbei. Eine weitere folgte. Ich konnte nach einem herrenlosen Rettungsring greifen. Auch Holmes klammerte sich daran fest und zog sich mit der letzten Kraft, die ihm noch verblieben war, in eine leidlich liegende Position.

Dann wurde er wieder ohnmächtig. Aber er befand sich halbwegs in Sicherheit. Solange die See nicht stürmischer werden würde, konnte er kaum ertrinken.

Ein Rettungsboot kam vorbeigeschwommen. Es war nur halb besetzt. Vier Männer ruderten. Ich rief um Hilfe, aber sie hielten nicht an. Ich blies in meine Trillerpfeife. Sie reagierten nicht. Ihre eigene Sicherheit war ihnen wichtiger. Der dünne Lack der Zivilisation hatte nicht lange gehalten.

Von der *Lusitania* gab es nicht mehr viel zu sehen. Die Sirene war schon längst wieder verstummt. Das versinkende Schiff machte aber andere schreckliche Geräusche. Immer wieder gab es kleinere Explosionen. Vor allem ist mir ein dumpfes Grollen in Erinnerung geblieben. Es klang, als ob die Todesengel am Tag des Jüngsten Gerichts in ihre Posaunen bliesen.

Dann sah ich das deutsche U-Boot. Der schwarze Metallkörper schaukelte in etlichen Hundert Yards Entfernung auf der Wasseroberfläche. Auf dem Geschützturm standen einige Männer. Sie trugen Ölzeug, waren mit Ferngläsern bewaffnet und schauten in meine Richtung. Aber anders als in meinem Albtraum vor einigen Wochen schossen sie nicht mit dem Maschinengewehr auf mich.

Ich überlegte, ob ich winken sollte. Auf einmal war der Geschützturm leer. Blasen stiegen auf. Das Meer schien zu kochen. Und dann war das Unterseeboot wieder verschwunden, als ob es nie da gewesen wäre.

Im nächsten Moment kam eine starke Strömung auf. Die Wellen eines Strudels wirbelten Holmes und mich kreisförmig umher. Und noch etwas war völlig anders. Ich musste einen Augenblick lang nachdenken. Dann begriff ich es: Die *Lusitania* gab es nicht mehr. Das stolze Schiff hatte soeben seinen nassen Tod gefunden.

Mein Freund und ich trieben noch etliche Stunden im Ozean. Ich war völlig entkräftet und konnte kaum mehr mit den Beinen strampeln. Ohnehin wusste ich nicht, ob meine Schwimmbewegungen überhaupt von Nutzen waren. Die Küstenlinie hatte ich längst aus den Augen verloren. Meine Muskeln begannen zu zittern. Ich wurde apathisch und wollte nur noch schlafen. Mir war klar, was das bedeutete: Das Wasser hatte höchsten 57 oder 58 Grad Fahrenheit.[6] Über kurz oder lang würden wir an Unterkühlung sterben. Zurzeit befand ich mich noch im ersten Stadium der Hyperthermie. Aber bald würde die zweite Stufe beginnen und mit ihr eine starke Bewusstseinstrübung, ein verlangsamter Herzschlag und ein stark abgesunkener Blutdruck einhergehen. Dann war das Ende nicht mehr weit. Aber diese Erkenntnis stimmte mich nicht traurig. Ich fühlte mich eher erleichtert. Mich umfing ein Gefühl der Unbeschwertheit. Bald würde ich aller meiner irdischen Sorgen ledig sein.

Holmes war noch schlechter dran als ich. Im Gegensatz zu mir konnte er sich kaum bewegen. Das förderte die Unterkühlung. Darüber hinaus war er durch den Blutverlust stark geschwächt. Er hatte zwar zeitweilig das Bewusstsein wiedererlangt. Bald darauf war er jedoch in einen Dämmerzustand gefallen und seitdem nicht mehr ansprechbar. Ab und zu stöhnte er oder murmelte sinnloses Zeug.

Ich beschloss zu singen, obwohl ich völlig unmusikalisch und kaum textsicher bin. Aber darauf kam es im kalten Wasser nicht an. Und tatsächlich fühlte ich, wie nach einigen Strophen aus dem *Barbier von Sevilla*[7] das Gefühl in meine erstarrten Glieder zurückkehrte.

Irgendwann schlief ich entkräftet ein. Aber nicht für immer. Harold McMurly, ein braver Fischer aus Kinsale, zog Holmes und mich aus dem Wasser in sein Boot hinein. Er hüllte uns in warme Decken ein und traktierte uns so lange mit warmem Bier, bis unsere Blickachsen schräg standen. Aus medizinischer Sicht war der alkoholische Trunk eine mehr als fragwürdige Behandlungsmethode. Sie holte uns jedoch ins Leben zurück. Vielleicht war es auch ganz anders gewesen. Möglicherweise zählten Holmes und ich zu den robusteren Naturen, sodass wir dem Tod trotz des Gerstensaftes von der Schippe sprangen. Doch sei es drum. Ich werde dem braven McCurly bis ans Ende meiner Tage dankbar sein.

[1] Suffragetten: radikale Frauenrechtlerinnen in den USA und Großbritannien am Anfang des 20. Jahrhunderts, die vor allem für das Frauenwahlrecht eintraten, das in den USA 1920 und in Großbritannien erst 1928 eingeführt wurde

[2] Queenstown: Hafenstadt im Süden Irlands, die seit 1922 den Namen Cobh trägt.

[3] Kinsale: Stadt im Südwesten Irlands, die berühmt für ihre eindrucksvollen Klippen (*Old Head of Kinsale*) ist

[4] Fuß: engl. Maß, Mehrzahl Feet, Einzahl Foot = 30,48 Zentimeter

[5] Dantes Inferno: Der italienische Dichter Dante Alighieri (1265-1321) verfasste um 1345 mit der *Göttlichen Komödie* eines der bedeutendsten Werke der Weltliteratur. Darin besteht die Hölle – das Inferno – aus zehn Kreisen, in denen die Sünder auf unterschiedliche Weise für ihre Bosheit, ihre Maßlosigkeit oder ihren Verrat büßen.

[6] 57 oder 58 Grad Fahrenheit: entspricht etwa 14 Grad Celsius

[7] *Barbier von Sevilla*: Oper von Gioachino Antonio Rossini (1792-1868)

Epilog

Das Tribunal

»Demokratie und Freiheit
sind nur für Gesellschaften geeignet,
die sich Zaudern und Zeitvergeudung
erlauben können.«

Neal Asher

Auf der schwarzen Liste

Aus den Aufzeichnungen von Dr. Watson

London, Juni/Juli 1915

Beim Untergang der *Lusitania* verloren 1.198 Menschen ihr Leben, 128 davon waren Amerikaner. Unter den Toten befanden sich der Theaterimpresario Charles Frohman, die Eheleute Alice Moore und Elbert Green Hubbard, der Bauunternehmer Frederick Pearson, der Polarforscher Joseph Foster Stackhouse, der Waffenhändler Edmond Wolcott und der Multimillionär Alfred Gwynne Vanderbilt. Auch die beiden Polizeioffiziere der *Lusitania* Peter Smith und Billy Williams, der Zweite Funker Daniel McCormick sowie der Purser Julius Trimble ertranken. Ob auch Mabel Reeve und Frederick A. Porter, die beiden Lebensretter von Holmes, sowie die drei deutschen Marineoffiziere in den Fluten umkamen oder ob sie zu den 761 Überlebenden gehörten, haben wir nie erfahren.

Kapitän William Turner hatte bis zum letzten Augenblick oben auf der Kommandobrücke ausgeharrt und von dort aus mit seiner gesamten Kraft versucht, in diesem furchtbaren Chaos noch etwas Ordnung zu halten. Nach fünf Minuten war der Strom ausgefallen. Die Steuerung versagte, von Motoren betriebene Schotts schlossen sich nicht mehr, die

Pumpen blieben stehen, ganze Sektionen wurden blitzschnell von den hereinströmenden Wassermassen überflutet, der Schwerpunkt des Schiffes verlagerte sich, und mehrere Kessel explodierten. Infolge dieser unheilvollen Kettenreaktion ging die *Lusitania* binnen 18 Minuten unter. Trotzdem sich die Küste in Sichtweite befunden hatte und noch zwei Notrufe abgesetzt werden konnten, dauerte es vier lange Stunden, ehe die ersten Hilfsschiffe am Unglücksort eintrafen. Ein Kreuzer der britischen Marine, der sich bereits in Sichtweite der sinkenden *Lusitania* befand, wurde in den Hafen zurückbeordert. Der Admiralität war das Risiko zu groß. Sie befürchtete, dass auch das Kriegsschiff von dem deutschen U-Boot angegriffen und versenkt werden könnte.

Kapitän William Turner wurde über Bord gespült und später von einem Rettungsboot aufgegriffen. Er überlebte unverletzt.

Aus naheliegenden Gründen las ich alles, was ich zum Untergang der *Lusitania* finden konnte. Ende Mai 1915 war aus der Presse zu erfahren, dass der Seeverkehrsausschuss des Handelsministeriums und die Admiralität ein gemeinsames amtliches Havarieverfahren einberufen hatten. Es sollte am 15. Juni 1915 beginnen und mehrere Wochen dauern. Als Versammlungsort war der große Saal des *Westminster Palace Hotel* ausgewählt worden. Den Vorsitz des Tribunals hatte Lord John Charles Bigham Mersey übertragen bekommen. Er trug den Titel »Wreck Commissioner for the United Kingdom«[1] und verfügte – so wurde berichtet – über große Erfahrungen auf diesem Gebiet. Lord Mersey hatte unter anderem den Untergang der *Titanic* untersucht.

Das Havarieverfahren sollte wie ein förmlicher Gerichtsprozess ablaufen. Dem Vorsitzenden standen vier Beisitzer zur Seite, deren Namen mir bis dato nicht viel sagten. Vom

Handelsministerium waren ein Kapitän David Davies und ein gewisser Kapitän John Spedding bestimmt worden. Das Marineministerium hatte Admiral Frederick Inglefield sowie einen Korvettenkapitän namens Henry Hearn ernannt. Die Regierung – und damit gleichsam die Anklage – sollte von den Kronanwälten Edward Carson und Frederick Ernest Smith vertreten werden. Da es (noch) keine Angeklagten gab, fehlten die Verteidiger.

Es stand allerdings viel auf dem Spiel: Zum einen drohten Schadensersatzklagen der Opfer und ihrer Hinterbliebenen in Millionenhöhe. Zum anderen ging es um die politische Zukunft von *First Sea Lord* Churchill. Daher hatte das Marineministerium sowohl die Vorbereitung als auch die gesamte Organisation übernommen und entsprechend tendenzielle Presseerklärungen herausgegeben, die mir äußerst sauer aufstießen. Mein Ärger wurde noch größer, als ich erfuhr, dass alle volljährigen Passagiere und Besatzungsmitglieder, die überlebt hatten und als Zeugen infrage kamen, einer strengen Vorauswahl unterzogen worden waren. Anhand ihrer schriftlichen Aussagen wurden 36 von ihnen ausgewählt und geladen. Die restlichen 700 potenziellen Zeugen blieben unberücksichtigt.

Die Zielrichtung des Havarieverfahrens stand von Anfang an fest, wie tagtäglich in den Zeitungen zu lesen war: Weder die Reederei *Cunard Line* noch die Admiralität durften auf irgendeine Weise für irgendetwas verantwortlich gemacht werden. Als Schuldiger kam deshalb nur eine einzige Person infrage, nämlich Kapitän William Turner. Der öffentliche Vorwurf gegen ihn lautete, dass er die drohende Gefahr missachtet und strikten Weisungen zuwidergehandelt habe.

Sherlock Holmes hatte sich noch nie sonderlich für Politik interessiert. Aber er stand immer auf der Seite von Recht und Ordnung. Als er von dem Tribunal erfuhr, das Kapitän Turner an den Kragen wollte, beantragte er beim Außenministerium eine Aussagegenehmigung. Sie wurde ihm verweigert. Mycroft konnte nichts für ihn tun. Daraufhin schrieb mein Freund eine Entpflichtungserklärung, mit der er von seinem Posten als Sondergesandter der Regierung zurücktrat. Gleich am nächsten Tag meldete er sich als Augenzeuge, doch die Admiralität ließ ihn nicht zu. Nun wandte sich Holmes an den Vorsitzenden persönlich.

Das war gegen alle Etikette und deshalb höchst riskant. Lord Mersey galt als ein ehrenwerter Mann, der sich als Richter streng an die Regeln hielt. Er ließ sich nicht beeinflussen und machte keine politischen Kompromisse. Doch Lord Mersey war offensichtlich mit der bisherigen Auswahl der Zeugen höchst unzufrieden gewesen. Er setzte es deshalb durch, dass mein Freund für den 17. Juni 1915 in den Zeugenstand gerufen wurde. Dies geschah gegen den erbitterten Widerstand der von der Admiralität benannten Beisitzer und der beiden Kronanwälte.

Anders als Holmes hatte ich meinen Ausweis als Sondergesandter nicht zurückgegeben. Mit diesem wichtigen Dokument in der Hand gelang es mir, gleich am 15. Juni in den Verhandlungssaal vorzudringen und mir dort einen festen Platz zu sichern. Allabendlich, wenn wir mit Whisky und Zigarren bei mir zu Hause am Kamin saßen, berichtete ich meinem Freund brühwarm, was sich tagsüber ereignet hatte.

Der Plan des Marineministeriums ging anfangs völlig auf. Für William Turner lief es dementsprechend schlecht. Er hatte keinen Zugriff mehr auf seine Funkprotokolle, und die wichtigsten Personen, die ihn hätten entlasten können, waren entweder umgekommen oder absichtlich nicht geladen worden. Da der Kapitän (noch nicht) unter Anklage stand, durfte er keine eigenen Zeugen benennen.

Captain Richard Webb hingegen, der Direktor der Seefahrtsabteilung der Admiralität, legte reihenweise Dokumente vor, aus denen irgendwie hervorging, dass es dem Kapitän der *Lusitania* angeblich strikt verboten worden war, die Route entlang der irischen Küste zu nehmen, weil dort das deutsche U-Boot U 20 auf ihn lauerte.

Am 17. Juni 1915, morgens um zehn Uhr, kam dann endlich der große Auftritt von Sherlock Holmes. Seine Darbietung war unvergleichlich. Mein Freund wusste auf jede Frage eine passende Antwort. Er geriet keine Sekunde lang ins Stocken und trotzte allen Angriffen der beiden Kronanwälte. Dank seines brillanten Erinnerungsvermögens hatte er den Text jedes einzelnen amtlichen Kabels seit dem Auslaufen der *Lusitania* aus dem New Yorker Hafen im Gedächtnis behalten. Holmes zitierte die dienstlichen Anweisungen wortwörtlich, so als ob er sie von einem Stück Papier ablesen würde.

Alles verkehrte sich ins Gegenteil: Nun stellte sich heraus, dass es keine einzige konkrete U-Boot-Warnung gegeben hatte. Den von Captain Webb präsentierten Dokumenten fehlten die Zustellvermerke oder die eindeutig erscheinenden Textzeilen waren völlig aus dem Zusammenhang gerissen worden. Es hatte die klare Anweisung bestanden, Queenstown anzulaufen. Eine Kursänderung war nicht befohlen worden. Der zugesagte Geleitschutz hatte nicht am vereinbarten Treffpunkt gewartet. Von dem U-Boot war nur ein einziger Torpedo abgefeuert worden. Die zweite Explosion hatte höchstwahrscheinlich im direkten Zusammenhang mit den Tonnen an hochbrisantem Kriegsmaterial gestanden, das in den USA illegal an Bord gebracht worden war.

Die Beisitzer der Admiralität schäumten vor Wut, aber sie konnten kaum eingreifen. Die Kronanwälte hingegen fielen Holmes ständig ins Wort und ließen ihn nicht ausreden. Lord

Mersey konnte den Hammer nicht mehr aus der Hand legen. Immer wieder musste er Edward Carson und Frederick Ernest Smith zur Ordnung rufen.

Schließlich wurde Holmes ins Kreuzverhör genommen. Es war wie beim Tennis zwischen zwei ebenbürtigen Gegnern. Kaum hatte der eine einen Punkt ergattert, schon jagte ihn ihm der andere wieder ab. Alles lief auf ein Patt hinaus. Ich war völlig aufgeregt. Mir floss der Schweiß in Strömen den Rücken hinunter. Das Taschentuch in meiner Hand war total zerknüllt.

Sherlock Holmes blieb die Ruhe selbst. Und mit dieser kühlen Gelassenheit brachte er den erfahrenen Kronanwalt Edward Carson so sehr in Rage, dass dieser einen schlimmen Anfängerfehler beging. Im Gerichtssaal galt nämlich die ungeschriebene Regel, dass einem Zeugen nur solche Fragen gestellt werden sollten, bei denen die genaue Antwort bereits vorher bekannt war.

Kronanwalt Carson begann zunächst mit einem Schlag unter die Gürtellinie: »Zeuge Holmes. Es zeugt von Ihrer Treue zu Ihrem Busenfreund, wenn Sie versuchen, Kapitän Turner zu entlasten. Das rechne ich Ihnen hoch an.« Aber dann begab sich Edward Carson aufs Glatteis, als er fragte: »Doch wollen Sie nun wider die Vernunft und entgegen aller bisher vorgetragenen Tatsachen die Admiralität verdächtigen, sie habe den Verlust eines der größten, schnellsten und teuersten Passagierdampfer der Welt fahrlässig verursacht, weil durch einen überforderten Marineoffizier versehentlich vergessen wurde, eine entscheidende Meldung weiterzureichen?«

»Nein, Sir, das behaupte ich nicht. Es war keine Fahrlässigkeit, sondern es handelte sich um Absicht. In diesem Fall drehte es sich nicht um die *Lusitania*. Sie war nur ein Mittel zum Zweck. Es ging um die amerikanischen Passagiere an

Bord des Schiffes. Ihr Tod war gewollt. Er wurde bewusst provoziert. Die USA sollten einen triftigen Grund haben, um in den Krieg gegen Deutschland einzutreten. Das Ziel bestand darin, Großbritannien aus seiner Not zu retten, in die es sich selbst mit seiner übereilten Kriegserklärung hineinmanövriert hatte.«

Im Saal brach ein unglaublicher Tumult aus. Die Gerichtsdiener mussten Holmes davor schützen, verprügelt zu werden. Das Marineministerium verhängte eine sofortige Nachrichtensperre. Die Gerichtsprotokolle kamen unter Verschluss. Sie wurden bis zum heutigen Tag nicht wieder freigegeben. Keine einzige britische Zeitung erwähnte den Vorfall auch nur am Rande.

Aber unter den Zuhörern hatte sich ein amerikanischer Kriegsberichterstatter namens James T. Robinson befunden. Er verfasste einen Exklusivbericht, der zwei Tage später auf dem Titelblatt der *New York Times* erschien. Möglicherweise war dieser Artikel der Grund dafür, dass die USA dem deutschen Kaiserreich nicht sofort den Krieg erklärten, sondern ihm lediglich eine scharfe Protestnote zukommen ließen, in der sie den Tod der amerikanischen Staatsbürger auf das Heftigste rügten. Deutschland reagierte mit einer sofortigen Entschuldigung und erkannte die Schadensersatzsprüche aller betroffenen amerikanischen Staatsbürger vorbehaltlos an.

Der letzte Verhandlungstag war der 17. Juli 1915. Er wurde zu einem Tag des Triumphes für Kapitän Turner. Lord Mersey sprach ihn von sämtlichen Vorwürfen frei und erklärte die Verhandlung für geschlossen. Danach änderte sich alles.

Winston Churchill konnte sich nicht länger als Marineminister halten. Er musste als »Erster Lord der Admiralität« zurücktreten. Stattdessen wurde er zum »Chancellor of the Duchy of Lancaster«[2] ernannt. Das war ein völlig unbedeutender Posten. Seine einzige Aufgabe bestand darin, Friedensrichter zu ernennen.

Doch Churchill war aus einem anderen Holze geschnitzt als die meisten Politiker. Er wollte sich mit der Schmach, auf das Abstellgleis geschoben worden zu sein, nicht abfinden, und meldete sich freiwillig zur Armee. Mit dem Dienstgrad eines Majors ging er an die Front in Nordfrankreich und befehligte dort ein Bataillon.

Im Dezember 1916 wurde David Lloyd George zum britischen Premierminister ernannt. Er holte Churchill aus der Versenkung und berief ihn zum Kriegsminister. Dadurch erfuhr ich endlich, wen der britische Generalkonsul vor Beginn unserer Reise mit den »schrecklichen Zwillingen« gemeint hatte.

Auch für Sherlock Holmes hatte seine Zeugenaussage beim Havarieverfahren schwerwiegende Folgen: Er wurde von der Regierung inoffiziell zur *persona non grata*[3] erklärt, wie uns Mycroft Holmes voller Bedauern mitteilte. Dies allein hätte meinen Freund kaum gestört. Sein Interesse an Geheimmissionen war nach dem letzten Debakel spürbar zurückgegangen.

Wenig später begann gegen ihn in der zu Kriegszeiten gleichgeschalteten Presse eine Schmutzkampagne. Sie verlief wellenförmig. Immer, wenn wir dachten, das Schlimmste sei endlich überstanden, fand nach einer kurzen Ruhephase eine Steigerung statt.

Ich will nun nicht damit langweilen, welche absurden Verdächtigungen den kranken Journalistenhirnen entsprangen. Das gesamte Drama endete damit, dass von diesen widerlichen Schmierfinken allen Ernstes behauptet wurde, Sherlock Holmes habe nie gelebt! Er sei lediglich eine literarische Erfindung gewesen!

So geschah es, dass mein Freund nur noch inkognito reisen konnte, weil beispielsweise Hotelportiers in lautes Lachen auszubrechen pflegten, wenn er sich unter seinem richtigen Namen anmelden wollte. Seine Person wurde zuerst aus den Geschichtsbüchern getilgt und schließlich auch bei Scotland Yard verleugnet.

Als wir dachten, noch schlimmer könne es nun wirklich nicht mehr kommen, machte ein Scharlatan die Gegend unsicher, der von sich behauptete, der echte Sherlock Holmes zu sein. Eine Fotografie dieses verwirrten Mannes, der wie eine billige Karikatur meines Freundes wirkte, ging durch alle Journale. Der Hochstapler wurde wegen »erwiesener Gemeingefährlichkeit« in ein staatliches Irrenhaus verfrachtet. Damit war der ehemals gute Ruf von Sherlock Holmes endgültig ruiniert.

Mein Freund nahm das alles nicht so schwer. Er befand sich im Ruhestand, widmete sich der Bienenzucht und seinen Memoiren. Aber ich als sein Chronist durchlebte mehr als unsichere Zeiten. Meine anfängliche Kriegsbegeisterung hatte sich gründlich gelegt.

* * *

Das Unterseeboot *SM U 20* lief am 04. November 1916 vor der dänischen Küste auf Grund. Weil es nicht wieder flottgemacht werden konnte und nicht dem Feind in die Hände fallen sollte, wurde es von der Besatzung gesprengt.

Kapitänleutnant Walther Schwieger, den die Alliierten nach dem Untergang der *Lusitania* auf die Liste der am meisten gesuchten Kriegsverbrecher gesetzt hatten, übernahm im April 1917 das Kommando über das *U 88*. Bei seiner dritten Fahrt geriet das U-Boot am 05.09.1917 in ein britisches Minenfeld, löste zwei Detonationen aus und ging mit Mann und Maus unter.

Kapitänleutnant Schwieger hatte auf 34 Feindfahrten unter seinem Kommando insgesamt 49 Schiffe versenken lassen.

Insgesamt waren im Ersten Weltkrieg deutsche U-Boote 3.274-mal im Einsatz. Ihnen fielen 6.394 zivile Schiffe und 100 Kriegsschiffe zum Opfer. Die genaue Zahl der Toten und Verwundeten lässt sich nicht ermitteln.

Die *Lusitania* liegt rund 18 Kilometer südwestlich vom Old Head of Kinsale auf Grund. Nachdem Taucher große Mengen an Munition gefunden hatten, wurde das Wrack von der irischen Regierung zur Kriegsgräberstätte und damit zum Sperrgebiet erklärt. Die Akten des britischen Marinegeheimdienstes zur *Lusitania* befinden sich noch immer unter Verschluss.

[1] Wreck Commissioner for the United Kingdom: Bevollmächtigter des Vereinigten Königreichs für die Untersuchung von Schiffsunglücken

[2] Chancellor of the Duchy of Lancaster: Kanzler des Herzogtums Lancaster

[3] *persona non grata*: lat. unerwünschte Person

KBV HISTORISCH

Jürgen Ehlers

DER SPION VON DUNVEGAN CASTLE

Taschenbuch, 416 Seiten
ISBN 978-3-942446-41-9
10,40 EURO

England 1745. Der ehrgeizige William Augustus, der Lieblingssohn des Königs, übernimmt das Oberkommando der englischen Armee; sein Freund Jan Veenstra, der deutschstämmige Sohn seines Lehrers, wird Hauslehrer beim Laird von Dunvegan auf der Insel Skye in Schottland. Aber er hat einen zusätzlichen Auftrag: Er soll als Agent der Regierung verdächtige Aktivitäten der schottischen Opposition nach London melden.

Jan ist froh, den Intrigen am Hof entronnen zu sein. Er ahnt nicht, dass sein Auftrag selbst Teil einer Intrige ist. Der ehrgeizige William Augustus will seinem Bruder die Thronfolge streitig machen. Und dabei stört Jan Veenstra; er weiß zu viel über ihn. Auf Homosexualität steht die Todesstrafe, und das gilt auch für Prinzen. In Schottland scheint Jan zwar vorerst unter Kontrolle, aber noch besser wäre es, wenn er für immer verschwände.

Als der Sohn des katholischen Thronanwärters, Charles Edward Stuart, mit nur sieben Getreuen an der schottischen Westküste landet, um das Vereinigte Königreich für seinen Vater zurückzuerobern, und als Jan in das Geschehen eingreift, ergibt sich eine Gelegenheit, das Problem endgültig zu lösen. William Augustus fasst einen teuflischen Plan...

Thomas Kastura (Hg.)

SCOTCH AS SCOTCH CAN

Taschenbuch, 376 Seiten

ISBN 978-3-942446-89-1

9,90 EURO

Whisky – flüssiges Gold mit uralter Tradition, von Mythen umrankt und inspirierend für Leser wie für Schriftsteller. Ob rauchig, würzig oder weich – der Geschmacksreichtum des »Lebenswassers« (uisge beatha) begeistert seit jeher Genießer in aller Welt.

27 Krimiautoren haben tief in die Flasche geschaut und spannende Geschichten rund um den Whisky destilliert. Jede der Geschichten hat eine berühmte Whiskymarke zum Thema. Da wird »Der letzte Ardbeg« getrunken, es geht »Durch die Nacht mit Glenfarclas« und auf den Spuren von James Bond sogar ins »Casino Fatale« in den schottischen Highlands. Ein Fest für jeden Whiskykenner, ein wärmendes kriminelles Vergnügen für stürmische Herbstabende!

Die Autoren: Jürgen Alberts, Richard Birkefeld, Nina George, Brigitte Glaser, Peter Godazgar, Carsten Sebastian Henn, Tessa Korber, Tatjana Kruse, Sandra Lüpkes, Karr & Wehner, Ralf Kramp und viele andere mehr.

»Meine Empfehlung: Die Krimis am besten ›schlückchenweise‹ genießen. Wie einen guten Whisky eben.« (EVAlution)

KBV KRIMINALROMAN